AF131693

The Beast

Le baiser d'une rose enflammée

Armelle Hanotte

THE BEAST

LE BAISER D'UNE ROSE ENFLAMMÉE

Armelle Hanotte

www.soromance.com

Prologue

Dans l'obscurité de la nuit, un homme vêtu d'une veste en cuir s'aventura dans une ruelle sinueuse. Sous la lumière des lampadaires, il s'engouffrait dans ce qu'on appelait la rue maudite. Plusieurs meurtres s'y étaient produits, et aucun policier n'avait réussi à élucider l'affaire. Tandis qu'il titubait, ivre et en rogne, il cria des injures entre ses dents. Il marchait, oui il marchait un pied devant l'autre, ou plutôt, il basculait de droite à gauche à la recherche d'un mur sur lequel s'appuyer. Alors que la ville était endormie, il leva les yeux vers le ciel puis observa les étoiles scintiller au travers des nuages sombres. La lune était magnifique, ronde, blanche, elle brillait de toute sa splendeur.

En réalité, cet homme était un touriste russe qui s'était perdu. Ses amis l'avaient laissé sortir du bar sans lui prêter attention, et voilà qu'il était égaré dans cet endroit mal réputé. Sa nationalité se remarquait à son accent très prononcé. Il avait des difficultés à parler correctement français. Ce dernier empestait l'alcool et l'urine à plein nez. Ses vêtements étaient tachés par de la nourriture ou les verres qu'il avait enfilés en une soirée.

Plus il avançait dans la ruelle, plus les ténèbres l'enveloppaient. Si seulement il savait ce qui l'attendait de l'autre côté. Il se dirigeait droit dans la gueule du loup, où nul n'en sortait. Marchant auprès des bennes à ordures, le Russe rit subitement en s'appuyant contre le mur. Brisant le silence pesant de la nuit, il réveilla ce qu'on appelait la Bête. Sous une ambiance angoissante et mystérieuse, l'inconnu continua son chemin puis jeta sa bouteille de bière au sol qui se fracassa en mille morceaux. Le bruit résonna dans les environs. Décidé à rentrer chez lui, ce dernier cheminait encore et encore jusqu'au moment où les lampadaires ne fussent plus suffisants pour l'éclairer.

La légende dit que personne ne le revit ni ne sut ce qu'il s'était passé ce soir-là. Les habitants du ghetto ne savaient qu'une chose à son propos : jamais il ne reviendrait du berceau de la Bête, car comme elle l'avait choisi, elle ne laissait aucun survivant.

Un nouveau jour

L'air frais du matin traversa l'appartement d'une fenêtre à une autre. Dans le cake, j'avais eu un mal fou à préparer le petit-déjeuner de Nicolas, mon petit frère. Entre le mélange de pâte, la cuisson et le beurre, sans oublier les casseroles que je déplaçais sans arrêt, cela m'avait pris une bonne heure. Du haut de ses neuf ans, mon frère ne cessait d'en faire qu'à sa tête. Il adorait jouer aux échecs ou s'occupait dans sa chambre, tandis que je nettoyais l'appartement.

Lorsque la table fut installée, je l'appelai puis bus une gorgée de café. Le liquide amer me brûla la gorge. Je grimaçai, voilà ce qu'il se passe quand on essaye de se presser. Néanmoins, sans ma dose de caféine, il m'était impossible de travailler. Je versai son jus d'orange dans son verre puis retournai dans la cuisine. Vite, vite, vite, je sentais qu'il arriverait en retard à l'école si je ne me dépêchais pas.

— Tu es bien de bonne humeur, pour une fois ! remarqua Nicolas d'un ton sarcastique.

Je passai ma main dans ses cheveux et lui fis la bise.

— Je me suis levée tôt pour te cuisiner des pancakes, tu devrais me remercier !

Je répondis en lui donnant une frappe amicale. Nicolas ne riposta pas pour dévorer son plat. Chaque matin, il était affamé et avait l'appétit d'un ogre. Amusée par sa petite taille et son énorme estomac, je le resservis une dernière fois avant qu'il n'aille s'habiller. Nous n'avions pas de temps à perdre. Je devais rejoindre mon amie au bar pour travailler et gagner ma vie. J'avais honte de ce que je faisais. Je ne pouvais offrir des cadeaux à Nicolas ni lui promettre un Noël magique, ou un anniversaire des plus grands. Tout ce que je recevais partait dans les factures, le loyer et la nourriture. Je passai en vitesse face au miroir pour vérifier ma tenue. Ma longue chevelure noire attachée en une queue de cheval est parfaite, mes yeux foncés ne révélaient plus aucune douleur. J'avais appris à dissimuler tout mon passé derrière un sourire, en particulier au travail où la plupart des clients ressemblaient à ma famille. Ils étaient violents, alcooliques, ivres… Ces défauts mélangés à l'odeur du whisky et cela suffisait pour vomir une nuit entière.

Alors que je l'attendais, je m'avançai vers la fenêtre pour y observer la rue. Chaque nuit, je craignais d'y passer. Après tout, mon appartement se situait dans la rue maudite, là où la Bête attrapait ses victimes. Toutefois, je n'avais rien expliqué à Nicolas, même si au fond, il devait se douter de ce qu'il s'y produisait grâce aux rumeurs. Les enfants parlaient beaucoup entre eux, de tout âge, et je mettrais ma main à couper que les plus grands essayent d'intensifier la peur chez les plus petits.

— C'est bon, j'suis prêt, m'dame !

J'attrapai mon sac et mes clefs avant de sortir. Mon petit frère vérifia si tout était bien éteint, cela fait, nous partîmes en direction de l'école. L'air matinal nous réveilla brusquement quand le vent effleura notre peau. Je frissonnai, refermant correctement ma veste. Dans la ville, la plupart des murs étaient couverts de graffitis, et dégageaient une odeur épouvantable d'urine. C'était le sort qui nous était réservé, le sort des pauvres. Cet endroit était loin de ressembler à une destination paradisiaque, et les touristes, qui s'amenaient ici pour une journée, venaient voir l'état pathétique dans lequel nous vivions. Les ghettos de Chicago, ou plutôt, les déchets, les oubliés, les abandonnés.

Plus nous nous approchions, plus les cris des enfants se firent distincts. Certains jouaient sur les trottoirs, séchant ainsi les cours. L'instruction était un coût à assumer pour chacun de nous, un coût que certains parents refusaient de financer. Ces pauvres gosses, âgés d'une dizaine d'années, deviendraient peut-être des futurs délinquants. De toute façon, nous étions tous fichus dans cette décharge.

— Olympe, pourquoi personne ne sourit dans ce quartier ? Il y a encore eu un drame ? demanda Nicolas, d'un air songeur. C'est vrai, c'est bizarre, avant ils avaient l'air heureux.

Je grimaçai en guise de réponse. Les enfants avaient toujours des questions, celles où la vérité dérangeait. Que pouvais-je bien lui expliquer à part qu'un monstre était à nos trousses la nuit ? Cette chose engendrait la peur dans nos cœurs et l'angoisse, l'inquiétude, l'anxiété dans nos vies. Personne n'était apaisé ici. Nous étions toujours sur nos gardes, à se méfier des uns des autres. Qui ouvrirait sa porte le jour où la victime est poursuivie ? Personne. Nous tenions bien trop à notre petite vie. Tous les ans, il y avait un meurtre ou une disparition troublante. La semaine passée, ce fut le jeune Roger Stilinski, le fils du boulanger qui fut maudit par la Bête. Ce gosse s'amusait à agresser les jeunes filles dans les ruelles, ou se faisait passer pour ce monstre la nuit. Je ne l'appréciais pas et je recommandai à mon frère de ne pas l'approcher. Toutefois, nous étions tous en deuil. Cela restait un individu de trop massacré dans l'oubli des autorités. L'État ne nous croyait pas sur ce coup, trop féérique pour être réel. Et à compter le nombre de drogués dans ces quartiers, cela ne m'étonnait pas. Alors, nous avions appris à garder une bonne image de nous-mêmes pour remonter notre estime. Nous enfilions un masque afin de cacher la tristesse qui nous rongeait au plus profond de nous-mêmes. Malheureusement, cette mélancolie se reflétait dans nos regards, les miroirs de l'âme. À l'intérieur de cette prison gigantesque vivaient tant de personnes différentes. Les dernières rumeurs racontaient qu'une dame venait d'aménager au numéro 68, et qu'elle avait assassiné ses enfants avant de fuir la police. Les corps furent retrouvés dans une forêt, dévorés par les animaux sauvages. Nul ne se douterait de sa présence au ghetto, car la gendarmerie ne prenait plus la peine de s'y aventurer. Tout comme le boucher du quartier qui s'amusait à torturer les rats s'aventurant dans ses poubelles. Je n'osais imaginer ce qu'il se passait dans leur tête… Il expliquait qu'arracher leurs yeux le soulageait. Soit. Ce n'était pas mon problème, je nous éloignais juste suffisamment de lui pour l'éviter. Le cas le plus étrange vivait à troisième étage du 47, il vivait enfermé et ne sortait qu'une fois par mois. Sa présence s'avérait malsaine. Il cachait des choses bien trop de secrets pour qu'on puisse l'aborder sans crainte. Ses voisins entendaient souvent des cris provenant de son chez-soi. Et parfois, ils le croisaient armés, tachés de sang. Depuis cet instant précis, les habitants savaient qu'il ne valait mieux pas l'ennuyer. C'était chose faite.

Arrivée devant son école, Nicolas me fit un bisou sur la joue puis rejoignit ses amis. Des cris de joie, d'amusement remplissaient la cour. L'éducatrice me jeta un regard de travers avant de partir dans l'ombre. Oui, j'étais jeune, bien trop pour être maman. L'école ne me connaissait qu'en tant que sœur, non comme une mère. Peut-être qu'elle n'en savait pas plus sur moi pour m'observer avec de si grands airs. Bref, je fronçai les sourcils, perplexe, puis me pressai de me rendre au café. Ashley, ma collègue, m'y attendait. Par chance, je travaillais à quelques mètres de l'établissement scolaire.

Une fois à l'intérieur, l'odeur du café m'enveloppa. Des clients et les habitués me saluèrent. Je répondis poliment puis allai me changer dans les vestiaires. Les cadres de Marilyn Manson tomberaient bientôt vu leur état. Quant aux chaises au cuir craquelé, je n'osais même plus poser mes fesses dessus, entre la pisse qui collait sur le bois, les chewing-gums sur le dessous, et la transpiration sur le dos. L'image devrait suffire à vous dégoûter. Le café avait une décoration vintage, mais vintage à deux doigts de s'effondrer. Les habitués qui me connaissaient s'amusaient, bourrés, à détruire nos biens, comme les cendriers. Ils se rendaient la plupart du temps sur l'arrière de la boutique pour uriner contre nos bennes à ordure. Le patron ne tentait rien pour y remédier, alors je ne le faisais plus remarquer.

Je déposai mon sac et ma veste dans mon petit casier en fer. Chaque employé possédait le sien pour ranger ses affaires, enfin, chaque employé soit Ashley, la ménagère et moi, la barmaid. Face au plan de travail et aux centaines de bouteilles d'alcool, je préparai les verres et les cocktails demandés. Les hommes qui pensaient avoir une chance avec moi commandaient à multiples reprises. Ils finissaient affalés, ronflant comme de gros porcs sur la table, tout leur charme réduit à néant.

Alors que je nettoyais le bar, mon amie vint à ma rencontre. Cela faisait des années qu'elle travaillait en tant que serveuse dans ce café. Toutefois, le jour où j'en aurai l'occasion, je partirai.

— Comment vas-tu ma belle ? Les cernes sous tes yeux en disent suffisamment pour s'inquiéter. Qu'est-ce qu'il se passe ?

Je haussai les épaules, le visage blême. Je détestais cet endroit qui empestait le cigare. Quand est-ce que le boss pensera à changer la décoration ou à aérer les pièces ? Le matin restait le seul moment agréable entre l'effluve du café ou du chocolat chaud.

— Oh, rien de spécial. Je ne suis pas tranquille la nuit. J'entends des bruits dans la rue, et tu sais ce qu'on dit… répondis-je d'un ton plat.

Ashley me jeta un regard attristé. Elle semblait avoir pitié de ma situation, pourtant, elle se moquait souvent de mes angoisses à ce sujet. Cette dernière ne croyait pas en tout ça. En même temps, elle dormait dans le centre où la Bête s'aventurait le moins, tandis que dans mon cas, je vivais sur la périphérie, là où son antre siégeait. Avant qu'elle n'ait le temps de répliquer, un client l'appela, agacé. Il était déjà ivre.

— Un jungle juice m'dzelle, bredouilla ce dernier.

Vodka, jus d'orange, citron, les ingrédients placés, je mélangeai comme à mon habitude avec force. C'était devenu un automatisme. Et bien que je me plaigne souvent de mon travail, j'adorais préparer ces cocktails pour ensuite voir les clients les déguster. C'était l'une de mes seules capacités. Mon père me répétait souvent que j'étais une moins que rien… Depuis, je n'avais plus confiance en moi et je mettais toutes mes émotions dans le travail pour exceller dans le domaine. Je rêvais de sortir de ce trou à rats pour concocter les meilleurs alcools du pays ! Malheureusement, comment se faire remarquer quand on vit dans un ghetto pathétique ?

Concentrée sur mon mélange, je n'aperçus pas Drake, mon patron, se dirigeant vers moi. Je levai le regard sur lui, puis lui souris poliment.

— Tout va bien ?

Sa question me laissa perplexe. Pourquoi venait-il me parler pour me poser une question si crédule ? J'espérais sincèrement qu'Ashley n'ait rien dit sur mon sommeil, car cela ne regardait que moi. Tant que je faisais mon travail correctement, il ne pouvait pas me virer. J'avais besoin de ce boulot pour survivre, pour offrir à Nicolas une scolarité comme chaque enfant le souhaite. C'était tout ce qu'il me restait.

Néanmoins, Drake ne détacha pas son regard de mon visage, à croire qu'il était écrit insomniaque sur mon front.

— Oui. Excusez-moi, mais j'ai des commandes.

Je le quittai pour servir mon client, tandis qu'il pestait entre ses dents. Nous ne nous étions jamais vraiment entendus sur la qualité des produits, sa manière de diriger le café, ou sur la propreté des toilettes, mais le respect persistait tout de même. Je jetai un coup d'œil rapidement à ma montre. Les aiguilles affichaient huit heures. Cette journée allait être très longue… Je soupirai, exaspérée, puis fis bonne figure pour faire face à nos meilleurs clients. Ashley et moi savions très bien qu'ils venaient ici, car nous étions les seules femmes de la ville à servir dans un café, des objets soi-disant sexuels selon eux, de simples poupées.

*

La journée terminée, je sortis du bâtiment les bras croisés. Les nuages sombres se rassemblaient dans le ciel. La pluie ne tarderait pas à se manifester alors que le vent se faisait déjà violent.

— Tu es certaine que tu vas bien ? me demanda mon amie en fermant à clef le bar.

Je hochai la tête d'un air accablé. La fin de journée annonçait la nuit, et la nuit annonçait la Bête. Pourquoi était-elle toujours aussi paisible ?

— Oui… Je suis juste inquiète, mais ça va aller. On se voit demain ?

Je lui fis la bise sans lui laisser le temps de répondre. Elle m'enlaça rapidement puis nous nous séparâmes. Je me pressai de passer à la boulangerie où il n'y avait plus beaucoup de pâtisseries, cependant, je voulais absolument faire plaisir à Nicolas. Depuis déjà quelques mois, nous n'avions pas mangé de dessert. Je choisis donc un éclair au chocolat et une boule de Berlin. Après avoir réglé, je partis en direction de l'appartement sans traîner. Normalement, mon frère devait déjà y être puisqu'il terminait plus tôt les cours.

Face à la porte, j'arrangeai ma coiffure puis plaquai un sourire sur mon visage. Ne pas être faible, il fallait le rassurer sans fléchir. L'air joyeux, je rentrai de bonne humeur. La nuit tomberait bientôt, amenant avec elle les ténèbres. Néanmoins, je bougeais ces pensées noires de mon esprit pour m'occuper de lui.

J'allai dans le salon où Nicolas jouait à ses jeux de société. Il adorait les échecs, c'était son jeu favori, suivi de près par le poker. Ce dernier remarqua ma présence et s'émerveilla lorsque son regard se posa sur la boîte en carton de la boulangerie. Je l'ouvris et lui montrai ce que j'avais ramené. Il souriait et s'épanouissait pour des petites merveilles comme celles-là.

— Merci, Olympe ! Je t'adore ! Mais on partage, d'accord ?

Je hochai la tête, entièrement d'accord même. On ne refusait pas de si bonnes nourritures quand on les avait devant soi ! J'installai des couverts pour engloutir ces bouchées.

Alors que nous nous apprêtions à les gober, un bruit strident provint de la rue et nous brisa les tympans. Je devins aussitôt livide, tremblante. Je tentai de contrôler ma nervosité. Les ténèbres n'étaient pas encore tombées sur le ghetto.

Inquiets, je déposai le paquet sur la table puis nous courûmes à l'extérieur. Un accident de voiture avait eu lieu. Ce n'était pourtant pas habituel, voire très rare, car peu en possédaient dans le quartier. Je compris à la plaque du véhicule que la victime était monsieur Stakir, soit l'homme le plus riche parmi nous. C'était une ordure. Nous le détestions tous pour son arrogance. Il s'amusait à nous jeter au visage sa richesse tout en se moquant de notre pauvreté. Je me souvenais très bien de cet instant, où, lorsque je l'avais croisé, il m'obligeait à m'excuser pour la poussière sur sa chaise. Il était au bar, et Drake avait été clair là-dessus, nous devions nous soumettre à ses désirs. Il valait mieux éviter de détailler le regard qu'il portait sur ma poitrine ou sur les fesses d'Ashley.

Je m'approchai du lieu. Le capot en feu et les portières arrachées, le véhicule était bien amoché. Tout le monde observait la scène sans bouger. L'ambiance s'assombrit. Qui aurait souhaité risquer sa vie pour un connard ? Il méritait de périr seul. C'était le chaos. Les flammes orange s'estompaient grâce aux bonnes âmes qui avaient appelé les pompiers. Le corps était coincé dans la voiture. L'odeur qui en émanait était nauséabonde. Je portai la main à la bouche, écœurée tandis que Nicolas semblait intéressé par ce qu'il se déroulait. Le quartier était réuni et refusait d'obéir aux pompiers qui nous demandaient de reculer un peu pour notre sécurité. La fumée noire s'envola dans le ciel.

La voiture était finalement détruite. Je n'osais même pas imaginer l'état de Stakir. Toutefois, l'un des pompiers alla voir le blessé au cœur des flammes. Il fallait vérifier s'il était vivant. Nous regardâmes attentivement, pris d'une curiosité malsaine. Au fur et à mesure que le temps passait, nous paniquions pendant que le feu se dissipait. Des questions se bousculaient dans notre esprit, elles circulaient dans la foule qui chuchotait. Est-ce bien lui ? Était-il mort ? Où ira son héritage puisqu'il n'a pas d'enfant ? Est-il encore temps de voler les objets de valeurs chez lui ?

Ce ne fut qu'une dizaine de minutes de recherches plus tard qu'il revint, sans la compagnie de qui que ce soit. La voiture était vide, aucune personne n'avait donc été touchée. Stakir n'était plus dans le véhicule, La Bête l'avait emporté… Cependant, ce dernier revint avec un liquide noir, épais, et gluant sur les mains. Les yeux grands, le corps tremblant, il pleurait sous l'emprise de l'effroi. La police ne nous croyait pas, mais les pompiers, eux, étaient persuadés de son existence puisqu'ils logeaient auprès de nous. Chacun savait alors ce qu'il s'était passé, la Bête était réveillée, la Bête avait faim, elle réclamait son dû.

Nuit d'horreur

La journée avait été éprouvante aujourd'hui. Le boulot, l'accident et le manque d'argent ne nous permettaient pas de vivre tranquillement. J'étais fière de me débrouiller seule, mais parfois, j'aimerais qu'une personne apparaisse et me dise : viens, je t'amène vivre loin d'ici. Cela m'accorderait une pause, ou deux. Et puis, à plusieurs, on est plus fort que seul. Tandis que je rêvassais sur ce que ma vie pourrait être en dehors de ce quartier, Nicolas me sortit de mes pensées en me souhaitant bonne nuit.

— Bonne nuit, fais de beaux rêves, répondis-je du salon.

J'éteignis donc la télévision. Nous allions dormir à la même heure puisque nous devions nous lever tôt pour les cours ou le travail. Le silence s'imposa dans l'appartement. Je me redressai pour me diriger vers la cuisine. Comme chaque soir, je me préparais un verre d'eau pour la nuit. La chaleur de cet appartement me donnait une sensation d'étouffement. J'avais beau ouvrir les fenêtres, en vain, rien n'y faisait. Cette atmosphère oppressante persistait.

La nuit tombait à petit feu, alors que les ténèbres prenaient part des pièces. Je bus rapidement ma boisson, les mains tremblantes. L'obscurité dans laquelle j'étais plongée intensifiait mes peurs sans scrupule. Elle annonçait son réveil, sa venue. Je n'avais pas envie de la voir ni de l'entendre. Juste à y penser, je me sentais nauséeuse. Depuis mon arrivée, cette chose était mon pire cauchemar. Évidemment, personne ne connaissait son existence à part nous. Qui croirait des personnes aussi pauvres, ignobles ou ivres que notre ghetto ? La moitié de la population dans cette banlieue se droguait, violait, ou buvait sans arrêt. La police répétait que c'était l'œuvre d'un serial killer qui laissait sa signature après chaque meurtre, mais qu'ils ne l'avaient toujours pas retrouvé. Pourtant, la Bête existait bel et bien. Chacun lui donnait un nom approprié. Certains la nommaient Malédiction, d'autres la Tueuse silencieuse, ou encore le Démon. La Bête était simplement le surnom le plus utilisé entre nous. D'ailleurs, aussi loin que je me souvienne, tout le monde parlait d'elle depuis mon emménagement. J'avais vécu longtemps avec cette phobie qui me hantait, et malheureusement, elle ne m'avait pas quittée. Elle symbolisait ce monstre que l'on croit cacher sous le lit la nuit, mais auquel personne ne croit en dehors de l'enfant. Je me souvenais encore de ce jour où mes amis vinrent m'expliquer que Tomy, mon meilleur ami ici, avait été capturé par celle-ci. J'avais pleuré toutes les larmes que mon corps pouvait le permettre. Tomy avait une personnalité désagréable de temps à autre, cependant je passais outre ce détail. Il m'aidait et m'appréciait à ma juste valeur, ce qui suffisait à mes yeux pour en faire un bon ami. Nicolas était trop petit à ce moment-là pour s'en souvenir, néanmoins, quelques scènes lui restaient à l'esprit.

Subitement, le cri de mon frère m'interpela alors que je me situais dans la cuisine.

— Olympe, il y a une araignée dans ma chambre ! hurla-t-il apeuré.

Il courut jusqu'à moi pour se cacher. Voilà pourquoi je refusais de lui parler d'Elle, parce qu'un simple arachnide l'effrayait. Toutefois, je ne pus m'empêcher de rire. En déposant mon verre, je cherchai du regard de quoi l'écraser puis le suivis dans sa chambre, le sourire aux lèvres. La situation m'amusait.

— Tu ne sais pas la tuer toi-même ? dis-je d'un air moqueur.

Mon petit frère me fusilla du regard tout en croisant les bras d'un air boudeur. Ma remarque l'avait blessé... Je me tus, entrai dans la pièce puis allumai la lampe à chevet à côté de son lit. Je réalisai brutalement que cette araignée était vraiment énorme, et qu'elle me terrifiait, moi aussi. Ses énormes pattes poilues mesuraient un bon trois centimètres. Cette image me répugnait. Cependant, je n'affichais pas mon angoisse à Nicolas, et ce fut sans réfléchir que je frappai d'un coup sec sur ce monstre. Affolée, je continuai d'abattre l'araignée, encore et encore jusqu'au moment où elle tomba au sol, les pattes repliées. Qu'est-ce que c'était dégoûtant... Fière de moi, je lui souris, l'encourageant ainsi à se débrouiller la prochaine fois. Je ramassai ce cadavre puis le jetai dans sa petite poubelle.

— Voilà, plus d'araignées maintenant !

En lui cédant la place, il retourna sous sa couette. Petite, j'étais exactement comme Nicolas. Un adulte devait toujours tuer n'importe quel insecte qui se présentait devant moi, mais mes parents m'obligèrent à prendre mes responsabilités. Ils se moquaient de mes craintes, me forçaient à faire face à chacune de mes angoisses.

— Merci beaucoup. Je vais pouvoir enfin dormir !

Je le couvris correctement, lui fis la bise sur son front puis quittai la chambre en fermant la porte à mon passage. Il était si innocent avec sa bouille d'ange. Bientôt, je devrais lui expliquer ce qu'il se produit vraiment dans ce ghetto, bien qu'avec les rumeurs, il s'en doutait certainement. Je ne voulais pas le perdre à cause de mon silence, de mes propres peurs. Nicolas serait bientôt en âge de sortir avec ses amis, il rentrait dans l'adolescence, et je refusais qu'il ignore ce monstre qui nous terrifie. Même les voisins les plus louches ne s'y tentaient pas. Quant à Ashley, elle m'avait demandé pourquoi nous n'étions pas chez nos parents, à la place de vivre dans une porcherie. Je ne répondis jamais à sa question. Mon passé me torturait, intensifiait ma douleur, ravivait les souvenirs. Je refusais catégoriquement d'en discuter, de retourner en arrière pour me remémorer les horreurs vécues. J'aimais Nicolas comme mon propre fils, cela me suffisait comme raison pour avoir fui le foyer familial. J'étais un peu plus aisée que nos parents, et je prenais mieux soin de lui que notre mère. J'étais seulement déçue de cet appartement, cependant, mon salaire ne me permettait pas de déguerpir de ce quartier, de me rendre dans une belle ville comme Milwaukee.

Une fois la vaisselle rangée, je m'empressai d'enfiler mon pyjama. J'étais exténuée, et il n'allait pas tarder à sonner minuit. Pendant que je m'habillais, mon téléphone vibra. Je sursautai, surprise, et regardai qui m'appelait. Un numéro privé. Je plissai les sourcils, intriguée. Qui pouvait bien me contacter à une heure si tardive ? Certainement une personne qui s'était trompée. Je prenais l'habitude.

Sans prendre la peine de décrocher, je partis me coucher au lit. Sous la couette, je fermai enfin les yeux. Dormir, dormir, dormir. J'essayai d'imaginer les ténèbres m'envelopper, me bercer, me rassurer. J'imaginais des étoiles scintillantes veiller sur nous. En vain, rien n'y fit. Bien que je sois abattue, je n'avais pas sommeil. C'était à croire que j'avais oublié quelque chose. Je cherchai donc mentalement. La télévision était bien éteinte, les appareils débranchés, fenêtres et portes fermées à clef. Je ne trouvais rien qui clochait. Exaspérée, je me relevai en m'appuyant contre le mur. Seule dans le noir, mes yeux fixaient le vide. Je me concentrais sur ma respiration en espérant que cela soit aussi efficace qu'un somnifère. Le médecin du coin refusait de m'en prescrire, car j'en abusais. Impossible donc d'en acheter en pharmacie, qui à la sortie de cette banlieue, s'avérait sérieuse et sévère sur ce médicament en ce qui me concernait. J'en avais exagéré les premiers mois, et depuis, les pharmaciens me demandaient une autorisation du docteur. Fichues insomnies…

Tandis que je réfléchissais à un moyen de dormir, j'entendis un drôle de bruit à l'extérieur. Je fus aussitôt prise du ventre, l'estomac retourné. L'adrénaline prit possession de mon corps. Ce bruit, oui, ce son m'effrayait. Je vivais cette horreur au fond de mes tripes. C'était un souffle gras, venant de loin. Les yeux entrouverts, mes mains devinrent moites. Avec le peu de courage qu'il me restait, je me levai pour me poser discrètement face à la fenêtre. Ma curiosité malsaine fut trop forte. Je l'ouvris et aperçus en passant la tête à l'extérieur qu'un des lampadaires ne fonctionnait plus correctement. Clignotant, il nous plongeait dans le noir l'histoire de deux secondes pour illuminer la rue par la suite. J'avais les jambes comme du coton. Mon corps se raidissait. Le visage blême, j'inspirais, expirais. Mon cœur battait la chamade. Je sentais chaque pulsion ainsi que le sang qui coulait dans mes veines.

Soudain, je la vis. Sa forme, sa dominance, son regard glacial et assassin. Mon sang se glaça. Mes cheveux, derrière la nuque, se hérissèrent. Je fus paralysée d'effroi, incapable de fuir.

La Bête remarqua ma présence, me rejoignit jusqu'à ma fenêtre ouverte en grimpant les murs, et se posa face à moi.

J'étais coincée, trop apeurée pour bouger. Ma respiration se bloqua alors que des violentes nausées me prirent. Je ne fis aucun geste. Mes yeux croisèrent les siens, vides, sans émotion. Je pouvais très bien distinguer sa peau de loup dans la pénombre, sa gueule aux dents pointues, pleines de bave. Même si j'essayais de me maîtriser, la panique me prit. Je frissonnais, terrifiée. Alors que je tremblais comme une feuille, j'eus soudainement envie de crier quand la Bête me sourit. Son sourire était malsain, affreux et monstrueux. J'angoissais. J'arrivai à peine à respirer. Ma gorge se noua, aucun son ne sortit de ma bouche. Je perdis l'usage de la parole. Mes dents claquèrent et mes gémissements émirent un bruit qui résonna dans la chambre, cependant, avant que je ne puisse hurler de terreur, je perdis connaissance en ne voyant qu'un dernier aspect mystérieux. Son regard bleu métal, intense, qui me transperçait l'âme.

Discussions

Les enfants jouaient dans l'aire de jeux. Leurs cris résonnaient entre ces murs tandis qu'ils s'amusaient à glisser du toboggan. L'ambiance était agréable et me changeait les idées. Je broyais du noir, sans oublier mon travail qui m'exténuait chaque soir. Je commençais à avoir des courbatures partout, ainsi qu'une fracture de fatigue au poignet gauche.

Pendant que mon petit frère parlait avec ses amis, content d'être ici, j'observai les différents jeux mis à disposition de petits. Je n'amènerai plus jamais Nicolas dans cette aire trop dangereuse. Ces objets paraissaient trop vieux, prêts à se briser sous le poids d'un enfant.

Assises à une table avec Ashley, nous le regardions courir dans tous les sens, hurlant de joie. Il rigolait comme un fou. Ça me faisait du bien de le voir heureux, insouciant de la situation actuelle. Il ne se doutait pas de ce qu'il se passait, en particulier de la soirée la veille. L'image de sa gueule, de ses dents ou de son regard restait coincée dans mon esprit. J'essayais de nier cette rencontre en me répétant que c'était un cauchemar. Oui, ça ne pouvait être que ça, sinon la Bête m'aurait tuée. J'hallucinais simplement, ce qui était possible avec la fatigue que je ressentais, non ? Peut-être que Nicolas nous croyait protégés de tout problème, pourtant, j'étais certaine qu'un jour, le café fermerait et nous serions alors à la rue. Je ne saurai pas où aller ni vers qui me diriger, puisque Ashley elle aussi serait dans le même cas.

Je chassai ces idées lorsque le serveur arriva prendre nos commandes. Je choisis un thé à la menthe, dans l'espoir qu'il m'apaise, tandis que mon amie préféra un verre de vin blanc. Je la reconnaissais bien dans ce choix. Nous étions l'opposé. J'étais la lune, elle le soleil, moi l'eau, elle le feu, mais comme tout le monde le répétait, les contraires s'attirent.

— Tu as une mauvaise mine aujourd'hui… remarqua-t-elle, mal à l'aise.

Je baissai la tête affichant un sourire, gênée. J'étais si angoissée que j'eus un rictus nerveux. Devais-je lui parler d'hier soir ? De ce que j'avais vu ou halluciné ? De la Bête qui était venue me rendre visite ? Rien qu'à y penser, je frissonnais. Je n'osais plus ouvrir la fenêtre de ma chambre ni poser un regard sur l'extérieur quand j'étais au lit. J'étais même tourmentée à l'idée qu'elle puisse se dévoiler à la lumière du jour.

— Je ne dors pas très bien ces temps-ci.

Je marmonnai entre mes dents. De cette manière oublierait-elle peut-être sa remarque. Toutefois, lorsqu'elle voulut me répondre, le serveur vint servir nos boissons. Je le remerciais mentalement d'interrompre notre moment puis bus une gorgée de mon thé à température parfaite. Un silence s'imposa entre nous. Ashley soupira, comme agacée que je riposte toujours de la même façon.

— Dis-moi ce qui ne va vraiment pas Olympe ! Tu es en manque d'argent ? Nicolas commence sa crise d'adolescence et tu n'en peux plus ? J'ai besoin de savoir pour t'aider… Tu sais que je suis là, hein ?

Sur ce, elle but d'un coup sec son verre tout en gardant son sérieux quand son regard se posa sur moi. Je n'aimais pas demander de l'aide, trop fière, et puis je refusais qu'un jour, elle me mette sur le dos tout ce qu'elle m'avait apporté. Jusqu'ici j'avais réussi à me démêler seule, et je continuerai de cette façon. Le passé m'avait trop déçue et touchée pour que je puisse m'étaler.

— Tu sais très bien quel est le problème, Ashley.

Elle garda le silence, pinça les lèvres puis souffla. À l'instant où je crus recevoir ses reproches, Nicolas nous interrompit, l'air triste, demandant pour avoir quelques pièces de monnaie. Je compris tout de suite qu'il voulait aller aux distributeurs de confiseries plus loin. Je cherchai donc dans mon portefeuille quelques pièces, eut un moment de panique. Est-ce qu'au moins j'en avais ? Quand cette question traversa mon esprit, j'en trouvai trois dans le fond de la pochette. Je les lui donnai et il partit sans un mot. Je supposais que c'était sa manière de me remercier. À chaque fois, je cédais à ses caprices, mais que ferions-nous si nous ne pouvions pas profiter un peu de la vie ?

Enfin seule, Ashley reprit le dessus en répliquant :

— Encore ? Combien de fois vais-je te l'expliquer ? C'est juste une rumeur pour effrayer les gosses la nuit. Ça les oblige à dormir tôt et les parents peuvent sortir sans problème. Tu connais tout aussi bien que moi ce ghetto. Les trois quarts sont des drogués… Donc forcément, il y a des meurtres, mais ce sont des règlements de compte, ma belle. Pas de quoi paniquer. Personne ne viendra vous ennuyer.

Je portai ma main au visage, grattant mon menton, irritée par ses propos. Qu'avais-je donc rencontré la nuit derrière ? Un fantôme ? Un revenant ? Ou était-ce simplement une vision ? Non, je refusais d'y croire. J'avais senti son souffle m'effleurer, vu son regard m'embraser, sa gueule saliver.

— Et les meurtres ? Le liquide noir ? Je ne rêve pas, et les autres non plus. Il y a bien un monstre dans ce quartier !

La tension commençait à monter. Je ne souhaitais pas me disputer avec Ashley, cependant, j'avais horreur qu'elle me rabaisse avec ses rumeurs stupides. Je ne comptais plus le nombre de fois où elle se moquait de moi et de mes angoisses parce que je craignais de rentrer du boulot en hiver avec Nicolas. La nuit tombait si vite, la Bête faisait la fête.

Toutefois, je me demandais à qui appartenait ce regard si perçant, profond, glacial ? Qui possédait ce souffle empestant la viande crue ? Je m'appuyais sur la table, épuisée par mon manque de sommeil. Mon amie me serra la main en guise de compassion. Personne ne comprenait ma peur, ma douleur, ni ce que je vivais. Je ne réussissais pas à ouvrir les yeux de mon entourage, qui préférait croire en la légende qu'en l'existence de la Bête, tout comme jamais les autorités ne seraient convaincues si j'avouais les crimes de mon père. Ashley replaça une de ses mèches blondes derrière son oreille. Sa finesse ne manquait pas d'être admirée par les hommes du café. Dès que l'on sortait à deux, je disparaissais, ou plutôt, je la mettais en valeur puisqu'elle était magnifique. Ashley représentait le plus gros cliché de la blonde bombasse qu'on croise dans les romances ou les films américains.

— Les supérieurs ont bien dû inventer quelque chose pour terrifier les habitants, réduire le vandalisme la nuit, les empêcher de sortir dès que l'obscurité tombe sur la ville. Ainsi, il y a moins d'accidents et d'appels et les nuits sont plus paisibles pour tout le monde. Tu dois cesser avec tes idées farfelues… Ton liquide noir, c'est sûrement de l'essence ou une connerie du genre. Si elle existait vraiment, je suis certaine que le monde aurait pris ça en charge !

Comment osait-elle dire ça ? Son ancien amant avait été assassiné par ce monstre. Et puis, si tous pensaient comme elle, personne ne bougerait le petit doigt pour nous sauver de cette galère. La Bête est maligne, la Bête a faim, la Bête a une stratégie que nul ne pouvait espérer dompter. J'étais abasourdie par ses propos, et j'étais certaine que peu importe ce que je lui disais de cette chose, elle me trouverait une excuse scientifique ou politique. Bref, j'étais une fois de plus isolée dans mes propres valeurs et idéologies.

Et comme si je n'en avais pas assez entendu, elle renchérit :

— Dis-toi que ce liquide inconnu est déposé assez souvent dans les ruelles mal fréquentées par des personnes payées pour effrayer la population. Et puis ainsi, on force les personnes à rester cloitrées chez eux, les empêchant ainsi de partir de là. Car qui refuserait une chance de fuir ce trou perdu dans lequel on vit, Olympe ? dit-elle sur un ton moqueur.

Je la fusillai du regard tandis qu'elle se relevait d'un air méfiant. Je finis alors rapidement ma tasse de thé, énervée, puis réglai l'addition. Je réfléchissais à ses mots et à ses moqueries qui me heurtaient. C'était injuste qu'on me prenne pour une folle alors que personne ne sortait la nuit, ce qui indirectement, voulait tout dire.

— Je l'ai vue hier. Elle était à ma fenêtre, dominante et affamée. J'ai vu son regard sans émotion me fixer, sa gueule s'ouvrir, son cri me transperçait chaque parcelle de peau. Et crois-moi, je n'ai pas rêvé.

Je répliquai ces mots sur un coup de tête. J'avais besoin d'exprimer mon ressenti si je ne souhaitais pas m'effondrer mentalement. Néanmoins, ma collègue ne bougea pas, livide. Elle se leva sans un mot pour payer à son tour son verre. Je compris qu'elle ne désirait pas aller plus loin dans cette discussion. Plus le temps s'écoulait, plus j'avais l'impression qu'elle se voilait la face. Nul n'avait envie d'y croire, car la réalité s'avérait trop abominable.

— Nicolas, viens ! Il est heure d'y aller... criai-je dans la pièce.

Les adultes me fixèrent, surpris par mon appel. Je rougis, timide, puis m'éclipsai dans la salle de jeux où je récupérai mon frère. Il attrapa son sac à dos à nous allâmes à l'extérieur. Une fois dehors, j'ouvris mon parapluie pour nous protéger. Il pleuvait des cordes, et le vent était gelé. C'était la première fois que mon petit frère commençait les cours aussi tard. Des propos circulaient entre les parents. Des rumeurs sur le retour de ce monstre qui apparemment avait attrapé l'un des professeurs. À ce rythme-là, nous dépassions largement une victime par an.

Je priais pour que Nicolas ne revienne pas ce soir avec mille questions en tête. Perdue dans mes pensées, je ne l'entendis pas me parler. Avec un temps pareil, il m'était impossible de distinguer sa voix parmi les cris d'enfants, les voitures qui klaxonnaient, et surtout, mon amie qui se plaignait à l'arrière de la pluie.

— Quoi ? dis-je en haussant le ton.

Nous traversâmes le passage piéton et ce fut face au bâtiment que je m'arrêtai. Sous le préau, Nicolas aperçut ses copains au loin. Il ne répéta pas sa question, trop pressé de rejoindre ses amis. Je lui embrassai donc rapidement le front et lui promis de ne pas revenir trop tard dans la soirée. Le sourire aux lèvres, il alla les retrouver pendant qu'Ashley et moi continuions la route jusqu'au bar. Elle ne parlait plus, ne me prêtait aucune attention et se pressait de rentrer au sec. Cette dernière détestait la pluie, car selon elle, ça déformait sa coiffure. Je ne cherchai pas à la rattraper. Je prenais mon temps pour arriver au café. Cette journée allait être longue et bien calme si elle ne prononçait rien avant la fermeture.

Au fond, dans ce ghetto, chacun se méfiait de son prochain. Je réalisais alors à l'instant même pourquoi, dans cet endroit, c'était chacun pour soi.

Drôle de rencontre

J'essuyai les verres tout en les replaçant à leur place sur l'étagère. Le bar était vraiment vide pour un vendredi soir. Généralement, je croulais sous les commandes, mais cette fois-ci, j'avais le temps de terminer mon travail sans courir dans tous les sens. Ashley ne bougeait que très peu entre les quatre clients dans la pièce. Je préparai les cocktails sans me presser. Drake quitterait bientôt les lieux en nous demandant de fermer à clef le café. L'habitude... Je détestais ça : métro, boulot, dodo. C'était ennuyant à mourir, et pourtant, je devais me contenter malgré le peu de revenu que je recevais par mois.

Je prenais peur dès que la nuit montrait le bout de son nez, dès que les ténèbres chassaient la lumière du jour, dès que les cauchemars devenaient réalité.

Sous l'ambiance sombre bleutée des néons, je remarquai au loin un homme qui m'observait. Quand nos regards se croisèrent, il se leva puis se dirigea vers moi. Je distinguai sa veste en cuir et son t-shirt blanc, un peu à la bad boy. Ashley était partie à l'arrière une fois nos derniers clients partis. Seule dans la pièce, je déposai ce que j'étais en train de faire puis lui souris poliment. La couleur de ses yeux me frappa. Bleu métal. Un bleu intense et profond. Tout comme son physique, grand, brun, mâchoire carrée et musclé. Qu'est-ce qu'un homme au physique aussi stéréotypé venait faire dans un café comme celui-ci ? C'était si rare de croiser de belles personnes qui prenaient soin d'elles. La plupart du temps, les hommes dans ce ghetto étaient ivres, barbus, empestant l'alcool et l'urine, sans oublier que les trois quarts étaient déjà âgés de quarante ans.

— Bonsoir, que puis-je vous servir ? dis-je calmement.

Toujours plongé dans la pénombre de la pièce, il ne s'approcha pas. Silencieux, mystérieux, ténébreux… Qui était-il ? Pourquoi ne se dévoilait-il pas ? Cela ne lui coûtait rien de me répondre… Alors que je grimaçais, incertaine de la situation actuelle, il me répondit par un sourire. Je fronçai les sourcils, perplexe.

— Si vous voulez boire un verre, il va falloir se rapprocher monsieur. La serveuse est à l'arrière et je ne peux vous entendre d'aussi loin.

Dans ce silence et cette atmosphère oppressante, je déglutis et attrapai discrètement le couteau sous mon plan de travail. Ce n'était pas rare que les cafés se fassent attaquer. Nous étions la seule source d'argent, le seul endroit ouvert aussi tard, et puis on ne prenait pas les cartes de banque donc notre caisse s'avérait toujours pleine. Payer par carte revenait trop cher selon le patron. Mais après tout, chacun de nous était prêt à tout pour survivre, aider nos enfants. J'espérais seulement que cet homme ne soit pas ivre. Il était bien trop distant pour que je puisse le sentir à son odeur. Subitement, ma seconde entra dans la salle en se recoiffant d'une queue de cheval.

— Enfin une personne à servir ! fit-elle, exaspérée.

Il y avait des jours comme ça où ça ne roulait pas, où les amateurs d'alcool manquaient à l'appel. Bien que cela me soulage de travailler plus lentement, cela voulait aussi dire que je serais moins bien payée. Pour éviter la présence d'Ashley, il s'empressa de venir au bar et de s'y asseoir. Elle l'observa, surprise par sa réaction, mais ne chercha pas à comprendre, car Drake, la porte des vestiaires ouverte, l'appela sur un ton sévère. Mon amie quitta l'avant du café pour rejoindre notre boss.

Oh non... me voilà seule, de nouveau isolée. Je tentais de garder mon calme puis de respirer à pleins poumons.

— Une Tequila Sunrise, s'il vous plaît.

Sa voix était grave, celle d'un homme virile et costaud. J'ignorai cet aspect et lui préparai au plus vite sa commande. J'étais nerveuse à cause de cet homme des plus étranges, mais surtout parce que j'étais seule face à lui. Je me retrouvais la plupart du temps maladroite quand on me fixait avec une telle intensité. J'assemblais les différents ingrédients puis mis le liquide dans un verre à cocktail. Ce ne fut qu'au moment où je lui donnais sa boisson que je croisai son regard, intense, bleuté, aussi beau de près que de loin. Je l'analysai attentivement bien que les lumières du bar ne nous illuminassent que très peu. Un mystère dansait dans la lueur de ses yeux. Ses lèvres étaient rougeâtres, humidifiées, et ses joues creuses. Je remarquai par la même occasion que son teint était très pâle. Alors que je l'inspectais, j'eus l'irrésistible envie de passer ma main dans ses cheveux soyeux, de les toucher, de sentir à quel point ils étaient doux. Ce dernier ne se rasait plus depuis plusieurs semaines puisque la naissance d'une barbe enveloppait le bas de son visage.

Sa tenue était des plus basiques, laissant ainsi apparaître ses muscles contractés, veste en cuir posé sur le côté et un jean. Je distinguais curieusement une cicatrice sur son bras droit, cependant, je déviais le regard de celle-ci, ne souhaitant pas créer de malaises. La curiosité était un vilain défaut comme disent les grands-mères.

Et bien que son comportement soit arrogant, je l'imaginai subitement contre moi, ses lèvres sur les miennes. Son parfum, doux et sucré, émanait de son corps en enveloppant le mien. Je secouai la tête pour reprendre mes esprits. La fatigue, oui, ma fatigue causait ces fantasmes des plus fous. Ce n'était pas le premier homme à la beauté d'Appolon que je croisais. Alors pourquoi devrais-je fantasmer sur lui ? Serait-ce le manque d'amour qui creusait un peu trop mon cœur ? Puisqu'il était servi, je continuai de laver la vaisselle. Il n'y avait pas un chien ce soir, à part celui en face de moi.

— Je m'appelle Jason, fit-il en brisant le silence de la pièce.

Je lui fis face tandis qu'il me regardait avec intensité. Ce dernier but plusieurs gorgées du cocktail. Je découvris alors une chose frappante. Je lâchai le verre, prise de peur, et reculai de plusieurs pas. Il se fracassa en mille morceaux et son bruit fit écho en moi. Je voyais une ressemblance avec la Bête. Ses yeux, oui, la couleur de ses iris, mais surtout, la profondeur de son regard. Tandis que tout se bousculait dans mon esprit, il me sourit d'un air hautain. Et ce fut sans attendre que Jason continua sur sa lancée. J'avais pourtant la bouche grande ouverte, surprise, stupéfaite par l'allure de cet homme.

— Tu agis toujours de la même façon avec tes clients ? Ça doit être pénible, non ? Autant pour toi que pour les autres, pesta-t-il d'un ton sec. Les trois quarts des hommes que j'ai vus sortir d'ici semblaient… Comment dire, de gros salauds.

Tant pis pour le respect et toutes les bonnes manières qu'on m'a inculqués, il était insolent, sans pitié et impoli en plus d'être sombre et ténébreux. Je ne pouvais me permettre de me rabaisser à un tel point... Il m'était impossible de déchiffrer ses émotions au travers de ses yeux. L'expression de son visage se dévoilait blasée. Il était différent, mais surtout, il me provoquait.

— Buvez votre verre et foutez le camp d'ici ! Ça vous fera quatre dollars.

Ce dernier jouait avec ses lèvres, les humidifiait sans oublier de me fixer. Il comprenait très bien le malaise qu'il créait en moi en faisant ça. Il but alors en quelques gorgées son alcool, puis subitement, posa son verre d'une violence sur le bar. Je sursautai, les yeux écarquillés. Il attisait ma curiosité et en même temps, il m'effrayait par son agressivité. Qu'est-ce qu'il cachait derrière ce cinéma ?

— Et si je n'ai pas envie de partir ?

Celui-ci se redressa, une main dans les cheveux, puis marcha le long du bar et vint à l'arrière, à mes côtés. Je pris du recul lentement, car je comprenais que sa prestance, son charisme, sa présence dominante prendraient bientôt le contrôle de la situation. Je me sentis rapidement petite à ses côtés. Il me dépassait de trois pommes. Et ce fut en ignorant les dégâts qu'il marcha sur les bouts de verre cassé. J'avalai avec difficulté ma salive, puis baissai la tête quand il fut juste devant moi. Nos corps se touchaient presque. Son souffle glissa ma peau, tout comme son parfum qui enivrait mes narines.

— Et si j'ai envie de rester auprès de vous, avec vous ? susurra Jason à mon oreille.

Il m'obligea à plonger mon regard dans le sien à l'aide de sa main. La peur me rongeait de l'intérieur, elle me prenait violemment aux tripes. Que voulait-il finalement ? Je ne portais aucun bijou de valeurs, je n'avais rien à offrir. Les hommes de ce ghetto se ressemblaient tous comme deux gouttes d'eau. Ils battaient les femmes, les méprisaient, les prenaient pour des poupées. Je détestais cet endroit comme mon travail. Malheureusement, je n'avais pas le choix. C'était ici ou à la rue, et Nicolas n'y survivrait pas. Le silence pesait entre nous jusqu'au moment où je décidais de répliquer.

— Mais… Mon avis dans tout ça ? chuchotai-je intimidée.

Ma voix parut plus tremblante que voulu. Jason savait ce qu'il provoquait en moi ; l'effroi.

— Votre avis ? répondit-il d'un air moqueur. Je n'en tiendrai pas compte évidemment. Une femme aussi douce et belle que vous doit être protégée, gâtée, aimée, n'est-ce pas ? Peut-être même enfermée dans l'antre d'un homme dangereux.

Paralysée par ses mots, je ne sus que rétorquer. La tension entre nous s'intensifiait, m'inquiétait au plus haut point. Par chance, Ashley sortit brusquement des vestiaires, suivie de Drake. Ils rompirent cet instant avec leurs rires. Mon amie avait un verre dans le nez, ce qui ne m'étonnait guère. Elle était ivre et titubait maladroitement. La chevelure en bataille n'arrangeait pas son apparence, sans oublier la robe légèrement trop remontée et ses joues en feu. J'apercevais sans aucun doute le string rouge en dentelles qu'elle portait. Toutefois, je ne la remercierais jamais assez, car grâce à son intervention, Jason recula de quelques pas. Je me sentis aussitôt soulagée, comme libérée d'un poids. Néanmoins, ses phrases se répétaient en boucle dans ma tête. Qu'est-ce qu'il essayait de me dire, ou de faire ?

Dans tous les cas, je ne comprenais pas. Agacé par la situation, il déposa un billet sur le comptoir puis sortit, les poings et les mâchoires serrées. Jason les fusilla du regard comme s'ils n'étaient pas les bienvenus. Cette drôle de rencontre me laissa perplexe, et il disparut dans les ténèbres de la nuit sans que je ne puisse le retenir pour en savoir plus. Même s'il était étrange, différent, je regrettais presque de ne pas avoir pu l'observer plus longtemps.

« Votre avis ? Je n'en tiendrai pas compte évidemment. Une femme aussi douce et belle que vous doit être protégée, gâtée, aimée, n'est-ce pas ? Peut-être même enfermée dans l'antre d'un homme dangereux ».

Quel était son but ? Pourquoi était-il venu me voir, moi ? Je devais le retrouver pour résoudre ce mystère, répondre à mes questions, car tout cela m'empêchait de raisonner correctement. Bon sang, oui. Ce Jason me cachait bien plus qu'un secret.

Proposition accablante

Le bruit de l'horloge résonnait dans la pièce de manière rythmique. Tic-tac tic-tac... J'observais en silence les cadres posés sur le mur grisâtre. Ils représentaient des célébrités des années 80. Drake en raffolait, sans oublier sa passion pour les stripteases. Je l'attendais donc, impatiente de découvrir la raison pour laquelle il m'avait convoquée dans son bureau. Selon son discours d'hier soir, il avait une grande nouvelle à m'annoncer !

« Olympe, demain, première heure, dans mon bureau ! Je vous prévois une grande promotion, proclamait-il alors qu'il était ivre. »

Même si je doutais de la sincérité de ses dires, je n'osais pas m'opposer à ses ordres. Ce dernier était dur, strict avec nous, en particulier parce que nous étions des femmes. C'était du sexisme, de la discrimination, mais malheureusement, nous étions seules face à lui. D'ailleurs, Ashley m'avait touché un mot sur son aventure. J'avais bien ri lors de ses explications. Je ne savais pas si je devais me fier aux détails de son histoire, pourtant, le fait que Drake soit aussi moche à l'extérieur qu'à l'intérieur me faisait du bien. Il ne méritait pas tout ça, ce café, cette somme d'argent, ce luxe. Il était ignoble... Toutefois, il lui arrivait quand même d'être juste envers nous.

« Jamais l'alcool ne m'a autant aidé à jouir », me répétait-elle depuis cette péripétie. Je plaignais mon patron juste pour ces paroles. Bien que ce dernier soit misérable et laid, je ne cautionnais pas ces rumeurs.

Subitement, la porte de son bureau s'ouvrit et se referma aussi vite derrière lui. Celui-ci marcha d'un pas nonchalant avant de s'asseoir comme un porc sur sa chaise face au bureau. Les yeux écarquillés, je fus surprise par cette entrée. Je le regardai d'un air ahuri, comme si je n'avais jamais vu un homme porter des lunettes de soleil pour dissimuler sa gueule de bois. Le lendemain de soirée était toujours compliqué, surtout quand on enfilait les verres sans se préoccuper du degré d'alcool de chacun d'eux. Par peur de le vexer, je me tus tout en réfléchissant. Quelle promotion pouvait bien m'attendre ?

— Bonjour, Olympe, balbutia-t-il en se jetant dans son siège.

La chaise grinça sous son poids. Face à face, je déviai son regard, intimidée par son poste. Je n'aimais pas ces entretiens entre patron et employé qui m'angoissaient. C'était toujours aussi nerveux, voire oppressant. La tête baissée, je lui répondis poliment.

— Bonjour monsieur Johnson.

Je patientais en espérant qu'il me dise hâtivement de quoi il s'agissait, cependant, les minutes défilèrent sans que je reçoive de réponse à mes questions. J'attendis, encore et encore, l'aiguille sur l'horloge bougeait. Un ronflement transperça subitement le silence de la pièce. Je me relevai, surprise. Est-ce qu'il dormait vraiment ? Non, c'était impossible… Je vérifiai si mon patron somnolait sur sa chaise. J'attrapai un crayon sur le bureau pour le piquer. Drake se réveilla en sursaut puis perdit l'équilibre. Il tomba la tête la première au sol en grognant d'agacement. Je me sentis gênée au point de rougir comme une tomate, puis émis un rire nerveux que je ne pouvais retenir plus longtemps.

— Pardonnez-moi, Olympe. Je n'ai pas dormi de la nuit. Bon, venons-en à cette promotion.

Il parlait dans ses dents sans que je comprenne un mot de ce qu'il explique. Ce dernier se redressa pour s'installer correctement et enfin, m'annoncer cette fameuse nouvelle. J'étais excitée à l'idée d'envisager un meilleur poste. Je me projetais déjà, enfin, j'imaginais surtout mon salaire augmenter un peu. Cela me serait d'une grande aide, car je pourrais répondre aux envies de Nicolas. Nous aurions la chance de manger un plat chaud chaque jour, ou de nous offrir plus souvent des pâtisseries ! Jusqu'ici, nos objets de valeur provenaient de nos parents. Je leur avais pris des livres, des jeux d'échecs, ou des bijoux, car de toute manière, ils ne s'intéressaient pas à tout ça. J'étais même certaine qu'ils n'avaient pas remarqué l'absence de ces objets. Et puis, ces amusements représentaient ma seule échappatoire quand je vivais là-bas. Je me devais de les amener avec moi.

— Les clients aiment beaucoup vos cocktails, et en particulier, votre présence derrière le bar.

Il bredouilla ces mots en évitant de croiser mon regard. Je fronçai les sourcils, perplexe. Jason n'avait donc rien dit à Drake. Néanmoins, je sentais déjà sa proposition venir. Non. Il n'oserait pas me demander cela… C'était impensable. Je me rassurais à l'idée qu'il soit encore sous l'effet de l'alcool. Son allure laissait à désirer. L'odeur que son corps émanait me dégoûtait, un mélange d'urine, de tabac et d'alcool. Ce dernier représentait bien l'image de ce café. Sans oublier sa gueule de bois. Sa proposition n'était que du pipo. Il n'y avait jamais eu de promotion, sinon, il me l'aurait déjà proclamée. Je me levai donc, prête à sortir de la pièce, déçue, mais à l'instant où je posai la main sur la clinche, il m'ordonna de reprendre place. Je n'aimais guère le ton sur lequel il me donna cet ordre, néanmoins, Drake restait mon patron. Assise sur mon siège, je fixai le sol à la recherche d'une explication. Pourquoi me racontait-il ces sornettes ? Évidemment que les clients appréciaient mes cocktails, sinon ils ne les boiraient pas.

— Je vais aller droit au but. Les clients attendent plus de toi.

Je déglutis, avalai ma salive, puis toussai, embarrassée. Ce simple petit mot – plus – ne me m'inspirait pas confiance. Je sentais cette offre arriver, toutefois, je voulais l'entendre de vive voix, explicitement.

— Plus ?

Je répliquai la voix cassée. Mon incertitude, mon angoisse, mes peurs se distinguaient. Alors que j'attendais, il jouait, un stylo à la main, l'air crispé. Drake ne me regardait pas, à croire qu'il était honteux de ses propres idées.

— Je ne dois pas te faire un dessin, si ? pesta mon patron.

Paralysée sur ma chaise, je me fis discrète. Mes yeux s'écarquillèrent, car le pire se produisait. J'avais besoin qu'il me dise mot pour mot son souhait afin d'être sûr que je ne fasse pas fausse route. Quelques secondes s'écoulèrent dans le silence, puis Drake soupira d'un air agacé.

— Ils aimeraient que tu les baises, bordel, que tu te prostitues ! Et j'ai besoin de savoir si tu es d'accord ou non.

Était-ce sérieux ? Je ne réalisais pas ce qu'il venait de me lâcher. Nerveuse, mes mains devinrent moites. Je refusais d'exercer cette profession. Ce n'était pas moi, pas celle que j'étais. Et puis, ça me répugnait. J'en attrapais même la nausée. Ces hommes au-dessus de moi, les mains sur mon corps, hors de question. J'en avais suffisamment vu avec mon père.

— Non, votre offre ne m'intéresse pas, monsieur Johnson.

Sur ce, je me précipitai sur la porte et sortis de ce bureau au plus vite. J'étais surprise, abasourdie par ses mots. Je ne réalisais toujours pas ce qu'il venait de se produire. Quand je revins à l'avant du café, Ashley me vit. Elle ne me fixait pas moi, mais bien ce qu'il y avait derrière moi.

— Attendez ! cria Drake alors qu'il me suivait.

Je roulai des yeux, soupirai et m'arrêtai dans ma course. Il s'approcha de moi pour parler à voix basse. Ce dernier ne désirait pas être entendu par un client.

— Vous n'imaginez pas l'argent qu'on pourrait gagner ! De plus…

— Non ! le coupai-je violemment. J'ai décliné votre offre et vous m'avez laissé le choix. À vous d'assumer le trou dans les caisses maintenant.

Je devais m'affirmer, imposer mes envies et mes choix. Je partis donc derrière le bar, là où était ma place. J'évitais par la même occasion mon patron pendant mes heures de travail. La pluie ne s'était pas améliorée et s'abattit bien plus sur la ville en fin de journée. Les clients partirent petit à petit et le service devint plus lent. Ashley en profita pour discuter sur ce qu'il s'était passé. Assise sur un tabouret en face du bar, elle souhaitait connaître cette fameuse offre de travail que Drake me donnait sur un plateau d'argent. Mon amie discernait à l'expression de mon visage que je n'étais pas de bonne humeur. Avant de lui répondre, je réfléchis en mordillant mes lèvres. Le silence était interrompu par les multiples gouttes de pluie qui s'affalaient sur le toit du bâtiment. Chaque fois que je me sentais nerveuse, je gigotais, touchais à tout sans arrêt et tremblais des jambes.

— C'était l'enfer… Il veut que je me prostitue avec les clients du café pour remplir les vides de la caisse.

Ses yeux devinrent globuleux sous l'effet de surprise. Elle semblait aussi stupéfaite que moi par sa proposition. Celle-ci garda son calme puis cria :

— Quel connard ! J'en reviens pas, putain !

Le ton qu'elle employa me surprit. Je ne l'avais jamais vue aussi agressive. Elle parut offusquée, heurtée par les événements d'aujourd'hui. Alors qu'elle ne tenait plus en place, un client lui rappela sa commande. Elle l'envoya bouler, étant de mauvaise humeur. Ils finirent donc par partir en marmonnant des jurons.

Quand nous fûmes enfin seules dans la pièce, elle se pencha en avant pour me chuchoter :

— Il m'a demandé la même chose hier, tu sais, après qu'on ait…

Je restai silencieuse et compris que nous étions fichues. Et si le restaurant allait plus mal qu'on ne le pensait ? Et si le destin que la vie nous réservait était celui d'être à la rue ? Je jetai un coup d'œil à l'horloge. L'heure allait bientôt sonner. Je devais aller chercher Nicolas à l'école pour rentrer rapidement à l'appartement. J'étais exténuée et n'avais qu'une seule envie, celle de me reposer dans le sofa, couchée dans le plus grand calme. Je manquais atrocement de sommeil et étais sur les nerfs. Peut-être était-ce pour cette raison que j'avais osé hausser le ton avec mon propre patron.

Nous rangeâmes à deux le café, le nettoyâmes et prîmes nos affaires. Drake semblait avoir disparu du bâtiment, à croire qu'il se sentait aussi honteux de nous demander ces services. Je quittai donc le café, accompagnée de mon amie. La pluie se faisait de plus en plus lourde. J'ouvris mon parapluie pour éviter d'arriver mouillée jusqu'aux os. Il n'y avait pas un chien dans les rues. Avec un temps pareil, c'était normal. J'attendis qu'Ashley ferme à clef pour marcher jusqu'à l'école. Elle se colla à moi pour échapper à la pluie. Cette dernière ne portait ni manteau ni veste pour se protéger. Heureusement que nous prenions la même route.

— On est dans la merde, Ashley. Si Drake a insisté des deux côtés, c'est que le café ne va plus tenir très longtemps.

Ma collègue pensa à cette idée puis fut horrifiée. Elle afficha une grimace à en mourir de rire. Néanmoins, la situation était grave. Si nous perdions notre travail, nous étions toutes les deux à la rue. Et je refusais de vivre dehors alors qu'une bête se promenait à la tombée de la nuit. D'ailleurs, que dirais-je à Nicolas si ça se passait ? Il serait inquiet à l'idée de ne plus avoir son lit ni ses jeux et encore moins de quoi manger. L'école représentait sa seule chance de sortir de cet endroit maudit.

Angoissée, je mordillai l'intérieur de mes joues. Non, non je ne désirais pas finir comme ça, pas comme mes parents. Tandis que le silence s'imposait entre nous, que l'ambiance se tendait et que l'atmosphère nous oppressait, Ashley lâcha une dernière phrase avant de s'éclipser. Elle me proposa de la rejoindre chez elle pour passer la soirée ensemble avec mon petit frère. Cela nous permettrait de discuter. Je la laissai s'en aller tandis que je me préparais à reprendre Nicolas à l'école.

— À tantôt ! dit-elle avant de quitter l'enceinte du bâtiment.

Je souris puis sortis à mon tour. Le vent me frappa le visage. Cet air glacial me brûla les joues. Je refermai ma veste correctement tout en continuant mon chemin. La tirette coincée, je m'acharnai dessus. Elle ne désirait pas se débloquer.

Subitement, je percutai un homme. Nos épaules s'étaient entrechoquées. Je m'arrêtai, surprise.

— Pardonnez-moi, je ne regardais pas où je marchais...

Je relevai la tête, et alors, je le vis pour la deuxième fois. Les sourcils froncés, je le regardai avec intensité, enfin sous la lumière du jour. La veille, il n'avait pas fait de quartier. Son arrogance me rendait folle, et pourtant, il m'intriguait. Jason parut aussi étonné que moi par notre accrochage. Il s'avança afin de me répondre.

— Je ne pensais pas vous croiser de sitôt, mais c'est à moi de m'excuser pour hier soir. Je n'étais pas... dans mon état naturel.

Sa voix, si mélodieuse, vola mes mots. J'ouvris la bouche pour ne rien dire puisqu'aucun son ne s'en sortit. Jason semblait bien plus doux, mais toujours aussi distant.

— Non, oubliez cette mésaventure. J'ai l'habitude.

Son t-shirt blanc, bien trop moulant, dévoilait sa musculature. Son regard toujours aussi énigmatique ne me quittait plus. J'hésitai à le planter là ou à discuter plus longtemps avec lui. Je me sentais attirée vers cet homme comme par magie. Une force nous reliait, une force qui me paraissait inconnue et bien plus puissante que je l'imaginais.

— Justement, je ne veux pas oublier. Je suis loin d'être une de ces andouilles ivres mortes.

Le silence entre nous me pesait sur les épaules. Que devais-je faire ? Qu'attendait-il de ma part ? Dans le doute, je hochai la tête, les lèvres pincées. Ma chevelure virevolta au gré du vent. Elle vint me barrer la vue avant que je ne la replace correctement. J'aperçus Jason mimer un sourire.

— Ne rigolez pas, ces bourrasques m'empêchent de rester coiffée... C'est à peine si je réussis à les attacher !

Il émit un rictus. Je me demandais s'il se moquait vraiment de moi ou s'il était amusé par la situation.

— Je vais vous laisser, mon travail m'attend. À bientôt peut-être. J'espère que la prochaine fois, le cocktail sera meilleur !

Sur ces mots, il m'abandonna là et disparut dans une ruelle plus loin. Je n'eus pas mon mot à dire puisqu'il continua à marcher. J'hésitai à le rattraper, cependant, Nicolas m'attendait dans la cour de l'école. Je mordis l'intérieur de mes joues, heurtée par ses propos, puis me pressai jusqu'à l'établissement scolaire. Cherchait-il à m'agacer pour que je perde le contrôle ? Et puis ce sourire, cette arrogance qui me rendait hors de moi. Cette rencontre se répétait dans mon esprit avant que je n'arrive en face de l'école. Si je l'avais croisé si proche de mon lieu de travail, ça ne pouvait pas être un hasard. Ce dernier bossait donc dans le coin, pas si loin de moi. Peut-être était-ce pour cette raison que cet homme était venu au bar la veille, et puisqu'il n'avait pas eu le mot de la fin hier, et il l'avait eu juste ici. Cet homme jouait au chat et à la souris.

Dès que je fus en face du bâtiment, mon frère m'aperçut puis courut dans ma direction. Mon esprit divaguait toujours, entre la proposition de Drake, le sérieux d'Ashley et mon altercation avec Jason. Chacun sacrifiait une partie de soi ici pour demeurer entre quatre murs, au chaud, tandis que l'hiver se dévoilait au fur et à mesure. Des frissons me parcoururent de la tête aux pieds. Allions-nous vraiment réfléchir à cette offre ?

— Ça va, Olympe ?

Je sortis de mes pensées, distraite par Nicolas puis lui souris.

— Oui, oui. Allons-y, ce soir, nous allons dormir chez Ashley.

Il sautilla de joie puis me raconta tous les potins de l'école sur la route. Son copain, Bryan, avait eu une petite sœur dans la semaine. Sa mère avait accouché. Nicolas m'embarqua dans chacune de ses relations. On pouvait dire qu'il mettait de l'ambiance. Je l'écoutai avec attention pendant que nous nous dirigions vers l'appartement d'Ashley. Qu'est-ce que la vie me réservait pour tout recevoir d'un seul coup sur les épaules ?

Soirée pyjama

Ashley m'invita à passer la nuit chez elle ce soir-là. Elle en avait assez de me voir nerveuse ou anxieuse dès que j'entendais le moindre bruit. Et pour me montrer qu'il n'y avait rien à craindre, elle comptait s'amuser toute la nuit à mes côtés. Évidemment, mon petit frère ne disait pas non. Chez cette dernière, ce n'était pas la nourriture qui manquait. Tant d'hommes se trouvaient à ses pieds que ce qu'elle demandait, elle l'obtenait. Alors que Nicolas gardait sa bonne humeur, je me voyais troublée à la suite de cette journée catastrophique. La proposition de Drake et Jason qui ne me sortait plus de la tête. Cette scène se répétait encore et encore. Quant à l'offre du patron, elle passait en boucle dans mon esprit comme une insulte, en particulier depuis que mon amie y songeait avec sérieux. Comment osait-il nous offrir ce travail alors que personne n'en souhaitait ? Il me dégoûtait, me répugnait, me donnait envie de vomir. Je ne comprenais pas comment Ashley pouvait accepter ses mots sans broncher. Une femme se respectait, pauvre ou riche, moche ou belle, peu importait. Je n'étais pas un objet sexuel, et surtout, je n'étais pas prête à écarter les jambes dès le premier venu pour cinquante dollars. C'était si insultant et dénigrant. Si Drake désirait plus d'argent, il pouvait se prostituer s'il le souhaitait, mais il n'avait pas à le demander à ses uniques employées. Parfois je me disais qu'avec la présence d'un mari, personne n'aurait le culot de me proposer cette offre de boulot.

Une fois arrivé chez elle, Nicolas sauta sur l'ordinateur fixe que possédait mon amie. C'était un cadeau d'une de ses nombreuses aventures comme la plupart de ses objets de luxe. Tandis qu'elle lui montrait ses différents jeux, je préparai dans la cuisine les aliments dont nous avions besoin pour souper. Des spaghettis à la bolognaise, le repas préféré de mon petit frère, et le mien par la même occasion.

Ashley me rejoignit dans la cuisine puis mit la casserole sur le feu pour que l'eau bouille. Nous étions toutes les deux gênées par rapport à ce qu'il s'était produit au boulot. Des questions se bousculaient dans mon esprit. Le silence était interrompu par les bruits de l'ordinateur et les cris de joie de Nicolas dès qu'il gagnait une partie. Je refusai à cet instant de laisser Jason me déconcentrer. Il sortirait de mes pensées pour que je puisse profiter de ma soirée. Je préférai en venir aux choses sérieuses avec ma collègue, soit à cette proposition.

— Nous ne pouvons pas accepter, Ashley ! Ce serait... tellement rabaissant, tu ne penses pas ? dis-je sur un ton désespéré. En plus, nous ne le voulons pas. Ce serait forcé une femme à vendre son corps...

Celle-ci était moins mature que je l'étais. La vie me forçait à grandir plus vite. Après avoir vécu dans une famille violente, et élevé mon petit frère, je devais faire face aux problèmes de la vie sans râler. C'était comme ça. Soit je relevais la tête, soit je m'enfonçais sous terre, et puis, Nicolas avait besoin de ma force, de mon courage pour avancer. Toutefois, Ashley me rit au nez tout en versant les pâtes dans l'eau brûlante. Ce rictus moqueur m'offensait.

— On doit trouver une autre manière de gagner de l'argent. Même nos propriétaires sont à sec et comptent augmenter notre loyer. Si le café va mal, on coule avec ma belle.

Je réfléchis quelques minutes à ses mots. Une solution m'éclaira, cependant, elle serait plus difficile à réaliser. Drake aussi manquait d'argent. Nous étions tous fauchés. Et pourtant, nous faisions tous face au jour chaque matin. Beaucoup critiquaient notre ghetto, et c'était vrai, il était horrible. Je n'aimais pas cet endroit, cependant, je me voyais comme une survivante. Combien se suicidaient en secret chez eux avant d'être découverts par le propriétaire ? Combien s'amusaient à chercher la mafia pour recevoir une balle dans la tête et partir en héros ? Dans tous les cas, ces quartiers n'étaient pas réservés à tous. Soit vous aviez un mental de guerrier, soit vous périssiez dans les abysses de l'enfer.

— Si Drake engageait des strip-teaseuses, il ferait concurrence à tous les clubs du soir et ça nous rapporterait plus.

Je réalisai aussitôt la bêtise que je venais de dire quand le silence plomba la pièce dans une ambiance tendue. Engager des nouvelles personnes demandait aussi de les payer, donc nos salaires seraient moindres. Le son des touches de l'ordinateur troublait le silence de la pièce. Le calme s'imposa entre nous. J'entendais Nicolas s'énerver sur son jeu. Décidée à oublier ma gaffe, je l'appelai pour qu'il m'aide à installer la table pendant qu'Ashley se perdait dans ses pensées. Il éteignit l'appareil puis me rejoignit à la hâte.

— Mets les couverts, je prends les assiettes.

Il les compta soigneusement puis me suivit jusqu'à la table. Je posai comme il fallait les plats et Nicolas alla s'asseoir à sa place. Ashley arriva à toute vitesse avec la casserole remplie de spaghettis. Mon petit frère se léchait déjà les babines, et pour dire, l'odeur de la sauce tomate était succulente. Je lui souris, le décoiffai puis me pressai vers la cuisine. Nous avions oublié le gruyère. Quelle grande erreur quand on sait qu'Ashley en raffole.

Pendant qu'elle servait tout le monde, j'ouvris les sachets sans plus attendre. Depuis combien de temps n'avais-je plus mangé un plat chaud ? Depuis combien de temps avais-je mangé d'ailleurs ? Cela faisait une éternité… Je grignotai des biscuits selon les heures sans vraiment manger de trois repas par jour. Je les cuisinais pour mon frère, il mangeait le midi à l'école, cela me suffisait. Je me contentais de cette vie pour l'instant de toute façon, je n'avais pas le choix. Je laissais toujours Nicolas se nourrir des bons plats et je grignotais les restes. Mon petit frère était en pleine croissance, il était donc important qu'il mange à sa faim. Je lui cuisinais souvent des repas de pauvre comme me le répétait Ashley, soit des spaghettis, de la soupe ou du riz. Je ne pouvais pas me permettre d'acheter plus ou de nous nourrir avec des aliments plus sains. D'ailleurs, tout se déroulait comme sur des roulettes, alors je ne voyais pas pourquoi changer mon organisation. Mon salaire m'empêchait de nous nourrir correctement. Par chance, mon corps tenait le coup. Aussi, il m'arrivait d'aller grignoter dans le frigo du café en fin de journée quand le patron travaillait dans son bureau. Dans ce ghetto, si on croisait en rue une personne bien enveloppée, nous savions qu'elle avait les moyens, qu'elle était riche. C'était de cette façon que les voleurs repéraient leur proie ici. Les formes représentaient la richesse. Une bien triste réalité quand on habitait en Amérique.

Alors que nous étions plongés dans le silence, trop concentrés sur notre assiette à faire bonne chère, Nicolas lança par erreur de la sauce tomate sur mon amie. Elle la reçut en pleine face, sur son nez. Le liquide coula lentement jusqu'à son menton puis goutta sur ses vêtements. Je ravalai mon rire, mais ne pus le retenir longtemps. L'atmosphère paraissait si tendue par moment que ça me détendait. Nicolas me suivit et rigola de bon cœur. Ashley me jeta subitement à son tour de la sauce. Elle atterrit en plein sur mon front. J'ouvris la bouche pour protester, surprise, puis reproduis le geste sur mon petit frère qui n'hésita pas à se moquer de moi. Ainsi, une bataille de nourriture commença. C'était mal et nous le savions, gaspiller de la nourriture s'évitait, néanmoins, les moments de joie étaient si rares dans ce quartier que nous en profitions. Nos rires se mêlèrent pour former une seule et belle mélodie pendant de dizaines de minutes.

Quand tout le monde fut suffisamment taché, ma collègue intervint :

— Stop ! cria cette dernière avec de grands gestes.

La louche en main, elle nous menaça en nous pointant avec. Je l'observai, le sourire aux lèvres, pendant que Nicolas tenait la casserole encore pleine de sauce. Je n'imaginais pas ce qu'il aurait pu se produire s'il l'avait devancé. De toute façon, les heures s'écoulaient et il serait bientôt l'heure de dormir pour lui.

— Bon, tu vas aller prendre ta douche, dis-je en fixant Nicolas.

D'un air boudeur, il posa son arme et croisa ses bras. Je n'eus pas le temps de lui parler qu'il courut jusqu'à la salle de bain. Sa crinière brune en bataille lui donnait l'air sauvage. Je lui montrai où se situaient les produits puis le laissai. L'appartement d'Ashley était assez moderne et coloré de vifs pigments, entre ses nombreuses plantes vertes, ses cadres de célébrités et son mur rouge. Je l'aidai à nettoyer le bazar dans la pièce à la hâte. La sauce tomate allait salir mes vêtements, ça, j'en étais certaine. Ce serait une calamité. Qu'est-ce qui m'a pris de jouer aux enfants ? Nettoyer la salle à manger, soit le salon, nous demanda plus d'une demi-heure. Entre la sauce à retirer sous la nappe, sur les chaises et terminer la vaisselle, nous étions débordées. Toutefois, nous finîmes à l'instant même où Nicolas sortit de la salle de bain. J'étais étonnée qu'il n'ait pas eu besoin de mon aide, car il avait une peur bleue de l'eau, ou plutôt de sa profondeur. Depuis notre aménagement, il n'avait pas pris de bain. Il se contentait d'une douche, trop effrayé à l'idée d'être plongé dans l'eau ou de s'endormir et de glisser sous la surface. Ma mère avait eu le malheur de le laisser un jour seul dans son bain pour sortir et fumer une cigarette. Elle le retrouva à temps, puisqu'il se noyait, à peine âgé de deux ans à cette époque. Je ne regrettais rien en l'ayant amené avec moi dans ma fuite, puisque notre mère n'avait pas su s'occuper de nous comme il le fallait. Quant à Nicolas, je ne lui en voulais pas, car nous avions tous nos propres phobies. Souvent, il me demandait d'attendre derrière la porte pour être certain qu'en cas de problème, je puisse rapidement réagir. Ça le rassurait et lui permettait d'être plus confiant. Petit à petit, je quittais ma place quand il était sous la douche pour revenir juste avant qu'il n'ouvre la porte. Nicolas ne le remarquait pas, mais peut-être que bientôt, cette peur s'arrangerait. J'espérais qu'en grandissant, il sache mettre de côté cette phobie pour s'épanouir, car un jour, je ne serai plus là.

Avant de le mettre au lit, je pris une douche à mon tour. Ma longue chevelure ébène était ébouriffée et de la sauce tomate collait sur le bout de mon petit nez. Mon teint bronzé me donnait un air latino, alors que mes origines étaient bien américaines. J'avais les yeux de mon père, une couleur brune, sombre, mais le sourire de ma mère. Comment peut-on nous aimer quand on déteste autant ses parents et qu'on leur ressemble ? Je retirai ces pensées de ma tête puis filai sous l'eau chaude. Cela ne me prit que quelques minutes avant de rejoindre Ashley dans la cuisine, un verre de vin à la main.

— Nicolas est un petit garçon merveilleux. Tu as de la chance de l'avoir, me chuchota Ashley.

Elle me proposa de boire le reste de la bouteille avec elle, ce que je déclinais poliment. Nous allâmes par la suite nous asseoir dans le fauteuil. Mon amie avait encore les vêtements tachés et empestait la sauce tomate. Tout le luxe qu'elle possédait, elle le devait à ses conquêtes, que ce soit sa télévision, son ordinateur, ou encore, ses nombreuses bouteilles d'alcool.

Je posai ma tête sur son épaule, fatiguée, pendant que le programme télévisé défilait. Nous discutions de mon petit frère alors qu'il jouait sur l'ordinateur, un casque sur la tête.

— Oui. Tu sais, il fait beaucoup de cauchemars parfois. Je ne sais pas toujours comment le rassurer.

Elle enlaça sa main dans la mienne en guise de soutien. Ashley n'avait pas de famille ni d'enfant. C'était une fille unique qui ne comprenait pas ce type de problèmes. Jamais elle n'avait eu à rassurer quelqu'un, à part elle-même ou ses parents. D'ailleurs, elle ne me parlait peu de sa famille voire pas du tout puisque je ne connaissais pas son histoire. Je supposais que celle-ci avait une bonne raison de garder ça secret. Chacun avait son jardin intime, et il ne valait mieux pas forcer pour y rentrer. Le jour où elle serait prête à en discuter, je serai à ses côtés.

— C'est bien pour cette raison que tu dors chez moi ce soir, ma belle ! Tu verras, ma rue est très calme la nuit, pas de soucis à te faire. Ta fameuse bête ne viendra pas, et tu dormiras comme un ange !

J'émis un rictus nerveux. Aucun endroit ne s'avérait assez calme pour moi. Un ghetto restait un ghetto, que l'on soit au centre ou en périphérie. J'espérais simplement prouver à ma collègue l'existence de la Bête, car pour l'instant, elle ne me croyait pas du tout. Ashley trouvait une réponse à tout. Le liquide gluant, épais, noir que la Bête laissait n'était rien d'autre que de l'essence. Les traces de griffe sur les corps n'étaient qu'une mascarade. Pour finir, toutes ses explications n'étaient pas logiques, sinon nous l'aurions senti et remarqué dès le départ.

Après plusieurs critiques, j'évitais d'aborder le sujet avec elle, cependant, ce soir, j'étais bien déterminée à lui prouver le contraire. Personne n'était à l'abri de son flair.

Visite surprise

Minuit sonnerait dans quelques minutes. Le tic-tac des aiguilles de l'horloge résonnait dans la pièce. Pendant que Nicolas dormait paisiblement, Ashley et moi regardions un film à l'eau de rose. Le salon était plongé dans le noir et la seule source de luminosité restait la télévision. Nous mangions des popcorns sagement posés sur la table dans un bol ainsi qu'un paquet de chips. C'était le premier plateau TV que je me faisais depuis des années. Le dernier remontait à trois ans. Je buvais une gorgée de mon soda tout en vérifiant l'heure. Le temps n'avançait pas ou alors très lentement. Ce film s'avérait barbant, ennuyant à mourir en fait. Je préférais de loin la science-fiction ou le fantastique au romantisme. Beaucoup d'hommes me décrivaient comme une femme aux allures masculines ou un garçon manqué. Je trouvais leurs propos déplacés et stupides, car ils me collaient des étiquettes. Qui a dit qu'un jour une fille devait forcément aimer les films d'amour ?

— Non, John, ne fais pas ça ! répéta Ashley la voix tremblante.

Je levai les yeux au ciel puis émis un rire moqueur. Mon amie me fusilla du regard et me jeta un popcorn en guise d'avertissement. Si elle avait pu me tuer sur l'instant, elle l'aurait fait. Ce regard, c'était à vous mettre mal à l'aise, à vous rabaisser, vous dénigrer. Je n'aimais pas quand elle me le portait. J'ignorai donc son geste puis bus la dernière gorgée de ma canette. Quant à ma seconde, elle attrapa un mouchoir, renifla puis se moucha bruyamment. Elle frotta ses yeux en larme. Je grimaçais quand je vis les airs qu'elle faisait pour un film. Comment pouvait-elle être sensible à cette scène ? John quittait Sarah pour son voyage d'affaire, rien de plus !

— Pourquoi faut-il que tu restes indifférente face à la détresse de Sarah ?! Tu es un monstre, Olympe.

Bien qu'elle me dise ça sur le ton de la rigolade, je me crispai et me repliai sur moi-même. Je n'étais pas sensible à la romance, ni en film ni en livre. Je ne me sentais pas concernée par ces soucis d'amour. Si un homme n'aimait plus sa femme, pourquoi se cassait-il la tête à rester en couple ? La vie pouvait être si simple et si compliquée à la fois.

— Je ne suis pas un monstre, je suis juste logique. Ce mec va juste aux États-Unis pour une semaine puis il reviendra tranquille pépère.

— Et il va la tromper ! me coupa-t-elle aussitôt en criant.

Les yeux écarquillés, je lui fis signe de se taire. Mon petit frère somnolait depuis plus de trois heures et je refusais de le réveiller maintenant. Nous avions eu un mal fou à le persuader que nous irions dormir quelques minutes après son coucher. Il n'avait pas bronché, car il était chez Ashley.

Tandis que mon amie me faisait la morale, je lui lançai mon coussin en pleine figure, riant aux éclats en espérant ne pas déranger Nicolas. Elle me le jeta à son tour, prête à gagner cette bataille de polochon. Nous nous prîmes plusieurs coups. On ressemblait à de vrais gosses. J'explosai de rire jusqu'au moment où elle me tira par les pieds, cependant, nous cessâmes de faire du bruit quand un hurlement dans la rue retentit. Aussitôt, je perdis mon sourire et Ashley aussi. L'affolement se reflétait dans nos yeux. « Tu verras, ma rue est très calme la nuit, pas de soucis à te faire. ». Cette phrase se répétait dans mon esprit, tournait dans ma tête sans cesse. Je n'osai plus faire un geste puisque j'étais paralysée d'effroi sur le plancher. Un second hurlement reprit, puis un troisième ce qui finit par réveiller Nicolas. Il sortit de son sommeil et nous rejoignit dans le salon. Les cheveux étaient en bataille. Ce dernier semblait encore dans les vapes. Il avait de petits yeux à moitié fermés quand il nous répliqua :

— Qu'est-ce que vous attendez pour voir ce qu'il se passe dehors ?!

En brisant le silence, il nous amena avec lui jusqu'à la fenêtre. Nicolas était un petit être très curieux et ne craignait rien, enfin presque rien. Il ne connaissait pas vraiment la peur, celle qui vous prenait au fond de vos tripes, car je le protégeais des dangers de la rue. Ashley coupa la télévision pour que nous puissions entendre ce qu'il se déroulait à l'extérieur. Je le rattrapai par le bras avant d'approcher les vitres du jardin sur le long balcon. Nous continuâmes à pas de loup, la respiration lente. C'était la voix d'une femme que nous entendions depuis cinq minutes. Une dame qui souffrait le martyre, car ses cris venaient du fond de la gorge, de ses entrailles. Mon amie possédait un jardin dans son appartement au premier étage. Il n'était pas très grand, mais nous permettait de voir ce qu'il se passait en rue sans être vu par les passants.

Les mains moites, je pris celle de Nicolas avant de faire rouler la porte de l'extérieur. Tandis que nous marchions d'un pas léger pour ne pas être entendus, je vérifiai si Ashley nous suivait. Elle ne semblait pas aussi terrorisée que je l'étais. Elle n'avait jamais vu la Bête ou l'horreur de ses propres yeux. Néanmoins, je me sentais obligée de vérifier. Le vent vint caresser nos corps. Je m'approchai avec Nicolas des barrières qui encerclaient le balcon. Quand Ashley remarqua que les cris ne continuaient pas, elle décida de rester à l'intérieur au chaud. Elle pensait peut-être qu'une femme était battue par son homme. Et dans ce ghetto, nos affaires restaient nos affaires. Nous n'avions pas à nous mêler des autres sous peine de le payer cher.

Nicolas finit par rentrer à son tour pour se poser dans le fauteuil. Je regardai par-dessus et observai tous les détails qui pouvaient m'interpeler dans le quartier. Soudain, je vis l'horreur qui se présenta face à moi. Mes mains devinrent moites. Le corps tremblant, j'appelai ma collègue. J'étais affolée, troublée, tourmentée. Elle fronça les sourcils et refusa jusqu'au moment où cette dame hurla à nouveau. Ma voix était brisée lorsque je lui parlai.

D'un pas nonchalant, elle vint en soufflant :

— Quoi ? C'est la bête ? pesta-t-elle d'un ton moqueur.

Je retins toute la colère qui régnait dans mon cœur pour ne pas l'insulter puis l'obligeai à regarder la scène avec attention. Toutefois, elle refusa en prétextant ne pas trouver ses pantoufles. Je roulai des yeux. Nicolas commença à pleurnicher, car il réalisait la gravité de la situation. Je n'aimais pas le voir dans cet état, cependant, je le forçai à patienter dans l'appartement avec mon amie qui faisait son possible pour le réconforter.

Mon cœur battait à tout rompre. J'eus si mal que j'exprimais une grimace. Les lampadaires illuminaient la rue qui, vide, dormait la nuit. Mon pouls s'accéléra et l'adrénaline monta d'un cran quand je vis cette victime. Elle était là, occupée à torturer sa proie. Les yeux de cette inconnue étaient arrachés tout comme son bras droit et sa jambe droite déboitée. Les vêtements paraissaient souillés par le sang. Sa bouche ouverte en crachait aussi. Elle se débattait encore comme elle le pouvait, avec le peu de force qui lui restait, mais elle ne put échapper à ses griffes. Personne n'avait réussi jusqu'à maintenant. Quand la Bête vous choisissait, elle ne vous lâchait plus d'un centimètre. Vous deveniez sa proie jusqu'à ce que mort s'ensuive.

Je ressentis alors les mêmes sensations que la dernière fois, celle où elle était venue me voir au pied de la fenêtre. J'avais la chair de poule. L'effroi prenait possession de mon âme. Des frissons parcoururent mon corps de la tête aux pieds. Ma petite voix ne cessait de me dire de rentrer, me cacher et de mettre de côté ma curiosité, mais en vain, je restai plantée là, à l'observer. La panique battait dans mes veines et contrôlait mon corps. Mes yeux ne quittaient plus la scène. J'étais comme hypnotisée, envoûtée par la Bête.

Alors qu'elle lui griffait le corps à plusieurs reprises, l'âme de sa victime abandonnait son enveloppe corporelle. Le vide se répandit dans son regard. La vie venait de la laisser pendant que le mort l'accueillait bras ouverts. Sa tête était couchée sur le côté tandis que son corps gisait dans une mare de sang mêlé au liquide noir épais. Subitement, tout s'arrêta. Je ne m'entendis pas crier, car les seuls gémissements provenaient de mon esprit. Les étoiles scintillaient dans le ciel et la lune brillait à travers les nuages sombres. Le silence pesait lourdement sur mes épaules.

Étant d'abord de dos, la Bête se retourna alors vers moi. Son regard bleu métal croisa à nouveau le mien et son sourire malsain s'étira sur son visage. Je me sentis brusquement prise de vertige. Le monde tournait autour de moi à tel point que je crus perdre l'équilibre. Une voix résonna alors dans mes pensées les plus intimes « *Dernier avertissement, ma Belle. Je n'aime ni être surveillée ni suivie* ».

Mes yeux s'écarquillèrent pendant que mes dents claquaient les unes contre les autres. Des nausées me prirent. Je me pressai de rentrer dans l'appartement, le corps tremblant comme une feuille et les jambes en coton. J'étais apeurée, terrifiée par ce qu'il venait de se produire. La Bête me parlait, bon sang, la Bête me menaçait ! Peut-être serai-je la prochaine victime ? Je ne pus attendre plus longtemps. Je fonçai vers les toilettes et versai mon amertume. Le liquide me brûla les parois de la gorge. Les larmes aux yeux, je pleurnichai en silence. Ashley me prévint qu'elle allait au lit et que Nicolas retournait se coucher.

Après avoir rincé ma bouche, je me réfugiais sous les couettes, le visage humide. Il s'était introduit dans ma tête, dans mon esprit sans que je le lui autorise ! Depuis quand était-ce possible ? Non... Je rêvais. Il était tard, l'heure de dormir et je déraillais. La respiration haletante, j'essayai de me calmer en me changeant les idées de la tête. Jamais je ne ressortirais dehors la nuit. Tous les touristes se faisaient prendre, et maintenant, j'étais sur sa liste et si la Bête me croisait dans les ruelles sous les ténèbres... Oh que non, il était hors de question que la prochaine fois ce soit mon tour ! Maintenant, dès la tombée de la nuit, je fermerai les volets et me cacherai sous les couvertures. Ça en était fini.

Le hasard

J'essayais d'oublier ce que j'avais vu ce soir-là depuis maintenant une semaine. Je ne désirais plus être aussi préoccupée et angoissée par cette Bête. Il fallait que je travaille sur moi, sur mes peurs pour que je puisse en être débarrassée. Mon job m'aidait à la sortir de ma tête, à divaguer vers des faits plus joyeux, comme Nicolas qui réussissait chacun de ses cours. Il revenait souvent avec des notes excellentes. Quant à Drake, notre relation se tendait. Nous devenions froids, distants, à la frontière du respect puisqu'il me parlait de plus en plus sur un ton désagréable. Notre dernière dispute se limitait à des insultes sur ma qualité des cocktails, sur la propreté de mon plan de travail ou les taches sur les bouteilles d'alcool. Il profitait de chaque occasion pour me rabaisser. Ashley pensait qu'il désirait me licencier, ou me retirer de mon poste. Je n'y croyais toujours pas, car j'étais la seule femme qu'il connaissait pour préparer les commandes des clients. Tant qu'il ne trouvait personne d'autre, ma place était sauvée.

— Tu prends ta pause, Olympe ? me demanda Ashley. Tu ne l'as pas prise à midi alors tu peux finir le boulot plus tôt. Le patron ne dira rien sinon il n'est pas en règle, et puis je ne manquerai pas de lui rappeler !

Je relevai la tête puis vérifiai l'heure qu'indiquait l'horloge. Il était à peine cinq heures du soir. Ashley m'adressa un clin d'œil, dans l'attente d'une réponse. Je craignais trop la perte de ma place.

— Non, je vais terminer la vaisselle. En revanche, je veux bien que tu me ramènes un truc à grignoter. Je meurs de faim !

Elle approuva d'un signe de tête puis s'éclipsa à l'arrière dans les vestiaires. Je ne comprenais pas comment cette dernière restait aussi sereine face aux soucis financiers de ce café, B&C. Il s'agissait des initiales de la bière et du cocktail. Drake paraissait toujours aussi fier de sa création, alors que selon mon opinion, ça manquait cruellement d'originalité.

Tandis que je l'attendais, je frottai mes verres. Le patron ne souhaitait plus voir une seule trace dessus, et depuis une semaine, il vérifiait chaque soir si sa demande était exaucée. Cet homme devenait le plus gros des connards au monde. Il me traitait plus comme un de ses clients ivres que comme une employée. Je patientai le temps que la situation se calme, pourtant, je sentais que ça ne faisait que commencer.

Subitement, la sonnette à l'entrée retentit. Je posai mon torchon puis croisai son regard. Encore lui. Toutefois, je n'étais pas surprise. Lors de notre dernière interaction, il avait souhaité que le cocktail soit meilleur. Si j'en avais l'audace, je lui mettrais bien en pleine figure. Des années s'écoulaient depuis que je travaillais ici, et personne ne se plaignait jamais de mes compositions.

— J'avais peur que vous ne soyez pas au bar ce soir, j'ai préféré venir aujourd'hui. C'est bien le jeudi que vous travaillez jusqu'à vingt-deux heures, non ?

Comment connaissait-il mon horaire ? Nous étions vendredi et je ne l'avais pas vu hier passer devant la vitrine. Je me demandais bien quel chemin il empruntait afin de rentrer chez lui. Cependant, cet homme m'observait assez longtemps pour encoder mon horaire. Devais-je en avoir peur ? Non… Je recommençais ma paranoïa. Jason désirait juste passer du temps avec moi. Enfin, je l'espérais.

— Vous n'avez pas peur d'être empoisonné par l'un de mes cocktails ?

Je rentrai dans son jeu. Après tout, c'était agréable de se sentir intéressante auprès d'un homme aussi charismatique.

— Non, voyons. Si je voulais en mourir, je vous chercherais bien plus que la dernière fois.

Quel culot ! Néanmoins, j'aimais ce côté rebelle qu'il me montrait. Je remarquai qu'il portait des vêtements salis par de la peinture, et ses ongles me semblaient un peu plus noircis.

— Ne me regardez pas comme ça, je sors à peine du boulot, répliqua ce dernier.

Je cessai de le fixer avec une telle intensité. Cela trahirait l'intérêt que je lui porte, cependant, il paraissait tout autant touché par mes réactions. Peut-être que mon physique de latino le séduisait, du moins, je l'espérais au plus profond de moi.

— Très bien, qu'est-ce que vous souhaitez commander ?

Il jeta un coup d'œil à la carte, puis esquissa un sourire quand il trouva ce qu'il comptait me demander. J'attendais avec impatience. Non, je ne tomberai pas dans son piège. Préparer ces alcools me passionnait, c'était l'une des seules choses que je faisais bien dans ma vie. Il ne m'aurait pas à ce jeu.

— Je veux voir si vous maîtrisez vos bases, préparez-moi un mojito !

Je ne pus retenir mon rire plus longtemps. Je ricanai, égayée. Jason se réjouissait de mon rire puisqu'il me rejoignit. Dans quoi travaillait-il pour vérifier ces détails ?

Pendant que je rassemblais les ingrédients, je lui posai cette question.

— Vous êtes barman, vous aussi ?

Je terminai de mélanger avec la force de mes bras, versai dans un grand verre puis ajoutai une tranche de citron vert. Il finirait bien par reconnaitre mon talent pour ces boissons. J'observai donc ses moindres faits et gestes, l'expression de son visage quand il but une première gorgée.

— Oui, mais pas à temps plein. Je suis un peu l'homme à tout faire. Je répare ou je cuisine. Le boss s'en contente.

Sur ces mots, il enleva sa veste bleutée, certainement celle qu'il portait pour son job. Je saisissais mieux pourquoi Jason se dévoilait avec des vêtements remplis de peinture. Celui-ci m'expliqua alors que selon les jours, il peignait les murs, réglait les problèmes d'électricité, et plusieurs soirs par semaine, il se trouvait derrière le bar. Voilà ce qui nous liait, notre passion pour ces cocktails.

— Vous en pensez quoi ? Suffisamment bon, ou trop sucré à votre goût ?

Je n'avais pas pour habitude de vouvoyer pendant un flirte, cependant, j'aimais ce jeu de fuis-moi, je te suis. Cela apportait un peu de piment dans ma vie.

— Vous avez réussi le test.

Il but la fin de son verre puis plongea ses yeux dans les miens. Je n'en revenais toujours pas. Ils étaient si beaux, et à la fois si profonds. Jason cachait tant de secrets. Il suffisait de le regarder assez intensément pour le savoir. Son regard me paraissait rempli d'émotions, de vécu. Les yeux ne sont-ils pas le miroir de l'âme ?

Néanmoins, quand je voulus riposter sur le ton de la rigolade, Ashley sortit en trombe des vestiaires, brandissant dans les mains ses deux barres chocolatées. Sa voix aigüe envahit la pièce.

— J'ai trouvé ton bonheur ! Tiens, celles que tu manges tout le temps chez moi, proclama celle-ci.

Elle me les tendit puis toisa du regard Jason qui ne bronchait plus. Je les acceptai volontiers tout en la remerciant. Je sentis l'atmosphère s'assombrir. Mon Apollon se renfermait sur lui-même, ou plutôt, il ne désirait pas continuer en la présence d'Ashley qui semblait l'agacer, comme cette fois au bar. Apparemment, il ne l'avait pas oublié.

— Merci, j'avais le ventre vide.

Je prononçai cette phrase dans l'espoir de détendre l'atmosphère. Échec total. Le silence pesait toujours sur mes épaules et Jason ne savait plus où se mettre. Il sortit son portefeuille de la poche puis régla son addition. Je regrettai presque de ne pas le voir plus longtemps. Il avait beau être distant, je savais au fond de mon cœur qu'il me séduisait. Aucun homme ne quittait son travail pour se rendre aussitôt dans un bar bien précis pour rencontrer une jeune femme qu'il avait rencontrée sans raison.

— Au revoir, et n'hésitez pas à repasser, dis-je avec politesse.

Il sourit à pleines dents avant de disparaître de mon champ de vision. Jason possédait ce physique de rêve, et ce visage parfait que chaque femme souhaite avoir à ses côtés. Il ne répliqua rien, pas un seul mot en quittant l'établissement. Ashley me demanda qui était cet homme, le trouvant étrange. Je haussai les épaules, l'air de rien, innocente, puis repris mon travail. Pendant qu'elle me parlait de ses dernières aventures amoureuses, je me voyais déjà retrouver par hasard Jason. Je me demandais bien quelle serait notre prochaine rencontre.

Un inconnu

Quelques jours passèrent après ces rencontres et événements. Mon amie m'avait fait la morale maintes fois sur la Bête sans prendre de gants. Selon elle, j'agissais comme une gamine effrayée par le monstre sous son lit, pourtant, je l'avais vue. J'en étais certaine. Ça ne pouvait pas être une illusion. La Bête s'était insérée dans mon esprit avant de s'éclipser dans les ténèbres. Néanmoins, je refusais d'en rediscuter avec elle, car ce sujet nous faisait toujours partir en vrille. Et puis, je ne désirais plus me disputer avec Ashley. C'était la seule personne en qui j'avais suffisamment confiance pour s'occuper de Nicolas s'il m'arrivait quoi que ce soit. On ne pouvait rien prévoir dans ce ghetto. En une journée, en une nuit, des meurtres ou des disparitions se produisaient sans qu'on s'y attende.

Depuis que j'avais refusé l'offre de Drake, je me retrouvai ménagère dans le café. Il avait engagé une belle femme qui acceptait d'aller plus loin avec les clients. Elle prenait ma place derrière le bar pour impressionner les hommes qui, hypnotisés par son décolleté et la taille de ses seins, s'attardaient tous les soirs face à elle, bavant comme des gros porcs. Des tatouages parsemaient chaque parcelle de son corps. Ses cheveux de blé en excitaient plus d'un. Le stéréotype parfait pour ces hommes ignobles qui ne cherchaient qu'à baiser à tout va.

Pendant que je passais la serpillière à la hâte, j'entendis la sonnette d'entrée retentir. Je ne pris pas la peine de vérifier qui était présent, car je ne travaillais plus pour les servir. Je n'étais plus que la bonne du café qui permettait à cet endroit de garder un minimum de propreté. L'hygiène laissait vraiment à désirer.

Ce qui me dérangeait le plus dans ce nouveau job, c'était de frotter la cuvette des toilettes. C'était dingue ce que j'y découvrais, et cela, sans compter les nombreux préservatifs cachés dans les poubelles. S'ils pensaient qu'on n'y voyait que du feu, ils se trompaient largement ! L'odeur répugnante embaumait les petits coins. Pour supporter ce mélange d'urine et de tabac, j'ouvrais la fenêtre tous les matins et tous les soirs.

Drake paraissait content de mon travail. Il disait qu'il était fier de son choix, car le café s'avérait bien plus propre et les clients plus nombreux. Cependant, ce n'était qu'une impression. Tous les hommes qui venaient s'amuser en fin de journée, je les connaissais. Aucun ne m'était inconnu. Les clients ne s'asseyaient plus un peu partout dans la pièce, ils se concentraient juste au même endroit, soit au bar. Je ne supportais pas cette nouvelle qui volait ma place. Mon salaire en prenait un coup… Je perdais presque le tiers de ce que je gagnais auparavant. Je n'avais rien dit à Nicolas pour ne pas l'angoisser. Je me débrouillerais. Il suffisait que je mange moins, que je nettoie l'appartement qu'une fois toutes les deux semaines pour que les bouteilles de désinfectants se vident plus lentement. Oui, il y avait toujours une solution. Mon amie n'appréciait pas non plus cette femme qui devenait le centre de l'attention du café. Ma collègue avait tous les hommes pour elle avant son arrivée, et elle était verte de jalousie à chaque fois qu'un client lui demandait le numéro de la nouvelle. Je ne préférais même pas y penser. Cette dame, Kelly, se moquait bien de ce qu'on ressentait. Tout ce qu'elle visait, c'était l'argent.

Dans le plus grand silence, je continuais mon travail tandis qu'Ashley et Kelly étaient en pause. Nous n'avions plus le même horaire. Subitement, je percutai une personne. Je ne l'avais pas vue, trop concentrée à retirer cette tache au sol. Je me relevai, le rouge aux joues puis m'excusai sans attendre. Je ne me sentais pas à l'aise, seule dans cette pièce, toutefois, je finis par me retourner pour lui faire face. Je compris à son sourire, à son regard qu'il ne me quitterait pas d'une semelle tant que je resterais là. J'étais si maladroite comme à mon habitude. Jusqu'ici, ça ne m'avait pas gêné, car les personnes que je croisais étaient ivres, mais cette fois-ci, c'était différent. Cet homme semblait bien sobre. Il me tendit la main pour se saluer. Son parfum vint chatouiller mes narines, une odeur sucrée. Je l'observai attentivement, retirai le gant que je portais pour nettoyer puis saisis sa main. Cet inconnu ressemblait à Monsieur Parfait avec ses dents blanches, droites, son sourire de tombeur, ses yeux verts, sa mâchoire carrée et en particulier, sa taille, sa chevelure de blé et son corps musclé. Cela m'étonnait qu'Ashley ne l'eût pas vu venir. Elle qui me répétait souvent partir à la chasse. Elle serait ravie !

— Excusez-moi… Je ne vous avais pas vu, marmonnai-je entre mes dents.

Je grimaçai. Ma tête me faisait mal. Bon dieu, cette migraine carabinée allait m'anéantir avant la fin de journée. Mes nuits blanches me donnaient sûrement une mauvaise mine. Je portai mes mains au front puis m'assis sur une chaise. Je voyais des étoiles. Ma tension baissait trop rapidement. Ce n'était pas bon signe. Peut-être m'étais-je relevée trop vite ?

— Tout se passe bien ? Vous avez l'air exténuée. Vous feriez mieux de prendre un jour de congé.

Il s'installa à mes côtés en posant sa main sur mon dos. Son contact était trop brut, trop aisé. Je croisai son regard. Quelle belle couleur ce vert ! C'était si rare de rencontrer de beaux hommes dans ce quartier. Néanmoins, je n'avais pas le temps de tenter ma chance. Je consacrais ma vie à Nicolas.

Avec un air sérieux, il vérifia si je n'avais pas de température. Était-il médecin ? Je ne connaissais même pas son nom. Si Drake me voyait en pause, il me tuerait ou pire, il me virerait.

— Vous êtes fiévreuse. Rentrez chez vous au lieu de vous acharner sur ce sol. Il est très propre, ne vous inquiétez pas.

Ce dernier me dit ceci sur un ton moqueur. J'émis un rire nerveux. Comme si j'avais le choix, comme si je pouvais quitter mon travail sous prétexte que j'étais malade. Non. J'avais juste une baisse de tension et après avoir grignoté un biscuit, je serai de nouveau d'attaque. Je travaillais toujours ainsi et ça n'allait pas changer pour cet inconnu. Toutefois, je ne bougeai plus de ma chaise. Les portes du café étaient ouvertes et le vent frais me caressait la peau. Je respirai le bon air. Je ne répondais pas aux questions de cet homme tant j'étais concentrée sur l'extérieur. Qu'est-ce que j'avais envie de dormir, de prendre un bain froid. J'avais si chaud... Je me donnais à fond dans ce boulot dans l'espoir de récupérer ma place. Kelly ne mélangeait pas si bien que ça les boissons et les cocktails étaient à vomir. Plus personne n'en commandait.

Les hommes ne s'y risquaient plus. Tous les soirs, nos frigos étaient vides de bières.

— Olympe, qu'est-ce que tu fous assise ?! hurla Drake, fou de colère.

Était-il là depuis longtemps ? Est-ce qu'il avait observé toute la scène ? J'étais dans tous les cas cuite. Mon patron allait me faire la fête et n'hésiterait pas à me remplacer. Je me redressai, attrapai ma serpillière pour reprendre mon boulot. Je regrettais de m'être laissée déconcentrer par cette personne dont je ne connaissais même pas le nom. Je l'ignorai et frottai le plus fort possible le sol. Il devait briller comme disait Drake, briller à tel point qu'on puisse voir notre reflet dedans.

— Je te jure que si je t'y reprends, tu dégages ! Tu n'as donc jamais nettoyé avant ? Regarde toutes les poussières sous les tables, les chaises et le bar. Tu nous fais honte ! Si je t'ai engagé en tant que femme de ménage, c'est pour ne plus voir une seule tache dans cette pièce.

Il continua de m'aboyer dessus sans prendre en compte la présence du client. Sa voix grave me glaçait le sang. Je n'aimais pas qu'il me hurle dessus comme à un chien, comme mon père le faisait auparavant, cependant, il était le boss. Je n'avais rien à dire. Je m'étranglai avec ma propre salive puis toussai maladroitement. Je me sentais tellement honteuse d'être rabaissée à ce point dans la salle, en particulier devant cet homme. Je n'avais qu'une envie – rentrer à l'appartement et m'enfuir sous mes couettes.

— Monsieur, ce n'est pas une manière de parler à ses employés. Je vous demanderai de baisser d'un ton.

Il me défendait ! Bon sang, j'allais mourir. Drake allait m'égorger. Je perdrais ma place et je finirais à la rue. Mon pire cauchemar. J'anticipais déjà cette scène et le pire, nerveuse comme j'étais. Mon corps tremblait, ma gorge se nouait et mon estomac se retournait. Qu'est-ce que j'avais fait pour mériter ce sort ? La vie était tellement injuste… Et où était Ashley ? Je ne la voyais pas dans la salle.

— Qui êtes-vous pour me donner un ordre ? Le dealer ou le drogué qui vient se taper Kelly tous les jours ? Ça ne m'étonnerait pas. Vous avez la tête d'un gars shooté. Sortez d'ici ou je vous botte le cul.

Son air prétentieux m'agaçait, m'irritait. Je n'appréciais pas le ton qu'il employait avec les clients. Il les sous-estimait alors que Drake restait l'homme le plus répugnant de tout ce ghetto. Il était prétentieux, égoïste et se prenait pour un Dieu. Si seulement il savait ce qui se disait sur son dos. Beaucoup de familles se moquaient de lui pour les stupidités qui sortaient de sa bouche. Cela ne m'étonnerait pas qu'un jour la Bête l'emporte, lui aussi. Néanmoins, il était notre seul videur du café.

— Je suis l'agent Miller, Eyden Miller. Je pourrais vous coller un procès pour ce que vous venez de me dire, répondit-il d'un ton strict.

Drake devint livide, aussi blanc qu'un cachet d'aspirine. Son sourire s'effaça pour laisser place à une horrible grimace d'effroi. Il semblait choqué, surpris, pris au dépourvu. Tandis que le silence s'imposait entre nous trois, mon patron s'excusa, déglutit puis repartit dans son bureau d'une marche rapide. Je me retrouvais seule avec Eyden, enfin, juste avant qu'Ashley ne me rejoigne. Elle avait vu la scène de loin, derrière le bar pour que le boss ne l'aperçoive pas. Gênée, elle s'approcha de moi puis salua d'un signe de main le policier qui lui sourit. Qu'est-ce qu'il était beau, et malheureusement, pas pour moi. Personne ne s'intéressait à celle que j'étais, trop ennuyeuse, trop barbante. Je décevais tout mon entourage en travaillant dans ce café, en discutant de la Bête, ou encore, en ayant une amie canon.

— J'ai un problème, ma belle. Il m'a encore proposé... Enfin, ne m'oblige pas à le répéter. Je crois qu'il va me forcer à démissionner, surtout après ce qu'il vient de se produire avec... Eyden ?

Il hocha la tête, le visage exprimant une mine sévère. Il ne connaissait pas toute l'histoire et je n'avais pas envie de la lui partager. Néanmoins, mon amie avait raison. S'il insistait trop et qu'on refusait à chaque fois, il changerait le personnel sans hésitation. Je me mordillai les lèvres, nerveuse. Qu'est-ce que je pouvais lui conseiller ? En tant que ménagère, Drake oubliait ma présence auprès des clients, je n'avais plus beaucoup de soucis à me faire pour l'instant tandis qu'Ashley, avec le physique qu'elle avait, devait plutôt s'inquiéter. Subitement, elle éclata en larmes et m'enlaça dans ses bras. Même si nous nous disputions souvent ces derniers jours, elle avait besoin de réconfort. La pression qu'on nous mettait ici était énorme, presque invivable. Chaque jour était une nouvelle bataille contre la mort. Son corps frissonnait. J'avais de la peine pour elle. Cependant, parfois je me demandais si ce n'était pas du cinéma pour attirer la pitié des hommes auprès d'elle, en particulier de cet agent si j'avais bien compris.

Pendant que je la consolais du mieux que possible, j'expliquai au policier ce qu'il se passait dans les coulisses de ce café. Il écouta attentivement toute mon histoire et celle d'Ashley qui m'interrompait pour ajouter un détail. Nous restâmes cinq minutes debout, à tout dévoiler avant d'attendre une réaction de sa part.

— Vous devriez porter plainte au bureau. Je vais vous aider !

— Merci, chuchotai-je timidement.

La pluie dehors se fit plus violente. Le silence était brisé par les multiples gouttes d'eau qui tombaient contre les vitres. Il n'y avait pas un chien dans la rue. Tout le monde s'était abrité pour éviter cette catastrophe. Les nuages gris m'inquiétaient. Un orage se préparait. Mince, j'avais oublié mon parapluie à l'appartement. La météo du journal n'avait pas prévu d'averses. Comment aurais-je le deviner ? Et dire que je rentrais à pied chaque jour... J'allais être trempée jusqu'aux os, et Nicolas aussi. Je réfléchis à une solution pour éviter de tomber malade, mais le bus nous coûtait trop cher.

La fin de journée sonna pour mon amie et moi. On enfila nos vestes pendant que le policier patientait à l'entrée. Nous n'avions plus la force de travailler aujourd'hui. Notre moral était au plus bas et il fallait dire que ce temps de chien ne nous aidait pas à avoir le sourire aux lèvres.

Ashley me fit la bise avant de se précipiter à l'extérieur et de courir le plus vite possible. Elle n'avait pas le cœur à discuter ce soir. Je l'avais bien vu à sa tête. Elle semblait blême, déçue, abattue. Quant à moi, je proposais à Eyden de me raccompagner jusqu'à l'école. Par chance, il avait emporté son parapluie cette après-midi lorsqu'il avait vu les nuages gris se rassembler dans le ciel. Bien que je sois intimidée par la situation, je ne montrais pas une once de doute dans ma voix ni dans mon comportement. Je ne devais pas perdre mes moyens face à un homme. Nous passâmes cinq petites minutes à échanger sur le café. Il découvrit beaucoup de choses sur ce projet de prostitution et me promit d'y travailler de son côté pour voir ce qu'il pouvait faire.

— Je vais en parler au bureau, on pourra peut-être agir ou déjà vérifier si le restaurant est aux normes. Je dois voir… En tout cas, je ne manquerai pas de discuter sur ce projet qu'il vous force à adopter.

Je l'en remerciais du fond du cœur. Sans lui, nous étions fichues. Et puis, qu'en penserait Nicolas quand il serait plus âgé ? Peut-être serait-il dégoûté d'apprendre que sa grande sœur vendait son corps pour trois billets en plus sur son salaire.

— Pourquoi êtes-vous venu au café, si ce n'est pas indiscret ? demandai-je curieuse.

Aucun policier n'avait franchi notre porte. Si cet agent était présent, il devait bien y avoir une raison. Je ne croyais pas au hasard, en ce prince charmant qui apparaissait comme par magie sous vos yeux pour vous sauver.

— Simple coïncidence, répliqua-t-il embarrassé.

Je ne sus dire pourquoi, mais son mensonge sentait à plein nez. J'évitais de le taquiner là-dessus. Peut-être était-il venu pour voir Kelly ou se renseigner sur cette information. Il n'aimait pas non plus cette idée de forcer ses employés ou de les remplacer sans raison valable. Notre sujet vira par la suite sur ma vie personnelle. Je ne lui accordais pas toute ma confiance, mais ce n'était un secret pour personne dans ce ghetto. J'étais la grande sœur qui veillait sur son petit frère. J'étais Olympe, la pauvre petite fille qui avait dû fuir sa propre famille. Quant au policier, il ne vivait pas ici, mais plus loin, à une vingtaine de kilomètres. Toutefois, il refusa de trop en dire sur sa vie, déviant le sujet vers la mienne ou en posant une autre question.

— Je viens de Forks. J'ai décidé de quitter cet endroit à cause des drames qui s'y passent. Vous connaissez ?

Je devins livide. Je ne lui avais évidemment pas tout dévoilé et ce dernier vivait là où mon père habitait. Je fis l'impasse sur ce détail. Cela n'avait pas forcément une signification bien précise, beaucoup de monde vivait à Forks !

— On peut dire ça. Je me sens mieux ici, mentis-je sans l'ombre d'un doute. Comme vous le dites, il y avait eu trop de problèmes sur place.

Même si je voulais l'éviter, les rumeurs sur mon lieu de travail n'avaient plus aucun secret. Chacun connaissait les défauts de Drake et ses crises de colère. Cela le rendait perplexe. Il ne comprenait pas pourquoi mon patron agissait de façon si imprévisible. Nous n'eûmes pas le temps d'en discuter plus longtemps puisque nous arrivâmes non loin du bâtiment scolaire. Je me tournai vers lui puis lui souris. L'agent Miller gardait tout son sérieux.

Néanmoins, je me méfiais de lui. Contrairement à Jason, il semblait en savoir plus sur moi qu'il le laissait paraître. J'envisageai la solution de sauvetage dès que j'en saurai plus sur son cas. Cette bouée qu'il pourrait nous offrir pour sortir de cet enfer, puisque rien n'était certain avec Jason. Nous jouions à fuis-moi je te suis. Je craignais qu'il ne prenne pas ça au sérieux alors qu'il me plaisait vraiment. Mon cœur le désirait, cependant, voulait-il de moi, lui ?

L'atmosphère devint alors plus tendue. Nous n'échangions plus une parole. Son apparition me paraissait si brute. Les gouttes d'eau continuaient à se déverser sur son parapluie. Vinrent donc les au revoir. Je lui fis mes salutations alors qu'un sourire s'étira sur son visage.

— Mon petit frère ne va pas tarder et j'aimerais éviter qu'il rencontre un policier maintenant. Je ne veux pas qu'il s'inquiète, vous voyez ?

Il hocha la tête. Un blanc s'installa entre nous. Je me mordillai mes lèvres, affreusement gênée. Mon passé était gardé secret. Je ne lui en dévoilerais pas plus. Je chassais ces mauvais souvenirs tous les soirs pour tenter de les oublier un jour. Je les refoulais au plus profond de mon être pour qu'ils ne puissent plus remonter à la surface. Cette partie ténébreuse était trop douloureuse. Elle ne devait pas s'enfuir de mon esprit. Elle devait rester dissimulée derrière ma bonne humeur. J'espérais ainsi les oublier. Malheureusement, on ne fuyait pas ses problèmes, car ils nous rattraperaient toujours. C'était une loi dans cette vie-ci.

Embarrassée, je me tournai pour continuer vers l'école, laissant ainsi Eyden dans mon dos, cependant, il me rattrapa par le poignet avant de me demander :

— Est-ce que vous m'autorisez à vous inviter à la foire, demain ? Votre frère en serait ravi, je payerai sa place aussi ! Laissez-moi vous aider… J'ai vu tellement de femmes dans votre situation, battues ou maltraitées, tristes. J'aimerais au moins apporter de la joie dans votre foyer pour que je puisse me sentir utile.

Il manifestait du désarroi. Je n'aimais pas la pitié de mon entourage, à croire que je ne savais pas me débrouiller seule. J'avais l'impression qu'il me connaissait, qu'il m'avait déjà côtoyée, mais où et quand ? Après tout, je lui avais quand même révélé des faits sur ma vie qu'Ashley ne savait pas non plus sans qu'il ne soit surpris. Il dissimulait la vérité sous son air angélique. Mes parents n'étaient pas responsables quand j'étais jeune. Je faisais entrer l'argent dans la maison. Cela faisait trois ans que j'avais quitté Forks pour Chicago et je ne regrettais rien. Je permettais à Nicolas de vivre dans le bonheur, si je pouvais appeler ça comme ça, et d'éviter la violence de nos parents. Je lui mentais quand il posait des questions sur notre famille, mais c'était pour son bien. Qui était donc Eyden ?

Je finis par accepter sa proposition, car mon petit frère serait tellement content de se rendre à la foire. Il n'y allait qu'une fois tous les deux ans. Les prix étaient si excessifs ! Eyden me fit alors la bise avant de s'éclipser et de disparaître trois rues plus loin. C'était dingue comment sa personne m'intriguait. Il semblait provenir d'un autre monde, trop parfait pour être vrai. J'avais la sensation de le connaître, mais où aurais-je pu le rencontrer ? Son côté mystérieux me donnait plus envie de fuir que de me réfugier dans ses bras. Le seul homme qui m'apportait un sentiment de sécurité restait Jason, pourtant, il semblait ténébreux. Lui aussi avait des secrets qui à l'opposé d'Eyden ne me paraissaient pas aussi terrifiants. Je ne savais pas si mes hormones parlaient à ma place face à ces sensations. Mon esprit se tourmentait et se troublait. Toutefois, je ne devais pas me faire d'illusions. La beauté était éphémère et trompeuse. Je ne me permettrais pas de l'amener chez moi sans mieux en apprendre sur ces deux hommes. Tout le monde portait un masque dans ce ghetto, alors, je gardais des doutes sur Eyden. La confiance se gagnait avec le temps et les actes, pas avec un sourire et de jolies fleurs. N'est-ce pas ?

— Hé bien, la pluie te va à ravir ! s'exclama une personne à plusieurs mètres de moi.

Je m'arrêtai dans mon élan. Était-ce bien sa voix ? Je n'avais plus de ses nouvelles depuis plusieurs jours, depuis cette fois au bar avec le mojito. J'avais tellement aimé la manière dont il m'avait regardée… Je balayai la scène du regard puis l'aperçus sur ma gauche, près des grilles de l'école.

— Qu'est-ce que tu fais ici ?

Ma voix fut plus agressive que désiré. Je regrettai aussitôt de lui avoir répondu sur ce ton. Le mal était fait. Toutefois, il commençait à me tutoyer. N'était-ce pas une évolution dans notre relation ?

— Tu n'es donc pas contente de revoir un ami ?

J'émis un rictus moqueur. Cet homme était à tomber, cependant, je ne savais rien de sa vie à part son boulot et son goût prononcé pour les cocktails.

— Pour que l'on soit ami, il faudrait peut-être que j'apprenne à te connaître, non ?

Je croisai les bras, tentai de m'abriter auprès du mur, en vain, j'étais déjà trempée. Je l'observai avec attention. Sous sa capuche se dissimulait son visage. Je ne déchiffrai aucune émotion. Qu'est-ce qui le rendait si froid, si indifférent ? Mon cœur désirait tant mieux le comprendre.

— Je te connais, moi, ça ne suffit pas ?

Il se rapprocha à la hâte. Sa main attrapa mon poignet pour qu'il puisse se positionner d'une manière assez proche de mon corps. Je sentais son souffle sur ma peau, ses yeux sur mes lèvres, me scrutant ainsi de la tête aux pieds. Le rouge me monta aux joues.

— Tu crois me connaître. Je suis désolée, mais mon frère attend depuis suffisamment longtemps. J'ai froid et j'aimerais rentrer chez moi.

Bien sûr, je n'avais pas envie de le quitter, mais je souhaitais par-dessus tout garder notre relation pour moi. Ni Ashley ni Nicolas n'étaient au courant de mes rencontres avec Jason, et si je pouvais éviter leurs questions incessantes, c'était avec plaisir. De plus, il apparaissait et disparaissait aussi vite de ma vie, et cela, pendant des jours. Qu'est-ce que je devais penser de tout ça ? Jouait-il ou non avec moi ? Je doutais, et pourtant, mon cœur commençait à s'éprendre de lui.

— On continuera cette conversation, ma belle. Je te le promets ! dit-il alors que je pénétrai dans l'enceinte de l'école.

Je n'entendis pas la fin de ses mots, trop loin, néanmoins, sa phrase me tourmentait. Je fronçai les sourcils puis vérifiai qu'il ne me suivait plus. Non. Il s'en était allé, me laissant pour la seconde fois un de ses sous-entendus comme réponse. Je le sortis de mon esprit, trop occupée à chercher la présence de Nicolas. Mais bon sang, qu'entendait-il par « On continuera cette conversation » ? Jason comptait-il venir me rendre visite au bar ? J'en serai morte de honte, ayant perdu ma place de barmaid. Cela lui donnait raison sur mon côté nerveux insupportable, comme ce dernier l'expliquait à notre premier accrochage. Je secouai la tête, refusant de me torturer par sa beauté, son charisme et son arrogance. Il finirait bien par arrêter son petit jeu quand il comprendrait que je voulais une relation sérieuse.

La fête foraine

Le paysage se dessinait sous nos yeux au fur et à mesure que nous approchions de l'endroit convoité. De multiples attractions illuminaient le lieu tout en émettant une musique forte. Il y en avait de tous les côtés. Des cris de joie se mêlaient aux sons de différents jeux. Alors que le ciel s'assombrissait, je jetai un coup d'œil vers l'entrée de la foire. Nous étions près du lac Michigan. Les lumières des manèges m'aveuglaient. Les couleurs s'assemblaient parfaitement ensemble – le rouge, le vert, le bleu, le jaune. C'était un véritable arc-en-ciel. Depuis quand n'étais-je plus venue ? Bien trop longtemps pour avoir oublié cette ambiance festive et de joie. Cet endroit respirait la bonne humeur et l'amusement. J'étais vraiment contente que Nicolas nous accompagne. Il en rêvait depuis déjà deux ans, car ses copains y allaient chaque année. Je ne comprenais pas comment faisaient les parents puisque nous n'avions que très peu d'argent.

Quand nous entrâmes à l'intérieur, je me retrouvais au centre de la foule en délire, plongée dans l'atmosphère de la fête foraine. Les musiques me semblaient bien trop fortes, une fois à côté des attractions. Le bruit était phénoménal, à tel point que je n'entendais plus rien de ce que me racontait Eyden. Mon regard passait de droite à gauche. Tout m'impressionnait. Ce monde paraissait si différent du mien, si lumineux, si beau. Un beau masque qui cachait la vérité de notre ghetto. C'était le seul moment de l'année où nous pouvions nous déguiser et faire comme si tout allait bien.

La grande roue s'afficha face à moi affichant fièrement ses couleurs vives, tout comme la rivière sauvage et d'autres manèges. J'étais aussi excitée qu'un enfant de neuf ans devant son cadeau de Noël. Mon amie nous avait suivis pour tenir Nicolas si je devais m'absenter, et Eyden, en gentleman, payait toutes nos places. Je ne savais pas qu'un policier gagnait aussi bien sa vie. Je ne pouvais qu'être clémente envers son geste. Cependant, cette horrible sensation de le connaître ne me quittait plus. J'avais beau chercher dans mes souvenirs pendant des heures, rien ne me revenait en mémoire. Je me répétais que ce n'était peut-être qu'une impression, en espérant que cela en soit bien une, sinon, cet agent appartenait à mon passé, soit à Forks.

J'observai les alentours avec attention, je ne venais que très peu à la foire. Pour moi, c'était un attrape-nigaud, une ruse qui volait tout votre argent pour vous ruiner. Un peu comme le casino… Je frissonnai lorsque le vent froid de la nuit m'effleura. Pendant que nous marchions ensemble dans l'allée principale, Eyden me caressa discrètement le bras pour me réchauffer. J'avais les poils hérissés et mon corps était crispé. Je sentis mes joues rougir puis ralentis le pas, laissant Ashley et Nicolas à l'avant. Je ne me faisais pas trop d'idées en ce qui concernait cet homme, car la plupart du temps, leurs fantasmes restaient passagers. Je ne savais que trop bien qu'il partirait un jour ou l'autre. Le brouhaha autour de nous m'empêchait d'entendre sa voix. Il me saisit rapidement et m'amena plus loin du train fantôme qui nous brisait les oreilles.

— J'espère que tu aimes cette fête foraine, au moins ! Je compte bien essayer chaque attraction avec vous !

Je levai le regard sur lui et vis son sourire. Il me donnait l'espoir de sortir un jour de cette galère. Pour une femme, ici, la seule échappatoire, sa seule chance de fuir ce ghetto c'était le mariage avec un homme aisé. C'était triste, car elles ne se liaient pas par amour, mais par intérêt. Depuis qu'Eyden me parlait, et qu'il m'avait invitée à la foire, je songeais sérieusement à cette solution. Le bonheur de Nicolas était plus important que le mien. Il possédait tant de capacités... Ce serait dommage qu'il ne puisse pas les utiliser. Mais ce policier avait un côté mystérieux. Il me semblait très secret, et d'ailleurs, son visage portait un masque. On ne me dupait pas sur cet aspect. Je voyais tout de suite quand une personne ne me disait pas tout, comme Eyden. Il me cachait un fait, mais lequel ?

— Merci, vraiment, c'est juste incroyable qu'on soit ici ! Tu ne peux pas imaginer à quel point ça va nous faire du bien de décompresser !

Sur ce, il hocha la tête et nous rejoignîmes les autres à quelques mètres de là. Je réfléchissais à la situation actuelle, celle dans laquelle je m'étais mise. Pourquoi était-il tombé sur moi et pas Ashley ? Sa beauté, supérieure à la mienne, attirait tous les hommes sans exception. Ils la suivaient partout où elle le désirait, lui payaient toutes ses envies folles ! Comment Eyden réussissait à ignorer son charme ? D'ailleurs, ma collègue possédait bien plus d'épargne que je n'en avais. Avec toutes les rencontres par mois, elle réussissait à mettre de côté plus d'une centaine de dollars, ce qui pour nous, était simplement énorme.

— Tu vis depuis longtemps dans ce quartier ? me demanda ce dernier. Tu ne m'as pas répondu l'autre jour... Tu sais, c'est assez rare de croiser une femme qui s'occupe si bien de son petit frère.

Je me pinçai les lèvres. Il y avait une limite que je ne pouvais pas franchir. Je ne lui accorderai pas ma confiance, pourtant, était-il peut-être ma clef de sortie de Chicago ? Jason ne paraissait pas être un plan fiable, il ne me restait qu'Eyden pour le moment.

Toutefois, sa remarque m'offensa. « C'est si rare de croiser une femme qui s'occupe si bien de son petit frère. » Qu'entendait-il par-là ?

— Plusieurs années, et oui, je donne tout mon possible pour qu'il ait un bel avenir. Et toi, tu travailles dans le secteur depuis longtemps ? Les policiers ne sont... comment dire, pas très bien vus en ce moment, et puis, on vous voit plus à la sortie de cet endroit.

Il se frotta le nez puis le front. Eyden semblait embarrassé, mais pour rattraper son silence, il émit un rictus puis me répondit.

— On m'a mis sur une affaire confidentielle. Quand j'ai terminé le boulot la dernière fois, je voulais me détendre et je pensais boire un verre où tu travaillais, réputé pour être le moins cher, jusqu'au moment où j'ai vu les conditions dans lesquelles tu bossais. Je ne voulais pas contribuer à la survie de ce café, ironisa-t-il sur une voix plus tranchante. Tu es là depuis combien de temps ?

J'inspirai, j'expirai. Ne sois pas parano, Olympe. Pourtant, Eyden creusait dans cette conversation pour me tirer les vers du nez. Ses questions ne semblaient pas trop indiscrètes, sa curiosité me laissait juste perplexe. J'étais tourmentée par l'intérêt qu'il me portait.

— J'ai été embauchée dès mon arrivée, coup de chance, je suppose.

Nous continuâmes notre conversation pendant plusieurs minutes. Il me demanda alors pourquoi j'avais accepté son invitation. J'hésitai quelques secondes, puis je répondis sur un ton honnête.

— C'est rare qu'un homme nous fasse la cour dans ce coin.

Je n'en venais pas au but pour ne pas l'éloigner ou l'effrayer. Donner des responsabilités à un homme s'avérait être une très mauvaise idée pour un premier rendez-vous. Il hocha la tête sans broncher, même si mon esprit et mon cœur s'égaraient auprès de Jason.

— Je suis plutôt la bouée de sauvetage, non ? Enfin... tu vois ce que je veux dire.

Il fit un clin d'œil. Je cachai mon étonnement derrière un masque, soit mon sourire. Comment avait-il deviné ? Je n'en savais rien, pourtant, je ne me sentais plus aussi à l'aise qu'à notre arrivée. Sa réplique plomba l'ambiance entre nous. L'estomac noué, je ne ripostai pas tout de suite. Eyden brisa alors le silence entre nous.

— Désolé, je ne voulais pas te froisser. Disons juste que c'est comme ça partout chez toi. Toutes les femmes me collent dans l'espoir de partir loin d'ici, et je te l'avoue, je ne peux que vous comprendre. Si j'en avais l'occasion, je le ferais aussi ! Vivre dans des appartements pareils, des déchetteries, avec un salaire si bas, c'est juste l'enfer.

Celui-ci tenta de me détendre puis s'excusa pour sa maladresse.

— Ce n'est pas grave... Oublions ça, lui dis-je.

— Oui, il vaut mieux ! Et ne t'inquiète pas, j'ai vu à ta manière d'être que tu n'étais pas une de ces personnes qui fuyaient son ancienne vie dans ce quartier. Je trouve ça assez pathétique de ne pas faire face à ses problèmes.

La déception s'avalait avec difficulté. Ce policier semblait d'un coup plus froid qu'auparavant. Comment lui dévoiler que je représentais ces personnes fuyant leur passé ? Néanmoins, je le pardonnai, car je ne lui révélais pas toute la vérité depuis le début. Je lui proposai donc de rejoindre ma collègue et mon frère à l'avant. Il accepta volontiers. Il valait mieux ne pas créer de scènes devant cette foule. Je gardai dans un coin de ma tête ses remarques, ainsi que la clef qu'il pourrait m'apporter. D'après ses explications, le voir comme une roue de secours ne le dérangeait pas. Toutefois, je refusais de m'engager si vite avec lui à cause de cette sensation de déjà-vu. Tant que je ne saurais pas d'où elle me venait, je ne pourrais lui accorder une totale confiance. J'avais besoin d'un homme pour nous protéger, moi et Nicolas, pas pour nous détruire. Si mon cœur répétait sans arrêt que je le connaissais, il devait bien y avoir une raison.

Subitement, Ashley s'arrêta face aux arcades en sautillant de joie. Elle montrait du doigt le jeu qu'elle souhaitait absolument faire. Mon petit frère l'observa de haut en bas puis grimaça. Il n'appréciait pas forcément les jeux où il fallait attraper une peluche grâce à une pince. Comme moi, il pensait que ce n'était qu'une ruse pour obliger les personnes à mettre tant d'argent qu'ils se ruinaient. J'émis un rictus moqueur. Qu'est-ce que son enfant intérieur s'exprimait ! Et dire que le mien était brisé, caché derrière mes sourires et mes angoisses… Pendant qu'elle nous ennuyait pour essayer ce jeu, Nicolas préférait plus l'idée d'une attraction plus simple.

— Je t'en supplie, Olympe, viens ! On rentre juste pour le babyfoot, dit-elle en joignant les mains.

Elle s'agenouilla pendant qu'Eyden riait d'elle. Je ne l'avais jamais vue dans cet état d'excitation. Les passants nous jetaient des regards furtifs, amusés, puis accéléraient le pas. Ils paraissaient troublés par ses gestes et ses mots. Il fallait dire que mon amie avait un caractère de chien.

— Oh oui ! J'aime bien ça, dis oui, s'il te plaît, répondit Nicolas en imitant Ashley.

J'esquissai un sourire puis Eyden me tira par la main avec les autres pour courir vers le premier jeu que nous trouverions. Nous nous aventurâmes à l'intérieur en nous dirigeant vers le Babyfoot.

— Le perdant nous achète une pizza ce soir ! m'écriai-je réjouie.

Autour du jeu, nous créions des équipes – les garçons contre les filles. J'observai de plus près les détails de la petite salle. Il y avait énormément de machines attrape-peluche, de bornes ou encore des motos à écran virtuel. Au centre se situait un petit casino. En face de cette salle, la Pieuvre et un grand Carrousel nous attendaient. J'avais hâte de sortir et de sauter dans le premier siège que je trouvais. C'était un rêve d'enfance.

Ashley me sortit de mes rêveries en me donnant un coup de coude. Je secouai la tête puis nous commençâmes à jouer. Je pris en main les poignées, tout émoustillée. Des cris de joie et de peur nous échappaient pendant la partie. Mon petit frère ne cessait de me battre. Il était vraiment doué à ce jeu. Tandis que je perdais espoir, mon amie hurlait comme une folle à s'en arracher les cordes vocales. Tout le monde nous regardait. J'étais si gênée que mes joues devinrent rouges. Par chance, nous fûmes stoppés par les envies pressantes de mon frère. Les toilettes étaient un peu plus loin dans la salle.

— Je vais l'accompagner. Avec la foule, je ne veux pas qu'il se perde, dis-je avant de quitter ma place.

Je profitai de l'occasion pour y passer aussi. Je le laissais aller en avant pendant que je me baladais dans mes pensées. Ce policier me paraissait bien trop heureux pour être honnête, toutefois, il était la clef qui m'ouvrirait au bonheur. Grâce à lui, je quitterai mon appartement médiocre et je pourrai reprendre ma vie à zéro. Mes cocktails seront les meilleurs et les plus beaux de la ville ! Tout le monde viendrait me voir pour les goûter. Bien sûr, cela n'était qu'un rêve pour l'instant, un rêve que je réaliserais peut-être un jour. Milwaukee se situait à seulement une heure trente de voiture, de quoi tout recommencer.

Néanmoins, au moment où je voulus ouvrir la porte des WC, mon regard se posa sur un homme que je connaissais. Il m'observait de loin. Il remarqua alors que je le fixais à mon tour puis vint à ma rencontre. J'avalai avec difficulté ma salive, croisai les bras, troublée puis gardai la tête haute. Ne te rabaisse pas, me répétai-je sans cesse. J'avais la mauvaise habitude de baisser le regard et de me laisser humilier par les autres. Je n'osais plus riposter avec les scènes violentes que je voyais au café.

Jason possédait un comportement assez étrange, différent, distant. Toutefois, son comportement m'intriguait. Et puis, nos rencontres précédentes ne pouvaient pas être dues au hasard, il n'y avait que le destin selon moi.

— Je ne croyais pas voir ma barmaid ici. Vous ne devriez pas être derrière votre bar ? ironisa-t-il. Nous sommes jeudi.

Je me crispai et me refroidis. Savait-il pour mon job ? Cependant, je ne me faisais pas d'illusion, sa voix restait bien plus douce qu'à notre première rencontre. Je rentrai donc dans son jeu de provocation, comme à son habitude. Jason m'avait promis de continuer notre conversation.

— Et moi, mon client, ou un homme qui prétend être mon ami. En tout cas, je vois que tu as survécu à la pluie de la veille ! Tu sembles être en excellente forme !

Subitement, je fus prise d'un mal de tête. Je fronçai les sourcils et m'écartai de ce dernier. Oui, je manquais d'air. Les différentes musiques se mêlaient en une seule mélodie suffisamment forte pour mes tympans. Tandis que je me pressais de sortir de la salle pour respirer l'air frais, il me suivit. Pourquoi étais-je aussi timide en sa présence ? Je perdais tous mes moyens dès qu'il me toisait de son regard bleu métal.

— Je n'aime pas vraiment la façon dont tu me vois ! prononça ce dernier dans mon dos d'un air amusé.

Je roulai des yeux et émis un rictus. Qu'est-ce qu'il était culotté ! Et dire qu'il m'avait offert une longue description sur mon comportement au bar.

— Et je n'aime pas tes préjugés non plus. Il faut que tu me laisses tranquille aujourd'hui, je suis venue profiter de ce moment avec Nicolas.

Je cherchai du regard Ashley et le policier, mais ils ne s'occupaient plus de moi. Ils ne me voyaient pas d'ici. J'avais l'impression qu'ils se parlaient comme de bons vieux amis. Je sentais très bien que ma collègue finirait par le piquer. Cependant, cela m'évitait d'attirer son attention par ici.

Tandis que nous étions à côté de la rivière sauvage, l'eau m'éclaboussa à plusieurs reprises ce qui fit rire Jason. Les cheveux à présent mouillés, tout comme mes vêtements, je le poussai, contrariée, pour qu'il se prenne l'eau. Cette fois-ci ce fut à mon tour de me moquer de lui. Son t-shirt le moulait bien plus maintenant. Mes yeux s'attardèrent sur ses muscles. Au fond de moi, je fantasmais sur son physique de rêve. Ses grognements me déconcentrèrent. Jason se voyait lui aussi trempé jusqu'aux os. Il releva alors la tête. J'aperçus une lueur d'amusement dans son regard.

— Très bien. Tu veux être tranquille ce soir ? Je partirai à une seule condition !

Son parfum me chatouilla les narines et m'enveloppa. Le monde autour de nous disparut. Jason s'approcha de moi et posa ses deux mains autour de mon visage. J'étais bloquée, coincée telle une proie. Je n'avais plus d'issues pour échapper à cet homme. Il m'inquiétait, je ne pouvais pas le nier, mais Jason était très séduisant, doté d'un charme incroyable. Et cela, sans parler de ses beaux yeux d'un bleu métallique. Nous jouions au chat et à la souris depuis nos rencontres, cela devrait bien cesser un jour.

Assez proche l'un de l'autre, son souffle effleura mon front. Nos lèvres se frôlaient de quelques centimètres. Je ne détachais plus mon regard du sien. Une atmosphère mystérieuse et sensuelle s'installa entre nous. Il posa l'une de ses mains sur ma taille pendant que l'autre caressait ma joue. J'étais paralysée, je n'osais plus bouger. Tous mes sens étaient en éveil avec ce bel homme. J'avais pourtant des doutes en ce qui le concernait. Jason cachait plusieurs secrets qui m'empêchaient de mieux comprendre son comportement et sa personnalité. Il était spécial, différent, unique. Sa manière de se comporter me laissait perplexe aussi. Un jour, il se montrait distant, l'autre il se dévoilait doux. Lequel devais-je croire ?

— Laquelle ? chuchotai-je.

Un sourire s'étira sur ses lèvres. Il colla son front contre le mien puis répliqua :

— Je veux qu'on fasse ensemble le Booster Maxxx.

Ce dernier tourna la tête en direction du manège. Mes yeux s'écarquillèrent. Je m'étranglai avec ma propre salive et devins livide. Blanche comme un linge, je refusais tout d'abord. J'avais le vertige depuis mon enfance. Je ne pouvais pas faire ça ! C'était impensable pour moi. Je n'avais pas assez de cran pour y aller. Le jeu était trop peu stable, enfin, c'était ce que je pensais.

— Non. Je ne peux pas, mes amis m'attendent. En plus, je ne fais pas confiance à ce type de montage. Ce n'est pas assez stable et sécurisant !

Il hocha la tête. J'avais l'impression qu'il se moquait de mon avis, car dans tous les cas, il aurait ce qu'il souhaitait.

— Bonne raison pour y aller à deux alors. On crèvera en même temps.

Je restai silencieuse puis me plongeai dans mes pensées. Je réfléchissais à la bonne décision à prendre. Ma tête me disait non, mais mon cœur, lui, me chuchotait oui. Vas-y fonce ! Je voulais juste passer un moment avec lui, en savoir plus sur ce qu'il était, sans me mettre en danger. Je me souvenais très précisément de cette envie puissante, forte, intense de le connaître ce soir-là. Sa personnalité m'intriguait et éveillait des nouvelles sensations au creux de mon ventre. Sa manière de me regarder, me parler et de s'approcher sensuellement de moi ne me laissait pas indifférente. Sa voix contre mon oreille, son souffle contre ma peau et ses doigts sur mon cou. Cette sensation d'excitation me marquait, car jamais auparavant je ne l'avais ressentie. Et puis, sa manière arrogante d'attirer l'attention sur sa personne m'agaçait plus que tout. Il possédait une spécialité sans que je ne sache forcément laquelle. Ne dit-on pas : les contraires s'attirent ?

— Dépêche-toi. Je n'ai pas que ça à faire !

Je répondis cette phrase sur un ton strict sans réfléchir. Si je prenais le temps de retourner toute la situation, la peur me posséderait et je raterais l'occasion de mieux le connaître. Aussitôt, il prit ma main dans la sienne et nous courûmes à deux vers l'entrée de l'attraction. Jason paya mon ticket puis nous nous assîmes sur un siège. Le gardien nous attacha la ceinture avec soin et dans le doute, je serrai la main de Jason bien plus fort. J'avais beau sourire, à l'intérieur, je bouillonnais d'effroi. Dans quelques secondes, nous serions propulsés vers le ciel sans que je ne puisse contrôler ce qu'il s'y passerait. Néanmoins, ce dernier gardait son sourire insolent et arrogant qui m'irritait tant. Nous échangeâmes quelques phrases, assis l'un à côté de l'autre... C'était étrange de flirter tout en vouvoyant la personne.

— Tiens-toi à moi, ma Belle, si tu as peur. Oh, et un dernier petit détail, si tu hurles, tu me dois un autre rendez-vous !

Je ne pus contredire ce qu'il venait de me lancer, car nous fûmes dans les airs. Palpitante de frayeur, je criai à en perdre la voix. Le vent emportait mes cheveux, qui en bataille, se frappaient contre le visage de Jason. L'adrénaline s'insinua en moi. Des frissons parcoururent mon corps de la tête aux pieds. Les yeux fermés, je priai que cela se finisse vite. Mes pupilles étaient dilatées. Les mains moites et la boule au ventre, j'écrabouillai la main de Jason tant je la pressai.

Soudain, il posa un baiser au creux de mon cou en chuchotant de me calmer. Il éveilla une sensation qui m'était inconnue. La tête versée en arrière, nous descendions pour remonter, encore et encore. Je ne savais plus quoi penser, entre les mètres qui me séparaient du sol, la hauteur à laquelle j'étais bloquée, et le comportement de cet homme. J'avais laissé Eyden, Nicolas et Ashley pour m'amuser avec lui. Et si c'était une erreur ? Perplexe, je m'empêchai de crier plus que je ne l'avais déjà fait et mordis l'intérieur de mes joues. Je retins mon souffle au dernier tour avant l'arrière de la machine. Le rire de Jason me paraissait sarcastique. Il m'avait piégée. Oui, il m'avait obligée à entrer dans cette attraction, pour me coincer avec son rendez-vous et me draguer.

Brutalement, tout s'arrêta. Mon cœur battait à tout rompre. Je n'en revenais toujours pas. Moi, Olympe, étais montée là-dedans ! J'attendis qu'on vienne me retirer la ceinture pour rouvrir les yeux et être soulagée. Enfin les pieds contre la terre, je réalisai petit à petit ce qu'il venait de se produire, et Jason n'hésita pas à me le faire remarquer.

– Tour terminé, tu as perdu.

J'avais des difficultés à marcher droit devant moi. L'adrénaline coulait toujours dans mes veines.

Je le fusillai du regard puis quittai hâtivement la place. Je partis sur les nerfs tout en cherchant ma bande, cependant, arrivée aux arcades, je constatai qu'ils n'étaient plus présents. Cette situation m'exaspérait. Les cris de Jason se firent de plus en plus distincts avant qu'il n'arrive à ma hauteur. En colère, je me retournai en le pointant du doigt.

– Non, tu n'auras pas ton fichu rencard ! Tu savais que je n'aimais pas ce jeu, que j'avais le vertige, et tu en as profité ! Je n'aurais jamais dû accepter, lui ripostai-je en colère.

Je détestais perdre, mauvaise perdante que je suis, et l'échec m'insupportait. Tandis que l'amertume possédait mon esprit, le bruit des manèges ne m'aidait pas à mieux me faire comprendre. Toutefois, ses yeux me fixèrent, remplis de regrets. Et s'il avait compris qu'il avait été trop loin ? Et s'il allait enfin m'éclairer sur ce qu'il désirait ? Jason avança de plusieurs pas vers moi. La respiration haletante, à cause de sa course, il s'arrêta à un mètre de mon corps. Pourquoi gardait-il ses distances maintenant ? Quand celui-ci tenta de me prendre la main, je le repoussai aussi vite. Sans bouger, il attendit, debout comme un piquet. Je n'en pouvais plus de ce jeu au chat et à la souris.

– D'accord, tu as raison... Demande-moi n'importe quel défi et si je réussis, alors là tu accepteras mon rendez-vous.

Il avait le regard suppliant pendant que je croisai les bras, encore en colère contre lui. Un rencart avec lui ? Ce n'était pas une grande tâche, cependant, j'étais une mauvaise perdante. Qu'est-ce que cet homme pouvait bien détester ? Jouer à ce jeu me semblait trop enfantin pour nous, néanmoins, je vis à son sourire qu'il avait une idée derrière la tête. Il ne valait mieux pas le défier... Jason ne paraissait pas aussi discret et droit qu'Eyden. Il serait capable de tout pour gagner. J'aimais ce côté rebelle et compétitif.

– J'accepte de venir à ton soi-disant rendez-vous, mais seulement si c'est en-dehors de ce trou perdu. Je veux que ce soit... différent.

Sans que je m'y attende, il me serra dans ses bras. Je ris de bon cœur en voyant comment il était joyeux. Son côté ténébreux s'effaçait au fur et à mesure qu'il passait son temps avec moi. Oui, ce Jason était différent que l'homme que j'avais pu voir au café à la tombée de la nuit. Il était plus joueur, moins arrogant et surtout, il avait cette joie de vivre qui me manquait dans la vie. Je ne prévoyais pas à cette réaction et je pris plusieurs secondes à réaliser que j'étais dans ses bras, contre lui, nos deux corps collés l'un à l'autre.

– Merci.

Il posa un baiser sur mon front. Mes pensées se dirigèrent subitement vers Nicolas que j'avais abandonné avec les autres. Mince, où étaient-ils partis après mon départ ? Nerveuse, je balayai la scène du regard, mais la foule était trop grande. Il m'était impossible de les retrouver de cette façon. Je devais partir à l'aventure, comme dirait Ashley.

– Bon, il faut que j'y aille. Mes amis sont partis et je dois les retrouver, dis-je anxieuse.

À l'instant même, je sortis mon téléphone portable de ma poche. Ce n'était pas la grande gamme, cependant, c'était suffisant pour appeler les urgences ou quelques connaissances. Je remarquai alors avoir manqué plusieurs appels et messages de leur part. Ashley allait me tuer… Je les lus, inquiète. Ils provenaient tous de mon amie.

« *19h30. Tu es où ? On t'attend !* »

« *20h00. Olympe, grouille ton cul, bordel ! On est fatigué d'attendre. J'ai même dû raconter à ton pote nos expériences du café et la tienne avec le drôle de mec la semaine dernière. Ça devient embarrassant ici…* »

« *20h10. Comme tu ne réponds toujours pas, sache que je retourne à l'appartement avec Nicolas et Eyden. J'espère que tu as au moins une bonne excuse pour nous avoir fait faux bond.* »

Je soupirai, déçue. Je les avais laissés sans les prévenir. Ce n'était pas moi. Mes lèvres se crispaient. Bon sang, qu'est-ce qui m'avait pris de partir comme ça ? J'avais tant envie de retrouver ma vie de femme, ce côté si excitant avec Jason que j'en avais oublié mes responsabilités. Je mordillai l'intérieur de mes jours, trop nerveuse pour garder mon calme. Je n'avais aucun moyen de rentrer, et puis il faisait nuit. Je n'allais pas retourner au ghetto seule, dans les rues sombres, alors que la Bête était peut-être déjà réveillée.

– Vu où nous en sommes, je pense que c'est le moment idéal pour t'inviter chez moi, me susurra Jason à l'oreille.

Les courbes de mes lèvres me trahirent. Je souris, et indécise, je finis par céder, puisque de toute façon, je n'aurais pas eu la force de rentrer à pied jusqu'au centre.

J'acceptai son invitation. Nicolas n'était pas en danger auprès d'Ashley, et puis elle prendrait soin de lui. Avec un policier chez elle, il n'y avait pas d'inquiétude à avoir. Quant à cet Appolon à mes côtés, je ne le cachais pas, il m'intéressait depuis le début, bien qu'il m'ait effrayé, bien que ses yeux soient semblables à ceux de la Bête. Cependant, Jason n'était pas le seul à en avoir des bleus, je ne pouvais pas l'accuser sans preuve. Et puis, sa joie de vivre apportait une petite touche agréable à sa présence. Je n'aurais pas dû le juger trop vite. Même si j'ai détesté ce Booster Maxxx, j'avais adoré être à ses côtés. Je ricanai de bon cœur. Ça me manquait tout ça.

Jason m'amena alors dans le parking pendant que j'observais les voitures, curieuse, en me demandant bien laquelle lui appartenait. Alors que nous marchions dans le calme, il s'arrêta devant un scooter noir. Étais-je en train de rêver ? Allais-je vraiment monter dessus ? Ces engins étaient dangereux et ne me rassuraient pas, cependant, Jason attrapa les deux casques et me tendit le mien.

– Alors, petit oiseau, prête à prendre ton envol ?

Mauvaise idée

Nous arrivâmes face à un bâtiment d'une trentaine d'appartements plongés dans le noir. Tout le monde dormait à cette heure-ci. Ce n'était pas une surprise. La plupart des habitants étaient des personnes âgées. Jason m'expliquait qu'il aidait souvent la vieille dame, Lucie, au troisième étage avec son chat. Elle ne savait plus marcher correctement, donc, elle l'envoyait faire ses courses puis elle le récompensait d'un billet de 5 dollars. Il le faisait de bon cœur, car ça lui faisait plaisir. Au dernier étage habitait un meurtrier qui avait fait une vingtaine d'années de prison. Mon ami me raconta que ce monstre avait tué toute sa famille et derrière chacun de ses meurtres, il avait laissé sa signature, soit les yeux arrachés, la gorge coupée et les oreilles écrasées. Son histoire me dégoûtait, car il y avait exactement ce type de personnes dans mon quartier que j'évitais comme la peste : Neville Smith, un homme de la trentaine, qui avait profité de la confiance que des mères lui accordaient pour violer leurs filles. Jamais la police ne l'arrêta, et on ne sut jamais pourquoi. En face du café, c'était Acacia Pons. Cette femme possédait une beauté à couper le souffle. Elle se servait du cadeau de Mère-Nature pour escroquer tous les hommes sur son chemin. Elle vendait son corps et à la fin de l'acte, les pauvres finissaient la gorge ouverte. Depuis que la vérité avait éclaté, elle volait les supérettes non loin pour se nourrir. Ce type de personnes grouillaient dans le ghetto, et puis, il y avait moi, une jeune femme perdue qui cherchait à fuir ses parents. Pour l'instant, je devais l'avouer, c'était bien parti. Pourtant, je retrouvais des similitudes parfois dans la vie de Jason.

Depuis son arrivée, il était seul, isolé de tous. Les personnes de ce ghetto se méfiaient de lui à cause de son style. Il fallait dire que son look de badboy était typique du film Grease. C'était à tomber par terre. Je ne lui résistais pas, comme la plupart des filles, raison pour laquelle les hommes le détestaient. Ils craignaient perdre leur autorité sur leurs enfants adolescentes qui, sans surprise, appréciaient beaucoup la compagnie de Jason.

Évidemment, je ne fis aucune remarque là-dessus. C'était sa vie, pas la mienne. Et puis, nous ne sortions pas ensemble. Je n'avais pas mon mot à dire.

Enfin dans l'enceinte du bâtiment, nous montâmes à la hâte les escaliers. Ce dernier m'expliquait combien il était dangereux de rôder la nuit autour de ce lieu. Il y avait des vingtaines de dealers, soit des centaines de clients par semaine. Cela ne m'étonnait pas et son comportement me rassurait. Jason semblait bien plus protecteur que je ne le pensais.

Tandis que nous papotions du ghetto et de sa vie, il ouvrit la porte au numéro 33, me céda le passage puis fit une révérence sous le ton de la rigolade. Je ris, amusée, tout en observant avec détails l'intérieur. Il faisait noir, de la même obscurité que celle qui nous angoisse petit. Je crispai les lèvres sans prononcer un mot de plus puis, il referma à clef. Je cherchai à tâtons l'interrupteur, mais ce fut inutile. Jason alluma toutes les lampes de l'appartement. Je lui avais raconté mes phobies, mes angoisses sur les ténèbres. Avant de réparer des voitures, Jason avait eu d'autres boulots. Tantôt serveur, puis dealer, il se découvrait plusieurs passions, dont celle de la mécanique. Toutefois, il évita rapidement le sujet quand je lui demandais dans quel garage il avait travaillé. Peut-être que ce sujet était trop intime pour lui… Néanmoins, j'étais contente de mieux le connaître. Sa famille ne l'avait pas ménagé petit. Son père et sa mère l'avaient abandonné alors qu'il était bébé. Une dame, appelée Rose, l'éleva dans sa maison trop grande pour elle. Malheureusement, la mort ne tarda pas à voler l'âme de cette femme. Quand Jason eut dix-huit ans, elle mourut d'une crise cardiaque. Il ne sut rien faire. Même s'il me répétait que ça ne l'avait pas touché, je ne le croyais pas. Sa voix était brisée et son regard lointain. Il semblait perdu dans ses pensées et ses souvenirs d'enfance. J'avais mal pour lui, mais au moins, il n'avait pas subi la violence de son père comme moi.

Ce dernier m'invita à m'asseoir dans le salon. Je fus surprise par la décoration de son chez-soi. Elle était différente, glauque, voire malaisante. Des têtes de mort se disposaient sur le haut de son étagère où plusieurs livres, poussiéreux, logeaient. Des tableaux de Rock'n roll se tenaient sur le mur. Les meubles, peints en noir, se trouvaient en petit nombre dans la pièce. Et cela, sans oublier de drôles de doigts coincés dans un bocal d'eau ainsi que des yeux. Je préférais éviter de fixer les poupées en porcelaine rangées sur le meuble à côté de la télévision. Ce style était à la fois terrifiant et captivant.

Je m'approchai de son armoire pour voir de plus près ses cadres – des souvenirs d'amis, de dîners, de fêtes… Il paraissait bien plus heureux et vivant sur ces photos. Quant à son regard, il était bien plus doux que l'autre soir, celui où il m'avait glacé le sang tant il reflétait de la haine. Tout comme sa voix grave qui faisait frissonner mon corps. Je ne m'étais pas sentie en sécurité lorsque j'étais seule au bar avec lui, mais aujourd'hui, ça semblait différent.

– Un café, un thé ? Tu veux boire quoi ma jolie ? cria-t-il de la cuisine.

Je me retournai et répondis sans réfléchir :

– Juste de l'eau plate, ça suffira !

Je continuai d'inspecter la pièce avec attention. Ses rideaux épais étaient d'une douceur agréable pour une décoration gore. Le cuir craquelé de ses sofas exprimait l'âge de ces derniers. Certainement de la seconde main. J'effleurai des doigts une photo qui attira mon attention, créant une jalousie imprévue. Jason embrassait une femme à la crinière blonde. Je me demandai bien qui cela pouvait être, car elle était sublime. Je l'admirai pour sa chevelure de blé, ses lèvres pulpeuses et sa peau complètement blanche. Mon physique laissait croire aux inconnus des origines mexicaines, alors qu'il suffisait de remonter quelques années plus tôt pour comprendre que ma peau avait simplement pris le soleil puisque je travaillais tout le temps à l'extérieur. Mes cheveux ébène n'aidaient pas à contredire leur théorie... Tandis que je fixai ses cadres, je n'entendis pas Jason revenir dans la pièce avec mon verre d'eau.

— Tu trouves quelque chose d'intéressant ? dit-il le sourire aux lèvres.

Il paraissait amusé par la situation. Je reposai le cadre où je l'avais trouvé. Jason était dans mon dos et attendait une réaction de ma part. Néanmoins, je n'avais pas envie de répondre. C'était inapproprié de ma part. Subitement, je sentis son souffle contre ma nuque. Il réadoptait ce comportement angoissant qui m'inquiétait tant. Sa façon étrange de me déclarer comment je l'intéressais me laissait perplexe et à la fois charmée. Jason attrapa le cadre et émit un rictus. La lourdeur de l'atmosphère m'oppressait. Sans que je m'y attende, il fracassa la vitre protectrice, qui en mille morceaux s'écroula au sol. Alors qu'il prenait la photo pour l'arracher en deux, séparant son corps de celui de cette femme, je pris du recul. Pourquoi était-il aussi mystérieux et imprévisible ? Jason avait été si violent et brusque dans son geste que j'angoissais à l'idée qu'il s'approche de moi. Il m'expliqua qu'il s'agissait d'une ancienne relation qu'il maudissait au plus haut point. Selon lui, cette femme l'avait séduit pour lui lancer un sort. Comment pouvait-il encore croire aux malédictions à son âge ?

Prise d'effroi, je profitai de l'occasion pour me diriger à pas de loup vers la sortie. J'aurais dû refuser son invitation. Ce n'était pas une bonne idée. Aller chez un étranger, seule, en tant que femme, dans ce ghetto, c'était du suicide ! À cette heure-ci la mafia était de sortie tout comme la Bête, les dealers et d'autres personnes non fréquentables. Qu'est-ce qui m'avait pris ? Son comportement étrange reprenait le dessus sur le prince charmant qu'il était précédemment. Alors que je m'avançais vers l'entrée, sa voix m'interrompit :

– Ne pars pas telle une voleuse, ma Belle ! Tu n'as même pas bu ton eau, prononça ce dernier d'un ton ironique.

Ses mots résonnaient en moi comme une menace. Je sentis son regard brûler mon corps. Les mains moites, j'évitai de trembler d'effroi. Ce n'était pas le moment de me dégonfler. Je lui fis face et l'expression de son visage me glaça le sang. Je croyais voir un assassin prêt à sauter sur sa proie. La colère qui se lisait dans ses yeux me tourmentait. Qu'est-ce que j'allais faire ? Indécise, je cherchai rapidement une pièce dans laquelle m'enfermer.

Quand mon regard se posa sur une porte rouge, il essaya de me bloquer, mais je fus plus rapide. Je pris mes jambes à mon cou et fuis vers cette pièce. Le souffle court, le cœur battant à tout rompre, j'entrai dans une chambre puis crus m'effondrer.

La scène qui s'exposait face à moi m'effraya. Les murs affichaient toutes les victimes de la Bête sur une carte de la ville. Des punaises étaient enfoncées là où elle avait frappé, soit presque partout, dans chaque rue. Je m'approchai du plan pour mieux le lire. Mes yeux s'entrouvrirent quand une liste de prénoms attisa ma curiosité. Des noms étaient barrés d'un trait rouge. Ils représentaient ceux des victimes, je ne reconnaissais que trop bien certaines de mes connaissances.

Sur le bureau, il n'y avait que des journaux abordant les coups de la Bête, ses proies, les familles touchées et la police du ghetto qui ne réussissait pas à l'attraper. Les pas de Jason se dirigèrent vers moi et un silence de plomb s'abattit sur nous. Je n'avais pas pensé à verrouiller la porte derrière moi, trop abasourdie par ce que je voyais. Je tremblai de frayeur et mes lèvres aussi. Mon esprit ne fit qu'un tour pour comprendre qui était vraiment Jason. Je me retournai contre lui, la respiration de plus en plus lourde. Il me dévorait du regard et attendait une réaction. Jason habitait malheureusement plus haut que je ne le pensais pour que je puisse fuir par la fenêtre. Je n'aurais jamais la force de le repousser pour passer par la porte d'entrée. Cet homme s'avérait dangereux, exactement ce que répétait mon esprit depuis notre première rencontre.

La première impression restait toujours la bonne. Jason n'avait jamais été un homme tendre, non. Il était celui de la nuit, ténébreux, différent, menaçant. Il dut distinguer l'effroi dans mon regard, car un sourire se plaqua sur son visage. Ce type de sourire arrogant et effrayant qui vous glace le sang. Je voulus reculer à petits pas quand il vint à ma rencontre, cependant, j'étais déjà bloquée, collée contre le bureau. Mon pouls battait dans mes veines, l'adrénaline formait une boule dans ma gorge. Comment pourrais-je le fuir ? C'était impossible. Je me sentais sombrer petit à petit dans l'enfer.

Fichue contre le bureau, j'essayai d'attraper un objet le plus vite possible dans le cas où il m'attaquerait. Quand ma main empoigna enfin quelque chose, je le pointai sur lui, et d'un ridicule, je remarquai que ce n'était qu'un stupide crayon.

– Tu crois me faire mal avec ça ? proclama ce dernier en riant.

– Ne t'approche pas ! Ou je…

– Ou tu ? Nous sommes seuls, tu ne devrais pas me vouloir du mal, ma belle.

Il me coupa la parole d'un ton tranchant. J'angoissais tant que je me sentais incapable de raisonner. Il n'y avait aucune sortie de secours. J'étais finie. J'espérais que des personnes m'aient vue partir à ses côtés à la foire pour que la police puisse le foutre derrière les barreaux. C'était quoi son problème, bordel ? Tantôt gentil et rieur, puis froid et dangereux. Qu'est-ce qu'il cherchait à prouver ?

L'adrénaline, la nervosité saisit de plus en plus d'ampleur dans mon corps. Je ne savais plus quoi faire. Dans ma tête, tout était intuitif. Cet homme allait me tuer et m'ajouter sur sa liste pour ensuite effacer mon nom à l'encre rouge, couleur du sang. Il n'aurait plus qu'à faire croire que la Bête m'avait tuée ! Tout cela confirmait les dires d'Ashley. La Bête n'existe pas, ce n'est qu'un canular, une aide pour la police pour que les méchants soient supprimés. Comment avais-je pu être aussi naïve ?

Des larmes perlèrent sur mes joues sous la pression de la situation. Je ne voulais pas mourir maintenant. Nicolas avait besoin de moi pour avancer, progresser et guérir. Non, je ne pouvais pas me laisser faire. Je devais me défendre, corps et âme pour partir en héros. Si je m'abandonnais, je trahissais mon petit frère, et tout ce que j'avais entamé et accompli pour lui.

Le silence plombait la pièce dans une ambiance inquiétante. Quand Jason fut à quelques centimètres de moi, il se plia en deux et rigola à ne plus s'arrêter. Sa gorge déployée, il riait, encore et encore. Son rire brisa le calme et envahit la pièce. Je me refroidis aussitôt quand il dit :

– Je t'ai eue ! Ce que tu es dupe, toi !

Je lâchai mon crayon et m'assis contre le mur, les yeux globuleux. Qu'est-ce qui s'était passé ? Cet imbécile se moquait de moi ouvertement sans même être gêné. Pourtant, les faits étaient bien là. La liste, la carte, les journaux ! Tout, tout était en lien avec la Bête. La main sur le cœur, je réfléchis en ignorant ses paroles à deux balles. Qu'est-ce que tout cela représentait ? S'il n'était pas la Bête, était-il un de ses complices ? Et puis, pourquoi avoir joué avec moi comme ça ? Jason savait pertinemment que je m'inquiétais en ce qui concernait ce monstre. Tout semblait flou dans mon esprit, toutefois, mon cœur se sentait trahi. Jason, en agissant de cette manière, m'avait trompée. Je frottai les larmes de mon visage à l'aide de mes manches.

– Tu mens, répondis-je d'un ton froid. Regarde cette pièce et dis-moi que tu n'as rien à voir avec tout ça !

Il cessa net de rire, se redressa pour observer sa chambre puis reprit ses moqueries. Bien que je sois en colère, j'arrivais encore à le trouver beau. Il détenait un sourire charmeur et un regard profond. Je ne savais pas qu'on pouvait être en colère tout en étant attendri envers une même personne. Je finis par oublier toutes mes idées sur la Bête. À cet instant, Ashley me dirait que je devenais paranoïaque, que j'avais un problème de monstres sous le lit, ou qu'un psychologue m'aiderait bien à arrêter de prendre mes cauchemars pour une réalité. Peut-être avait-elle raison ? Mais, ne devrais-je pas avoir la trouille devant ça ? Jason me paraissait encore inconnu quand je voyais ses réactions, sa maison. Dans quoi m'étais-je fourrée ?

– Tu vois ça ? C'est parce que je la cherche et je veux comprendre comment elle choisit ses victimes. Si j'étais la Bête, crois-tu vraiment une seule seconde que j'inviterais mes amis ici à dormir chez moi ? Ou aurais-je eu l'audace de te laisser entrer ? Réfléchis un peu, Olympe… Tu n'as plus cinq ans, si ?

À ces mots, je me sentis affreusement ridicule et honteuse. Pourquoi n'y avais-je pas pensé ? Je baissai la tête, le rouge aux joues. Cependant, il me la releva à l'aide de sa main. J'oubliai mes craintes passagères qui m'embrouillaient pour me concentrer sur ses explications.

– Ne sois pas si déçue, je suis sûr qu'il y a encore plein de trucs que tu pourras découvrir sur moi, d'accord ?

Son arrogance me laissait sans voix, pourtant, il réussit à me voler un sourire timide. Je lui donnai une frappe amicale sur l'épaule, un peu blessée par ses paroles. Chasser la Bête, n'était-ce pas spécial comme passion ? Après tous les corps vides qu'elle laissait derrière elle, je ne voyais pas ce qui pouvait l'intéresser… Toutefois, s'il découvrait son mécanisme, il pourrait sauver les futures victimes. J'effaçai ces pensées de ma tête puis me détendis.

– T'es stupide… J'ai tellement flippé. J'ai encore une boule au ventre ! Ne me fais plus jamais ça…

Jason s'assit à mes côtés contre le mur, sa bouteille de bière et mon verre d'eau en main.

– Je n'ai pas pu m'en empêcher… C'était trop drôle, désolé. Mais il n'y a rien de mieux que de boire ton verre d'eau pour oublier tout ça !

Il me le tendit. J'acceptai volontiers puis bus quelques gorgées avant de le poser à mes pieds. Je me demandais comment il avait fait ça… Avant d'entrer dans la chambre, suite à ma fuite, il n'avait rien en main. Peut-être qu'Ashley disait la vérité, peut-être que je devenais vraiment folle et que je devais me faire soigner.

– Merci. J'espère que tu ne m'en veux pas trop. Je suis assez parano en ce moment. Ce n'est pas facile.

Il approuva d'un mouvement la tête.

– Ne t'inquiète pas, j'ai un cœur d'acier. Toutes les personnes ici sont comme toi. C'est la première chose que j'ai remarquée en emménageant, il y a quelques années.

Je fronçai les sourcils. Alors Jason ne connaissait pas si bien cet endroit ? S'il était venu à ses dix-huit ans, cela faisait une douzaine d'années qu'il habitait dans cet appartement. Comment pouvait-il si bien se souvenir du comportement de ces inconnus ? Et s'il m'avait menti sur toute la ligne ? Bon sang, Olympe, arrête avec tes superstitions…

– Tu ne viens donc pas d'ici ?

Jason se tut et réalisa la bourde qu'il venait de dire. Il n'était pas venu tout de suite ici après ses dix-huit ans. Non, il avait dû voyager avant quelques années avant de se rendre dans ce ghetto. C'était obligé. Il ne m'avait pas tout raconté, et puis la Bête n'avait pas toujours existé en ces lieux. Des anciens racontaient qu'elle était sortie de son sommeil dix ans plus tôt. Il manquait une pièce dans le puzzle. Le corps fatigué, je ne résistai plus et basculai vers lui, ma tête sur son épaule. Jason passa sa main dans mes cheveux et finit par répliquer.

– Non, Olympe. Là d'où je viens, le bonheur est le malheur. La vie est la mort, l'amour est la trahison. Je ne suis pas forcément une bonne personne sur qui on prend exemple, une personne de confiance. Sache-le.

Je déglutis et gardai le silence. J'étais attristée par ses mots. Jason semblait se noyer dans la tristesse qu'il cachait derrière sa bonne humeur. Finalement, nous nous ressemblions beaucoup. Je déposai un baiser sur sa joue après avoir terminé mon verre. Lui qui était si beau et séduisant, comment se faisait-il qu'il soit si peu sûr de lui ? L'ambiance était apaisante à la suite de notre discussion. Je ne savais pas comment le contredire et le tirer vers la lumière pour le rassurer. Il me semblait si pessimiste.

– J'aurais aimé rester plus longtemps, mais je dois rentrer chez moi, dis-je en pensant à Nicolas.

Mon petit frère était seul et m'attendait chez Ashley. J'espérais qu'il n'était pas trop exténué, sinon, nous dormirons chez elle jusqu'au lendemain. Et puis, son appartement ne se situait plus très loin de celui de Jason maintenant.

Indécise, je le fixai.

– Reste, reste avec moi. On n'est plus à une seconde près, me supplia ce dernier, la voix brisée.

J'étais comme envoûtée par ses mots, les blessures cachées derrière ses sourires. Je le pris dans mes bras et décidai de dormir dans son appartement. Après tout, Nicolas était grand et se débrouillait très bien. Jason avait besoin de moi, avait besoin d'être réconforté. Oui, sa détresse me touchait au plus profond de moi-même. La vie faisait souvent bien les choses, et puis il n'y avait pas de hasard. Si cet homme était sur mon chemin, mon destin, il y avait bien une raison.

Les ténèbres de la nuit

Subitement, ma respiration se coupa. L'atmosphère devint trop oppressante pour que je puisse reprendre mon souffle. J'avais la sensation que l'on m'étranglait, de manquer d'air. Je suffoquai puis me réveillai en sursaut, le front empli de sueurs froides. Haletante, je cherchai à tâtons le bouton de la lampe de chevet. J'avais besoin de lumière, de sortir de ces ténèbres pour me rassurer et cesser d'angoisser. Toutefois, mes doigts ne percutèrent que la table de nuit et les livres entreposés dessus. J'en oubliais ma situation. Je n'étais pas chez moi, mais chez Jason, voilà pourquoi la lampe ne se trouvait pas à sa place…

J'étais baignée dans le noir. Mon regard fixait l'horloge dont les gros chiffres rouges affichaient deux heures du matin. Comme je ne me repérais pas dans la chambre, je vérifiai si Jason dormait bien, mais sa place était vide et les draps froids. Cela faisait un moment qu'il ne se reposait plus. Inquiète, je m'empressai de sortir du lit puis de courir vers l'entrée de la pièce, où enfin, l'interrupteur rencontra ma main. La lumière m'aveugla tout en illuminant la chambre. Où était-il ? J'étais seule, complètement seule. Cette idée ne me rassurait pas. Non. Pourquoi m'avait-il laissée là alors qu'il me suppliait d'être à ses côtés ? Je déglutis puis me rendis dans la cuisine sans faire un bruit. Je me rassurais en répétant qu'il dormait peut-être dans le canapé ou ailleurs pour ne pas me déranger la nuit. Son comportement était si imprévisible.

Les rayons de la lune illuminaient la pièce. J'ouvris le frigo pour me servir un verre de lait. Des frissons me parcoururent le corps quand l'air frais vint me caresser la peau. Mes poils se hérissèrent. Le liquide refroidit les parois de ma gorge.

Ça avait le don de me réconforter. Petite, quand mon père s'enfermait dans la chambre avec ma mère, je descendais secrètement pour boire du lait, comme un bébé. Je me disais que c'était ce que faisait le père Noël pendant ses mauvais jours. Et depuis ce temps-là, je ne perdais pas cette habitude. Je me sentais toujours dans les vapes, entre le monde des rêves et la réalité. Je ne savais plus vraiment où j'en étais. Pendant que je déposais mon gobelet dans l'évier, je fixai le sol. Je refusais de voir cette décoration terrifiante. Comment Jason réussissait-il à vivre là-dedans ? Des planches d'Ouija parsemaient les murs de la cuisine, tout comme ces fameux crânes dans l'étagère, sans parler des bocaux de doigts ou des yeux.

Tandis que je comptais me rendormir sagement sous les couettes, j'entendis la porte d'entrée claquer. Je sursautai de peur, paniquée. Je ne bougeai plus. J'étais paralysée d'effroi. Fichues angoisses. Cela m'arrivait tout le temps. Mes pupilles se dilatèrent et mon pouls s'accéléra. Qui avait bien pu rentrer à cette heure-ci ? Et si Jason jouait avec moi ? Et si je n'étais qu'une poupée la journée, et dès la tombée de la nuit, il changeait ? Pour ma propre sécurité, j'attrapai à la hâte un couteau puis me dirigeai vers le couloir de l'entrée, les mains tremblantes. J'eus des difficultés à avaler ma salive, mes craintes nouant ainsi ma gorge. Si je ne réagissais pas, je ne tarderais pas à faire une crise. Je devais aller de l'avant et mettre de côté mes phobies.

Une fois face à la porte, je réalisai que personne n'était rentré, mais bien sorti. Je me demandais bien où Jason comptait se rendre. En particulier à cette heure-ci. Peut-être était-ce le moment de découvrir ses secrets ? Je n'aurais plus l'occasion de le suivre si je ne fonçais pas maintenant. Décidée, j'enfilai mon manteau et mes chaussures puis mis les pieds dehors. Je me rappelai alors qu'il faisait toujours nuit. Réveille-toi, Olympe ! me dis-je encore et encore. Était-ce une bonne idée de sortir ? Et si je voyais la Bête ? J'avais déjà reçu plusieurs avertissements... L'hésitation envahit mon esprit, sema le doute et m'empêcha d'avancer. Bordel, Olympe, vas-y ! répétai sans cesse mon cœur, tandis que mon esprit refusait d'avancer. Cependant, je ne pourrais jamais progresser si je laissais mes anxiétés diriger ma vie. Il fallut entendre un bruit sourd pour attiser ma curiosité et m'aventurer dans les ruelles sombres de la nuit. Les lampadaires illuminaient légèrement les routes. La ville n'aidait pas ce ghetto à avoir une meilleure allure. Des graffitis décoraient les maisons, les bancs, les vitrines, tout ! Ce n'était pas agréable quand on se promenait en ville, surtout quand l'odeur nauséabonde de l'urine et du tabac chatouillait vos narines.

Je cherchai du regard où Jason avait pu aller, jusqu'au moment où un hurlement retentit dans une rue. Mon instinct eut raison de mon corps. Sans réfléchir, je courus vers sa direction, les poumons remplis d'air, prête à apporter mon aide. Des gouttelettes d'eau tombaient sur mon visage. Une pluie se dévoilait. C'était toujours pour ma poire. Je repris donc toutefois mon sang froid afin d'avancer. Mes cheveux virevoltaient au gré du vent. Le souffle court, je commençais déjà à fatiguer. Ma santé n'était pas au plus haut point. Je n'en prenais pas assez soin, et puis la course n'était pas ma tasse de thé.

Néanmoins, quand le second cri se fit distinct, je levai le regard et ralentis la cadence. Je n'étais plus très loin. Au fond de moi, je savais que la Bête était en pleine action, qu'elle se régalait devant son festin et que je me mettais en danger. Je ne regrettais plus d'avoir amené ce couteau avec moi. J'entendis des gémissements de douleur étouffés. À contrecœur, je continuai à pas de loup. Vite, vite. Une vie est en jeu.

J'arrivai juste à côté de l'endroit suspect. Expire, inspire. En prenant une bouffée d'air, j'essayais de me rassurer de toutes les manières possibles. Je resserrai la fermeture de mon manteau puis pris mon courage à deux mains. Je n'avais pas le choix. Les cris de sa proie me touchaient au plus profond de mon âme. Ses appels à l'aide me semblaient si familiers, tels ceux de mon enfance, mais que personne n'écouta.

Je me collai contre le mur, gonflai ma poitrine d'air puis me retournai. Je manquai de hurler. Je fus horrifiée, terrorisée, terrifiée… La frayeur ne fit qu'un tour dans mes veines. Un corps gisait au sol dans une flaque de sang, les yeux vides, sans âme. Des larmes perlèrent sur mes joues. Je me retenais de crier, la main sur la bouche. Quand je vis la scène, je perdis l'équilibre. Je m'accroupis, trop abasourdie pour tenir le coup debout. J'avais les jambes en coton. Alors que la victime morte était étendue à terre, j'observai la Bête de dos. Elle possédait tout d'un monstre sanguinaire – un corps vêtu de poils ébène, une longue queue, des pattes gigantesques et sans oublier ses longues oreilles. Dans certains mythes, ils appelaient ça un loup-garou, mais pour moi, c'était bien plus horrifique que l'image donnée dans les films d'horreur, en particulier car ce loup-ci se tenait sur ses deux pattes arrière.

Tant de rumeurs circulaient sur son physique et je découvrais enfin la vérité. Elle était juste sous les lampadaires. Personne ne la louperait. Il suffisait de crier à l'aide, pourtant, rien ne sortit de ma bouche. Pourquoi les habitants me secourraient s'ils n'avaient pas bougé pour cette femme ? Pendant qu'elle s'occupait de sa proie, j'eus le temps de l'analyser. Elle possédait deux grosses cornes blanches sur son front. Elle devait faire deux fois ma taille, voire trois. C'était dingue comment elle semblait énorme. Je saisissais mieux pourquoi personne ne lui échappait. Sa force et sa vitesse nous dominaient tous.

Ses grognements me firent paniquer. Devais-je fuir maintenant ? Elle n'avait toujours pas remarqué ma présence malgré sa fine ouïe, ou peut-être m'ignorait-elle pour mieux savourer sa victoire ? Je n'arrivais plus à raisonner correctement ni à respirer. J'angoissais, j'angoissais à m'en sentir oppressée. Je manquais d'air.

Soudain, un liquide noir s'échappa de sa bouche, ce fameux liquide épais et empestant la chair humaine. Plusieurs morceaux de moisissure, de doigts et d'autres déchets furent rejetés par la même occasion. Je reculai de quelques pas en me pinçant le nez. L'odeur me paraissait insupportable. Comment allais-je tenir ? Je ne savais plus quoi faire ; fuir ou la regarder attentivement. Ce serait bien la seule, voire la dernière fois que je la voyais d'aussi près.

Néanmoins, ma question se dissipa dans mon esprit pour laisser place à la curiosité. Soudain, la Bête se tourna lentement vers moi avec un rire machiavélique. Sa voix s'imposa dans ma tête sans que je puisse l'en empêcher. « Je t'avais prévenue ». Comment faisait-elle tout ça ? Ma gorge se noua aussitôt, et mon estomac se retourna.

L'adrénaline s'insinua dans mes veines. Je me relevai, effrayée, inquiète, puis fuis à toute allure. Elle me suivit sans attendre, abandonnant sa proie à la vue de tous. Je criai à l'aide lors de ma course. Je n'avais plus rien à perdre. Elle m'avait vue, elle me pourchassait comme un lion traquait sa proie. Je passai devant plusieurs maisons et les petites ruelles sinueuses puis descendis des escaliers en manquant une marche. Je trébuchai violemment, dévalai jusqu'en bas et m'éclaboussai de boue. Je ne réfléchis plus et repartis aussi vite. Mon estomac tout comme ma gorge se resserraient. Mon corps refusait d'accélérer. Je chutais une seconde fois et la douleur m'arracha un cri. Je ne bougeais plus, paralysée par la peur. J'entendis sa respiration lourde, ses pas se rapprocher de ma position.

Subitement, sa main se posa sur ma cheville. Elle la tint fermement tandis que des nausées me prirent d'un coup sec. Pourquoi, pourquoi étais-je sortie à cette heure-ci ? Je le savais depuis le début que j'allais la rencontrer ! Quelle idée avais-je eue en tête pour être si naïve ? Et dire que je refusais de laisser mes peurs diriger ma vie… Si j'avais su !

– Nous voilà enfin à deux, ma jolie !

Je me débattais comme je le pouvais. Je me voyais dans l'impossibilité de crier, car aucun son ne sortait de ma bouche. Je semblais trop absorbée par la situation, à la recherche d'une échappatoire. Je donnais tous les coups de pied possibles avec le peu de force qu'il me restait. Je touchais son abdomen. La Bête hurla et me lâcha. Son cri transperça mon âme et intensifia toutes mes craintes. Quel monstre ! Au moins, j'avais deviné son point faible.

Sa victime l'avait attaqué à cet endroit-là. Un coup de bol pour moi.

Je continuais mon chemin en direction de chez Ashley dans l'espoir de la semer. J'aperçus des habitants éveillés grâce aux lampes allumées dans leur salon. Je tournai sur ma gauche puis me crus en sécurité. Je n'entendais plus rien, ni sa respiration, ni ses pas lourds. Je ralentis alors ma course pour reprendre mon souffle. J'étais exténuée. Mes yeux se fermèrent. J'assimilais ce qu'il venait de se produire. Un rire nerveux sortit de ma bouche. J'avais survécu, bon sang, moi, Olympe, j'avais survécu à la Bête ! Sa première victime, proie encore vivante après cette course poursuite. Cinq minutes plus tôt, je me voyais mourir et manger par ce monstre, baignée dans ses entrailles.

– Drôle façon de fuir, mais je te retrouverai ma Belle.

Cette voix, encore cette voix qui coupait tous mes espoirs. Cette fois-ci, c'était la goutte d'eau qui faisait déborder le vase. Je rejetai mon amertume qui s'étalait sur le trottoir. Je pleurai de panique, nauséeuse. Je sentais très bien sa présence dans mon dos. Elle attendait le bon moment pour me sauter dessus. Pendant ce temps-là, elle se délectait de la situation. Je crachai ce qu'il me restait puis frottai mes lèvres avec le manche de mon manteau.

En jetant un coup d'œil furtif dans mon dos, son regard se plongea dans le mien. La ressemblance me frappa. Jason. C'était exactement le regard de Jason. Mes yeux s'écarquillèrent. Je murmurai son prénom. La Bête me sourit puis disparut dans les ténèbres de la nuit, derrière les gros bâtiments de logement. Est-ce qu'elle savait ? Est-ce qu'elle savait que je connaissais maintenant la vérité ? Mes doutes depuis le départ étaient donc bons ! Je ne faisais pas fausse route. Cet homme représentait le monstre de la ville, le cauchemar de mon enfance ! Avant de prévenir Ashley et les autres, je devais être certaine de ce que j'avançais sous peine de perdre un ami et la confiance de mes connaissances.

Mon nom retentit dans la rue d'une petite voix. Est-ce que je rêvais ? Les événements s'enchaînaient trop vite dans mon esprit.

– Olympe, Olympe !

Nicolas. Qu'est-ce qu'il faisait dehors à cette heure-ci ? Au beau milieu de la nuit ? Mon haleine empestait. J'avais besoin d'une bonne douche et de brosser mes dents. Mon corps tremblait encore comme une feuille.

— Pourquoi tu pleures ? me demanda mon petit frère. Argh… Tu pues ! Bon, je t'excuse, tu dois avoir une bonne raison. Mais viens ! Ashley et Eyden font des bruits bizarres dans la chambre.

Je le pris dans mes bras et souris à sa remarque. Il restait honnête, peu importe les circonstances. Néanmoins, ce qu'il me dit sur mon amie me laissait perplexe. Je fronçai les sourcils et il me conduit jusqu'à l'appartement.

– Je t'ai vue par la fenêtre, c'est pour ça que je suis sorti. En plus, l'ordinateur d'Ashley ne fonctionne plus super bien et il n'y avait rien à la télévision. J'attendais ton retour devant la vitre.

Je marchai avec difficulté. Mon corps serait recouvert d'hématomes d'ici demain. Plusieurs questions se formaient dans mon esprit. Pourquoi la Bête était-elle partie à l'instant même où Nicolas m'avait reconnue ? Peut-être qu'elle ne tuait pas les enfants avant un certain âge ? Je n'écoutais qu'à moitié ses explications sur la soirée qu'il venait de passer. Je pensais en avoir subi suffisamment pour le moment.

– En tout cas, c'était génial la fête foraine, mais quand on est rentré, je me suis ennuyé. Ashley m'a forcé à me brosser les dents tôt, et je n'ai pas trouvé sommeil. Dis, tu savais que Lilian a eu une petite sœur ?

– Non, mais si tu veux bien, on parlera de ton copain plus tard.

Ma voix était basse. La fatigue me possédait tout entière, elle était présente dans chaque membre de mon corps. Nous rentrâmes dans le soft, main dans la main. J'eus un mal fou à monter les escaliers après ma chute. Je me tus tout le long du chemin, encore surprise par les faits. Et si cela n'était qu'un rêve, ou plutôt, un cauchemar ?

Mon petit frère m'ouvrit la porte et la ferma à clef après notre passage. Je compris ce que voulait dire Nicolas par des bruits bizarres quand je m'approchai de la chambre. Ils étaient en plein rapport sexuel. Des gémissements de plaisir envahissaient toutes les pièces sans exception. Comment osait-elle avoir des rapports pendant que Nicolas les écoutait ? Elle aurait pu attendre qu'il s'endorme au moins ! Cela ne m'étonnait pas, la connaissant. Quant à Eyden, je savais maintenant à quoi m'en tenir. Il ne serait pas la clef de ma fuite, et puis depuis le début je ne me sentais pas prête à faire le pas si rapidement. Je connaissais cet homme, mais d'où ?

J'ouvris la porte pour cesser ce spectacle. Mon petit frère n'avait pas à tout apprendre maintenant. Je voulais qu'il garde encore un peu son innocence. Je les vis, alors, tous les deux, nus, sous la couette. Ashley et Eyden. Pourquoi ? Je ne me posais plus la question, car inconsciemment, je le savais. Sa beauté était bien plus belle que la mienne, comme sa richesse et sa personnalité plus intéressante.

Je ne réagis pas. Devais-je être attristée qu'elle ait couché avec l'homme qui m'aurait permis de sortir d'ici ? Ou devais-je laisser tomber pour poser tous mes espoirs sur Jason ? Je ne réfléchis pas, trop sous le choc. La Bête ne sortait plus de ma tête. Les images défilaient toujours. Je ne souhaitais pas m'occuper de ces histoires de cul maintenant.

J'invitai Nicolas à retourner dormir puis pris une douche. Mon cœur battait encore à tout rompre. Je ne me calmais pas. Je craignais de l'entendre à nouveau, de la recroiser. L'eau chaude coula sur ma peau et me réchauffa. Le parfum du savon m'enveloppait et s'évaporait. La condensation se plaqua contre les parois de la douche et sur le miroir. J'essayai de ne plus trembler, de me ressaisir, mais tout ce dont j'avais envie, c'était de m'effondrer, assise dans cette douche. Alors, je lâchai prise et mon cœur s'exprima. Je pleurai en silence, épuisée par ma propre vie. Mon corps frissonnait sous l'effroi ressenti. La nuit avait été courte, trop courte pour que je remarque le lever du jour. J'espérais ne plus jamais revoir la Bête, car nous connaissions tous sa tradition.

Qui cherche la Bête la trouve.

Pour l'instant, je devais récupérer mes heures de sommeil. Je me couchais sous les couvertures du lit et tentai d'oublier ce qu'il se produisait ces derniers temps, la Bête, Ashley, Eyden, Jason, mon boulot. Trop, c'était trop. J'avais encore des difficultés à croire que Jason ait pu faire une chose pareille. S'il avait souhaité me tuer, il l'aurait fait bien avant quand j'étais chez lui, et sous sa forme animale, il m'aurait eue sans problème. La Bête avait choisi de me laisser en vie, mais pourquoi ? Je me remémorais cette course, ce physique terrifiant, son sourire glacial. Il existait une explication, c'était obligé. Aucune des rumeurs ne parlait d'un loup à cornes ou d'un démon. Tous les habitants pensaient à un simple loup qui venait manger à sa faim. Il me manquait une pièce du puzzle et je souhaitais la découvrir sous cette tonne de mensonges.

Je me blottis sous la couette et ignorai les coups contre la porte. Ashley cherchait à discuter de ce que j'avais vu, mais je refusais. La fatigue dominait mon corps et mon âme. Il me restait quatre heures de sommeil avant de me lever.

Mes yeux se fermèrent d'eux-mêmes. Je m'endormis rapidement pour m'évader dans ce monde qu'on appelait rêve. Demain, une grosse journée m'attendait.

*

Le lendemain, Ashley vint discuter avec moi dans les vestiaires, pendant ma pause. Ma journée se terminait tandis que la sienne commençait. Mes heures ne se prolongeaient plus jusqu'à vingt-deux heures, et pour ce détail, je remerciai Kelly. Elle se prenait tout le sale boulot tandis que je rentrais chez moi au chaud.

– Tu ne pourrais pas m'éviter toute ta vie, Olympe. On travaille dans le même bâtiment !

Le regard viré sur mon biscuit, je grignotai. J'avais une faim de loup depuis ce matin. J'ignorai par la même occasion ses remarques. Je n'en revenais pas. Elle avait laissé Nicolas dans sa chambre pour se taper Eyden. Bien que je sois proche de Jason, elle n'en savait rien. Cela me poussait à croire qu'elle ne pensait qu'à sa personne.

– S'il te plaît... Je n'aurais pas dû faire ça, je l'avoue. Il est venu vers toi en premier, mais je n'ai pas résisté, et avec les avances qu'il m'a faites… Comprends-moi. On cherche tous un moyen de fuir, comme toi !

Je me crispai. Comment pouvait-elle me comparer à elle alors qu'Ashley s'en sortait à merveille sur le plan financier ? Elle ne risquait pas d'être à la rue du jour au lendemain, trop occupée à enchaîner ses rencontres. Cependant, je réfléchis à ce qu'elle me racontait par la suite. Je ne possédais pas assez de force pour me battre contre ses opinions. Il valait mieux en arrêter là et faire une croix sur Eyden. Je me sentais juste déçue par le comportement d'Ashley… Et dire que je nous croyais un peu plus proches que ça.

– Très bien, on oublie ce problème.

Je prononçai cette phrase à voix basse. La fatigue me prenait au fil des heures qui défilaient. Ma pause venait de prendre fin. Je rangeai mes affaires dans mon sac puis les mis dans mon casier métallique.

– Merciiii ! Je suis contente que tu aies accepté. Après tout, ce n'est qu'un homme. On ne va pas se disputer pour ça, si ?

J'approuvai d'un mouvement de tête puis enfilai mon tablier.

– Je te demande juste de ne plus laisser mon frère de côté de cette manière. Tu pourrais contrôler tes envies avant qu'il ne s'endorme…

Nous quittâmes les vestiaires puisqu'elle reprenait à son tour son service.

– J'enregistre ! Et puis, je t'avoue que je n'avais pas envie de discuter avec Kelly toute la journée. Elle est tellement hautaine…

Je grimaçai, offusquée. Elle se plaignait de cette femme alors qu'elle agissait comme cette dernière, mais bon, je venais de remettre tout à zéro sur notre relation. Je ne comptais pas aller plus loin pour maintenant. Dans deux petites heures, j'en aurais terminé pour cette journée. Les paupières lourdes, j'attrapai la serpillière. Un dernier petit coup dans la salle puis je rangeai le matériel. Il ne me fallait plus qu'un dernier effort.

La fermeture

Les journées passèrent à une vitesse folle entre le rapprochement d'Eyden et Ashley, ses histoires sur leur amour de folie et mes angoisses. Je doutais toujours de Jason, même si sa présence ne me laissait pas indifférente. Je n'osais pas encore en discuter avec mon amie, qui semblait aux anges avec son amant. Quand elle vit mon manque d'énergie ces derniers jours, elle décida de m'inviter à dormir chez elle. Je n'avais pas refusé, joyeuse à l'idée de retrouver nos petits plats télés devant un film à succès, cependant, il en était autrement. L'ambiance avait été tendue toute la soirée, et Nicolas, fidèle à lui-même, avait joué aux jeux vidéo. Comment vous dire que j'aurais aimé le rejoindre au lieu d'être assise dans un fauteuil tandis que le couple s'embrasse avec fureur ? Ces moments étaient les plus embarrassants de ma toute vie. Je ne savais plus où me mettre sans me sentir de trop dans la pièce. Néanmoins, je tentais d'oublier ce détail. J'avais des vues sur cet homme pour qu'il me sorte de là. J'aurais pu faire sa connaissance et aller plus loin, mais la vie en avait décidé autrement. Ashley avait cette chance de mettre le grappin dessus. À croire qu'elle les attirait. Toutefois, je commençais à penser qu'elle n'accordait aucune valeur à notre amitié…

Le lendemain matin, j'étais assise tranquillement dans la cuisine. Je buvais ma tasse de café en lisant le journal du jour. Au milieu de l'incendie à la sortie du ghetto et de la nouvelle disparition, les autres textes passaient inaperçus. Je le reposai sur la table, plié en deux, après avoir terminé ma boisson. Je me sentis épuisée par cette nuit blanche. J'avais entendu Eyden et Ashley prendre du plaisir. Par chance, mon frère avait dormi à poings fermés.

Alors que les minutes s'écoulaient, je réalisai que je n'avais plus beaucoup de temps avant l'ouverture du restaurant. Je n'avais pas récupéré mon sommeil, les yeux mi-clos. La Bête, ce policier et Ashley, tant d'événements qui m'échappaient. Je ne savais plus quoi penser. Cet accident ne me sortait plus de l'esprit, là était peut-être ma faiblesse, cette force qui dévorait mon énergie chaque jour. Je ruminais tellement que j'en oubliais parfois de cuisiner pour Nicolas. Il me pardonnait pendant que je m'en voulais alors bien plus pour cette distraction. Je revoyais la scène dans les détails, avec toute précision, les sentiments, l'angoisse, la course, mes jambes qui courraient à vive allure, mais en particulier cette chose qui m'avait suivie dans la rue lors de ma fuite. Sa voix qui s'insinuait dans mon esprit m'effrayait. Ce n'était pas normal. En tout cas, pas pour la réalité. C'était digne de phénomènes paranormaux. Mais à qui pouvais-je en parler ? C'était perturbant. Je me demandais bien d'ailleurs où Jason était parti. Je ne cessais de revenir sur le regard de la Bête que je comparais au sien. La ressemblance me frappait, et en même temps, je désirais tellement en savoir plus. S'il n'y avait aucune explication pour son absence la nuit dernière, je saurais qu'il l'était. Jason et la Bête ne formaient peut-être qu'une seule personne.

Mon petit frère somnolait encore dans la pièce d'amis. Je le dispensais des cours de temps en temps pour que je puisse suivre avec mon salaire. L'école était si chère et me volait une grosse partie de ce que je gagnais. Je n'avais pas vraiment le choix.

Je me redressai puis mis la tasse dans l'évier. Je vérifiai l'heure à l'horloge attachée au mur. Les aiguilles affichaient sept heures trente. Le café ne tarderait pas à ouvrir, je devais me dépêcher. Depuis ma dispute avec Ashley au sujet d'Eyden, nos relations s'étaient adoucies, bien que je ne sois plus aussi tendre avec elle. Les tensions reprenaient souvent le dessus, surtout quand son amant était présent. J'enfilai mes chaussures à la hâte, accroupie, jusqu'au moment où, en relevant la tête, je tombai nez à nez avec Eyden en serviette, ou plutôt, à la hauteur de son intimité. Je déviai le regard et le rouge me monta aux joues. Ce type jouait sur les deux camps, entre la pitié qu'il éprouvait pour avoir choisi ma collègue et la colère qu'il ressentait envers moi pour la dissuader de le quitter. Je sentais qu'Ashley s'attachait trop vite à lui et j'avais peur pour elle. Après tout, elle représentait la seule femme avec qui je discutais chaque jour. Si je la perdais, je me retrouverais seule. Non, je me sentirais seule.

– Bonjour, Olympe. Comment vas-tu ? dit-il d'une voix monotone.

Il continua son chemin pour préparer le petit-déjeuner. N'était-il pas policier aux dernières nouvelles ? Ne devait-il pas déjà bosser ? Ou avait-il menti ? Je l'ignorais, toutefois, plus le temps défilait, plus ma méfiance en son sujet s'intensifiait. Quelque chose clochait dans cette histoire… Sa voix ne m'était pas inconnue, cependant, Ashley ne me croyait pas là-dessus. Elle répétait que ma jalousie me faisait halluciner.

Je ne répondis donc pas et passai au-deçà afin de saisir mon manteau tout en gardant la tête haute. Je ne devais pas me démonter maintenant. Je jetai un coup d'œil par la fenêtre. Le ciel gris ne me rassurait pas. Si je pouvais éviter de me ramasser la pluie, ce serait avec plaisir.

Pendant que je cherchai mon sac, Eyden m'arrêta dans mon élan.

– Attends, j'aimerais qu'on parle de…

Je me mordillai les lèvres puis soufflai d'un air agacé. Que croyait-il ? Que j'allais tomber dans ses bras en le suppliant de m'aimer moi, et non Ashley ? Je n'avais pas la tête à ça, ni à l'amour, ni au sexe. Je m'en moquais tant que Nicolas se portait bien, c'était le principal.

– De quoi ? Cette nuit ? Pas la peine, pendant que tu baisais avec Ashley, je cherchais à dormir ! Vous avez de la chance de ne pas avoir encore réveillé Nicolas. Bon sang, vous auriez pu vous retenir pour la soirée.

Il se tut, baissa la tête et tenta une approche. Je le repoussai. Il me dégoûtait, me répugnait et si j'avais eu l'audace, je l'aurais giflé pour ce qu'il avait fait. Eyden m'avait draguée, fait des avances et pourquoi ? Pour finir dans le lit d'Ashley. Ma colère remontait bien trop vite. Finalement, je ne l'avais pas encore pardonné lui pour ses actes.

L'atmosphère devint tendue et le silence s'interposa entre nous. Je crus entendre mon frère ronfler pendant quelques instants. J'en voulais tellement à mon amie et à cet homme pour un accident dont ils n'étaient pas responsables, cependant ils auraient dû m'entendre. La Bête m'avait chassée sans pitié et n'avait pas attiré l'attention des habitants. J'avais pourtant crié si fort que ce matin, ma gorge me brûlait. À chaque fois que j'avalais, la douleur s'accentuait. Néanmoins, je savais très bien au fond de moi que je ne supportais pas cette idée, celle qu'il puisse aimer Ashley alors qu'il me désirait au début. J'avais l'impression qu'on me volait la vedette. Pour une fois qu'un homme s'intéressait à moi…

– Pardonne-moi, dit-il en posant sa main sur mon épaule.

Je la retirai violemment puis le fusillai du regard. Qu'est-ce qu'il pensait ? Que je ressentais de l'amour envers lui alors que nous nous connaissions à peine ? C'était du délire. Oui, j'avais été flattée par sa douceur et son intérêt pour ma personne, mais cela n'allait pas au-delà de ce flirt. Je voyais maintenant son véritable visage. Cet homme respirait l'hypocrisie et l'égocentrisme. Pourquoi cela ne m'étonnait-il pas ? Les plus riches finissaient toujours par nous toiser de haut. Je m'étais sentie gênée à la fête foraine par ses gestes doux, mais je me méfiais et j'avais bien fait. Depuis le départ, ma curiosité se tournait vers Jason, qui malheureusement, était peut-être mon pire ennemi. Je me voilais juste la face. Quant à lui, il s'intéressait bien plus à Ashley, mais l'avait approchée par l'intermédiaire de ma personne.

– Laisse tes excuses pour les autres filles, d'accord ? Je dois aller bosser, car contrairement à toi, l'argent ne tombe pas du ciel. Bonne journée, pestai-je d'un ton froid.

Eyden me rattrapa aussitôt par le poignet.

– Non ! Il faut qu'on parle justement de ce job !

Je me défis de son étreinte. Pourquoi est-ce qu'il ne me lâchait pas ? Sans le désirer, un cri sortit de ma bouche lorsque je le rejetais. Ashley nous rejoignit, revint à la charge et nous sépara. Surpris, le regard d'Eyden changea. Il n'était plus aussi doux, mais sombre. Toute cette dispute réveilla Nicolas qui surgit dans le salon avec nous. Qu'est-ce qu'il entendait par « parler de mon job ? », cela ne le regardait pas.

– Que se passe-t-il ?

Ashley semblait perdue, toujours dans les vapes. Comment pouvait-elle être aussi indifférente ? Tout était sa faute. Si elle savait un peu tenir ses pulsions sexuelles, je n'en serais pas là à me quereller avec un imbécile. Je ne répondis pas à sa question puis je commençai à m'occuper de mon frère. Par chance, j'avais cuisiné au petit matin ses pancakes préférés accompagnés de chocolat. Je lui fis un baiser sur le front avant de le laisser à table.

– Tu vas manger dans le calme puis tu iras à l'appartement, d'accord ? Je reviens juste après le boulot.

Il hocha la tête et répliqua la bouche pleine :

– Che peux regarder la télévision ?

J'approuvai. Aujourd'hui, il n'y aurait pas d'école. De toute façon, je n'avais pas le temps de l'habiller ni de l'y amener.

De retour dans la pièce principale, ma collègue me barra le passage et exigea des explications sur mon comportement. Qu'est-ce qu'elle était culottée ! Elle avait baisé avec le seul homme qui s'intéressait à mon cas, qui aurait pu m'aider à sortir de ce ghetto et elle me l'avait piqué ! Voilà pourquoi je n'aimais pas lui présenter mes rencontres. Je l'observai de plus près et remarquai qu'elle était encore en petite nuisette sexy.

– Je veux ta version des choses. Je sais que ce qu'on a fait, Eyden et moi… n'est pas très bien, mais il est trop tard maintenant. On est en couple et il faut que tu l'acceptes, que tu le digères.

Est-ce que je rêvais ? Est-ce qu'elle avait osé ? Je la giflais sans réfléchir et vis à son expression l'étonnement. Je détestais qu'on me prenne pour une femme naïve, pour une nunuche ou une idiote. Je n'étais pas une femme faible qui pleurait sans arrêt pour rien. J'angoissais tous les jours, c'était un fait, mais je tenais bon. Elle avait eu des rapports avec Eyden, qui plusieurs soirées plus tôt, était prêt à sortir avec moi. Je rêvais de fuir ce trou à rats, cet endroit maudit et indirectement, Ashley avait brisé cette envie, ma seule chance de partir, d'offrir une vie à Nicolas et un nouveau départ pour moi. La vie était injuste. Je la regardai de travers puis la poussai pour dégager de son appartement. Les minutes défilaient et je souhaitais garder mon travail le plus longtemps possible. Maintenant qu'elle avait Eyden, elle se moquait d'être à l'heure, mais ce n'était pas mon cas.

Je sortis du soft en claquant la porte derrière moi afin qu'elle comprenne à quel point j'étais sur les nerfs. Nicolas s'en sortirait très bien, petit malin qu'il est.

L'ambiance de la ville était plus festive que je ne le pensais. J'avais complètement oublié qu'Halloween approchait à grands pas. Citrouilles, araignées et sorcières décoraient les vitrines des magasins et les entrées des restaurants. Encore une fois, mon café ne suivrait pas les traditions, en ne plaçant ni cercueil à l'entrée, ni arachnides sur les tables, ou encore de toile sur le bar. Dans tous les cas, et peu importe les fêtes, le patron ne faisait aucun effort pour se démarquer de la concurrence. Pas après pas, je reluquai chaque épicerie. Peut-être aurais-je assez d'argent pour ramener des bonbons à Nicolas ? Cela lui ferait plaisir ! Nous ne fêtions jamais Noël ou le Nouvel An alors quand l'occasion se présentait, j'en profitais. Et puis, Halloween était sa fête favorite.

Je tournai dans la rue principale du ghetto pour me rendre plus rapidement au travail. Un groupe de jeunes adolescents fumaient sur le coin d'un lycée. Je ne leur portai pas attention et me pressai de les dépasser, néanmoins, ils sifflèrent à mon passage.

– Hé m'dame, une pipe, ça vous dit ? Vous ne le regretterez pas ! me lança un des garçons.

Ses amis pouffèrent de rire à sa blague. Je me crispai. Ses paroles m'irritaient. Je ne m'étais pas levée du bon pied et ces gamins m'ennuyaient. Je n'allais pas tarder à exploser.

– Va d'abord percer tes boutons et te doucher, connard ! L'odeur des moules s'évite comme la peste.

Comme par hasard, je n'entendis plus rien. Ils balbutièrent quelques mots, surpris par ma réponse. Je fis la sourde oreille puis accélérai la cadence. Les enfants dans ce quartier manquaient, sans surprise, d'éducation.

Je marchai pendant cinq bonnes grosses minutes quand j'entendis la conversation de deux clients habituels du bar qui se promenaient sur le même trottoir que moi. Je tendis l'oreille pour les écouter. Pourquoi n'étaient-ils pas devant l'entrée à attendre l'ouverture ? Aussitôt, l'inquiétude battit dans mes veines.

– J'aurais dû m'en douter, y'a tout qui ferme ici toute façon, pesta l'un d'eux.

Je fronçai les sourcils, perplexe. Non, ça ne pouvait pas être réel. Ils se trompaient ou ne parlaient pas de mon lieu de travail. J'accélérai la cadence pour remplacer le doute par la certitude. Je refusais de croire qu'en deux grosses semaines, ma vie se voyait ruinée par mon licenciement. Je n'avais pas fait tant d'efforts pour cet échec. J'espérais donc vraiment que Drake ne dise rien sur mon retard. J'avais espoir quand la vitrine du restaurant se dessina sous mes yeux, mais arrivée en face, je tombai des nues. Mon patron attachait une grande carte collée sur la porte d'entrée avec comme grande inscription dessus : « fermé ». Je fus paralysée en face, à ses côtés, tandis qu'il n'osait même pas me regarder dans les yeux. Je lus à la hâte ce qu'il y avait d'écrit. Les lettres noires sur son papier jaunâtre me semblaient illisibles. Je me rapprochai pour déchiffrer ce qu'il disait.

« *Chers clients, le bâtiment a été fermé de force par les autorités. Après des vérifications, ils sembleraient que les murs ne soient plus en assez bon état. Le circuit des eaux est aussi à revoir. Pour raison de faillite et d'incapacité à fournir les réparations demandées, nous nous voyons contraints d'arrêter ici.*

La Direction »

Je portai la main à la bouche. Non, non ! Je n'avais pas perdu mon travail de cette manière quand même ? Je relus plusieurs fois, mais c'était bien la réalité. Il avait fermé, il ne rouvrirait plus jamais, et surtout, j'étais virée, sans emploi.

– C'est quoi ce délire, dis-moi que c'est une blague ! C'est un coup pour Halloween, hein ? Pour me faire peur ? Car franchement, tu as bien réussi. Retire ça !

Les yeux écarquillés, je tentai de voir dans ses yeux une émotion, mais n'y vis que des remords. Sa mauvaise mine me répugnait par la même occasion. Il ne se rasait plus depuis des jours, et l'odeur de transpiration qui émanait de lui me fit prendre du recul. Drake paraissait dans un état plus pitoyable que le mien.

– Non, je ne rigole pas, Olympe. Les flics et tout le blabla sont venus me prévenir. L'aventure est terminée, je suis désolé.

Sur ces mots, il m'abandonna au cœur de la rue, face à l'entrée. Qui les avait balancés ? Cette histoire de murs me semblait ridicule ! Pendant que je tentais de raisonner correctement, mes pensées se dirigèrent vers Eyden. Ashley était la cause de cette fermeture ! Depuis un moment, Drake l'insupportait. Il lui faisait trop d'avance et elle les refusait à chaque fois. Elle était en pyjama avant que je m'en aille, elle savait donc très bien la nouvelle, puisqu'Eyden avait porté plainte et avait enclenché tout le système. Je ne voyais pas d'autres explications. Bordel, c'était injuste. Elle était sauvée d'affaires grâce à son mec, mais moi dans tout ça ? La colère s'insinua en moi au fur et à mesure que les pièces du puzzle s'assemblaient dans ma tête. Je voyais le monde en rouge tant j'étais possédée par la rage.

Je repris ma marche afin de mettre mes idées en place et de réfléchir. Courir auprès de Drake ne m'aiderait pas. Il finissait à son tour sans travail, et sans travail, pas d'argent. Sans argent, pas d'appartement et sans appartement, nous étions à la rue, à la merci de la Bête, prêts à mourir. Je n'en revenais pas. Je venais de tout perdre en quelques semaines. Comment allais-je annoncer la nouvelle à mon frère ? Je ne désirais pas l'inquiéter. Mes problèmes d'adulte ne le regardaient pas. Pourtant, nous allions finir à la rue. Il me restait donc deux semaines avant la paye du loyer.

Je me promenai dans la rue commerciale dans l'espoir de voir sur une vitrine une affiche – « recrute ». Je fixai chaque supérette, restaurant, café possible. Je devais avoir un salaire, je devais survivre dans cette galère. Avant de fuir la famille, je ne pensais pas que la vie d'adulte serait si compliquée, et maintenant que j'étais coincée dedans, je devais me débrouiller seule.

Je maudissais Eyden pour avoir suivi Ashley dans ses délires. J'avais réussi à échapper à mes parents et voilà que je serais peut-être obligée de les rejoindre. Non, c'était hors de question. Je ne laisserai pas Nicolas entre leurs mains. Mon père le frapperait sans raison. Je ne supporterais pas de revivre ce cauchemar ou même de les revoir. Rien qu'à y penser, j'en perdais mes mots.

Quelques minutes plus tard, tout espoir s'effaça au fond de moi. Personne ne cherchait ou avait besoin d'une femme de ménage dans son bâtiment. Tous les postes étaient pris. Au moment où je comptais abandonner et rentrer chez moi, je vis au loin une carte collée sur la vitre d'un restaurant. Je courus jusque-là pour la lire de plus près. Je voulais à tout prix le poste. RECHERCHE SERVEUSE À TEMPS PLEIN. Soulagée, voilà le mot qui me vint à l'esprit. Je me frottai les yeux pour être certaine que je ne me trompais pas. C'était bien ça. Bon sang, je devais tenter ma chance et leur prouver mes capacités ! Je n'avais pas besoin d'Ashley pour être indépendante.

Je ne laissais plus de place au doute, car c'était maintenant ou jamais. Je finis par rentrer dans le bâtiment surnommé le Smithoothe. Les tables en bois et les fauteuils en cuir craquelé empestaient le cigare. Je passai outre ce détail. Il fallait bien faire des sacrifices si on souhaitait vraiment bosser. Les tableaux sur le mur représentaient des célébrités de métal. C'était vraiment différent de mon ancien lieu de travail. Quant au bar, la couleur verte reflétait sur les nombreuses bouteilles situées sur l'étagère. La lumière illuminait les fauteuils par la même occasion. Je pris sur moi pour aller vers le bureau de la direction, assez introvertie. Il était l'heure de faire ses preuves et d'abandonner ses craintes pour avancer dans la vie.

L'entretien

Après le rendez-vous passé avec le patron, François, un homme bien plus sérieux que Drake, je fus tout de suite engagée. Il n'y avait eu aucune candidature pour le travail de serveur à cause du salaire estimé trop bas par les autres candidats. Heureusement que ces personnes n'avaient pas postulé là où je travaillais ! Mon salaire ici augmentait d'une dizaine de dollars. Je m'en voyais ravie, puisque je nous sauvais d'une situation délicate. J'aurais enfin l'occasion de payer plus de choses à mon petit frère. J'étais tellement fière de moi-même. Le restaurant manquait de personnel et pour cette raison, le patron donnait une promotion à ses travailleurs. De la sorte, il les gardait ici. J'étais contente de commencer le jour même. Cela me changerait les idées et je n'aurais plus à m'occuper d'Ashley. Elle se débrouillerait seule dès à présent. Une amitié aussi fine que la nôtre ne tenait qu'à un fil. On ne connaît jamais assez ses ennemis, et encore moins ses amis.

J'enfilai l'uniforme que Lili, une de mes collègues, m'avait donné. C'était une autre serveuse et du haut de son mètre quatre-vingts, elle avait un caractère bien trempé. Avec ses cheveux roses et son look gothique, elle ne passait pas inaperçue au milieu de ces meubles vintages sombres. Son langage laissait aussi à désirer – ses *putain*, *ta gueule* ou encore *salope*, j'aurais bien aimé les éviter ! Comment avait-elle fait pour être engagée ? Évidemment, mon premier jour consistait à l'observer pendant plusieurs heures, cependant, avec le peu de clients qu'elle servit, je m'ennuyai. Mon expérience professionnelle était bien plus longue que la sienne, mais bon, c'était le prototype. Cet endroit n'était pas aussi agréable que je le pensais, mais je ne me plaignais pas. La tête baissée, j'attendais que le temps défile.

Lili insistait pour que je reste à ses côtés pendant qu'elle partait fumer. Je balayai la scène du regard en l'abandonnant quelques minutes. Il n'y avait personne au bar ni quiconque à l'entrée. Le restaurant était vide pour une heure de pointe. Néanmoins, j'étais décidée à m'activer. Je me retournai pour lui parler, en vain, elle s'était déjà éclipsée. Je supposai qu'elle profitait de sa pause à l'extérieur. Cependant, je ne la vis nulle part, alors, je fis le tour de la pièce et sans faire exprès, me percutai à quelqu'un. Nous manquâmes de trébucher. Cet homme pesta un juron et me râla dessus. Je m'excusai et ses mots me refroidirent.

— Ne dis pas pardon surtout ! jura celui-ci en essuyant son pantalon.

Il avait quelques taches blanches poussiéreuses sur son jean.

– Ce n'est pas une raison pour me parler sur ce ton !

Je répondis d'une voix tranchante puis passai outre, mais, il me rattrapa rapidement.

– Tu travailles ici depuis quand ?

Soudain, je reconnus enfin cette voix, celle qui m'ensorcelait et m'effrayait à la fois. C'était celle de Jason. Comment avais-je pu l'ignorer quelques secondes plus tôt ? Le destin nous ramenait toujours sur le même chemin.

– Jason ? Bon sang, qu'est-ce qu'il s'est passé la dernière fois ? Je n'ai plus eu de tes nouvelles !

Il ne répondit pas tout de suite, préférant me toiser du regard. Ses yeux me scrutèrent de haut en bas, passant par mes lèvres puis ma poitrine. Je ramenai le sujet sur ma dernière nuit passée dans son lit.

– Je l'ai croisée et elle m'a suivie. Enfin... Ne m'oblige pas à dire son surnom !

J'exigeai des réponses après cet événement catastrophique, soit cette course poursuite avec la Bête. Je n'en revenais toujours pas. Survivre à cette fuite était ma plus grande réussite. Toutefois, alors que son regard se mêlait au mien, je n'avais plus envie de douter de lui. Toutes mes peurs à son sujet disparaissaient. Il était le seul à qui je pouvais me confier maintenant puisqu'Ashley n'était plus là. Je le serrai dans mes bras, d'une simple accolade, puis me détachai de lui. Jason parut surpris par mon geste.

– Wôw, wôw, wôw... Je suis juste venu bosser et comme tu dormais paisiblement, je n'ai pas pris la peine de te réveiller. François avait besoin de moi pour un problème technique. D'ailleurs, comment était-elle ? Tu la qualifierais de terrifiante ?

Il me demanda cela d'un air curieux. Je me sentis honteuse de l'avoir accusé d'une manière si hâtive. Je regrettai toutes mes anciennes pensées, et mes mots en me promettant de ne plus juger aussi rapidement une personne. Avais-je donc oublié ? Jason désirait en apprendre plus sur la Bête pour la capturer et cesser ce massacre humain. Rien qu'à raviver mes souvenirs de la soirée, des images remontèrent à la surface – ses cornes, sa queue, son pelage, mais surtout, ses yeux se dessinèrent dans mon esprit. Les mêmes que ceux de Jason. C'était l'unique point qui les liait l'un à l'autre, la seule preuve que j'avançais.

– Elle était… affreuse. J'ai eu si peur de me faire attraper. Elle m'a suivie jusque chez Ashley et m'a laissée quand Nicolas est venu me retrouver.

Il ouvrit les bras pour m'accueillir quand il entendit l'effroi dans ma voix. Je me blottis contre lui, un peu tremblante. De toute façon, j'avais dormi dans son lit. Il n'y avait donc plus vraiment de gêne entre nous, seulement des secrets et des mensonges. Jason m'écoutait attentivement sans m'interrompre ni en sortant de remarques désagréables. Il caressait mon dos en douceur. Son parfum enveloppa mon corps. Subitement, une sensation étrange s'empara de moi, celle de me sentir à la maison, en sécurité, bien auprès de lui, comme s'il représentait mon refuge.

Les portes des vestiaires claquèrent. Nous nous séparâmes pour éviter d'être pris sur le fait. Je ne souhaitais pas être virée dès le premier jour. Je me recoiffai, plaçant ma mèche de cheveux derrière l'oreille. Jason me souriait d'un air timide quand Lili vint nous interrompre.

– Bon, vous êtes mignons les tourtereaux, mais toi, la nouvelle, tu ferais mieux de bosser ! dit celle-ci en me fixant. Quant à toi, le paumé, bouge ton cul. J'aime déjà pas ta gueule, mais si tu fous rien, ça va pas le faire. Je suis bien contente que tu bosses de nuit habituellement, mec.

Jason se pinça les lèvres pendant que je gardais le silence.

— Toujours un plaisir de te voir ! lança ce dernier sur un ton ironique.

Il me lança un clin d'œil avant de se rendre dans le bureau de François. L'atmosphère devint plus oppressante et tendue. Je m'éclipsai à l'entrée puis attendis les premiers clients. Ils allaient arriver à un moment ou un autre. C'était bien obligé. Depuis la fermeture de l'ancien, tous les habitués devaient se répartir dans les autres.

– T'aimes ce trou du cul ? C'est un connard... Je dis ça pour toi hein, mais ce type-là, c'est un dragueur professionnel. Il est parfois derrière le bar, et son sourire en fait craquer beaucoup. Quel coquin...

Je me sentis offusquée par ses paroles. Sa présence me rendait simplement folle. Elle était insupportable. Comment cette femme avait-elle eu la chance de trouver une place ici ? C'était une gamine qui ne comprenait encore rien à la vie. Elle m'agaçait déjà alors que j'en étais qu'au premier jour. Son impolitesse était inacceptable face aux clients, l'image de ce restaurant en prenait certainement un coup.

– Si tu pouvais me parler sur un autre ton, ce serait vraiment gentil de ta part, répondis-je d'un air agacé.

Elle émit un rictus moqueur.

– Va te faire foutre, p'tite snobe.

Elle repartit dans son coin, près du bar qui m'attendait. François m'accorderait la place de barmaid si je faisais mes preuves en tant que serveuse. J'étais excitée à l'idée de reprendre mon ancien poste. Les cocktails me passionnaient. Je pouvais en créer des somptueux, délicieux, goûteux ! Si j'avais eu l'occasion d'ouvrir mon propre bar, je l'aurais fait. Malheureusement, je manquais d'argent. À cause de mon langage direct, je venais d'écouler toutes mes chances de m'entendre avec la seule collègue que je verrai toute la journée. La fatigue me faisait perdre patience.

Je soupirai, puis la clochette résonna dans toute la pièce. Un sentiment de soulagement m'envahit jusqu'au moment où la colère le remplaça. Eyden et Ashley. Comment m'avaient-ils retrouvée ? Qu'est-ce qu'ils foutaient ici ? Je voulus m'éloigner, laissant Lili s'en occuper, cependant, ils vinrent directement à ma rencontre en me poursuivant jusqu'aux vestiaires. Je n'étais pas d'humeur à les voir ni à leur parler. Notre interaction ce matin m'avait suffi.

— Olympe, attends ! cria Ashley.

Je les fusillai du regard, agacée. Il était hors de question de nuire à mon job à cause de ces deux prétentieux. Néanmoins, en les voyant là, à deux, main dans la main, je me demandais où était Nicolas. Je réalisais qu'ils l'avaient peut-être mis à la porte, sans même qu'il n'ait terminé son déjeuner. J'espérais qu'il avait écouté mes conseils et qu'il était rentré dans la matinée, quand les dealers et personnes de mauvais augure dormaient toujours.

Quand je leur posai la question, Ashley me répondit qu'il n'y avait aucun risque puisqu'il regardait la télévision, un bol de popcorn sur les genoux. Je reconnaissais bien là mon frère. Il profitait souvent dans la situation pour la mettre à son avantage, mais je ne lui en voulais pas. Il était jeune et entrait petit à petit dans l'adolescence. Nicolas avait besoin d'une échappatoire quand ça n'allait pas.

Cette dernière baissa la tête puis replaça une mèche blonde correctement dans sa coiffure. Et dire qu'elle l'avait foutu devant un écran pour se débarrasser de lui et venir me voir, en plus avec Eyden. Je la trouvais vachement culottée.

– Écoute, on aimerait s'excuser pour ce qu'il s'est passé cette nuit.

Mon amie murmura cette phrase pour que personne ne l'entende. Toutefois, ses chuchotements s'avéraient inutiles puisque le restaurant était toujours vide. Le policier reprit alors la relève.

– Et pour le café. On aurait dû te le dire, mais quand Ashley m'a tout expliqué, je n'ai pas su me tenir. J'ai appelé le bureau la semaine dernière pour qu'ils viennent contrôler Drake d'urgence. Mais bon, je vois que tu as su te choper un autre boulot !

Son enthousiasme me laissait perplexe. Il semblait tout sauf heureux pour moi. Eyden empestait l'hypocrisie à plein nez. Je ne comprenais pas pourquoi il me collait de cette façon. Ashley aurait pu se pointer sans lui à ses côtés. Peut-être pensait-il me mettre sous terre en m'abandonnant sans travail, sans appartement, à la rue… J'étais bien contente de ne pas être tombée dans ses bras dès le premier regard. Eyden ne le méritait pas, il ne méritait aucune fille. Ma méfiance envers les hommes me poussait à les rejeter et j'avais eu raison. Peut-être était-ce aussi pour cette raison que je doutais aussi sur l'identité de Jason. Pourtant, mon cœur lui donnait toute sa confiance, yeux fermés. L'amour est un sentiment si compliqué qu'on ne peut pas contrôler. Mon expérience avec les hommes ne s'avérait d'ailleurs pas très glorieuse… Et puis, je ne souhaitais en discuter avec personne. J'avais trop honte de mon passé, de la violence de mon père pour partager mon histoire.

Le policier observa la décoration puis Ashley répliqua ;

– Ils cherchent toujours du personnel ?

Je ne répondis pas et les fixai tous les deux d'un air ahuri, les yeux écarquillés. Était-ce une blague, un canular ?! Est-ce qu'ils me détestaient à ce point ? Venir en amoureux et vouloir mon travail ? Ce n'était pas ma faute si Drake avait fermé les portes. Mon ancienne collègue avait à assumer les responsabilités, et pour une fois, ça ne lui ferait pas de mal. Je me sentais seule contre tous. Ils m'avaient trahie comme des lâches pour forniquer ensemble dans mon dos. Je le digérais encore mal.

– Non, nous sommes au complet.

Jason intervint dans notre conversation. Il glissa sa main dans la mienne et posa un baiser sur ma joue. Je me sentis fière de l'avoir à mes côtés, puisqu'il leur boucla le clapet. Jason se colla à moi comme si nous étions en couple, et cette idée ne me dérangeait pas. Au contraire, j'aimais ça.

– Ça va, ma Belle ? Tu es toute pâle ? continua-t-il de sa voix douce.

À voir le visage de ces deux-ci, je saisis leur étonnement de me voir à ses côtés. J'entrai dans son jeu puis réagis.

– Oui, oui. Je manque juste de sommeil. Ils allaient justement partir. Ou voudriez-vous une boisson, peut-être ?

Ils étaient muets comme des tombes. Je leur souriais. Eyden et Ashley disparurent en sortant du café vers la gauche, sans un au revoir. J'espérais qu'ils retournaient à l'appartement pour Nicolas. Ce soir, nous repartirions chez nous. Tant pis pour la Bête, elle n'attaquait jamais dans l'enceinte des bâtiments, mais seulement dans son antre. Je devais reprendre mon rôle de grande sœur en main. Je ne discutais plus très longtemps avec Jason avant de reprendre le boulot. Plusieurs clients pénétraient dans le restaurant.

À la fin du service, Lili quitta les lieux la première avec François. C'était la charge de mon ami de fermer les portes du restaurant. Pendant que je vérifiais que tout était dans mon sac à main, je croisai ce dernier derrière le bar, prêt à servir. Il était vêtu d'un simple débardeur noir qui laissait à découvert sa musculature à couper le souffle. La lueur verte des néons mettait en valeur ses formes.

– Qu'est-ce que tu regardes comme ça ? rit celui-ci.

Je secouai la tête en souriant. Je refusais de lui dire comment j'admirais sa beauté. Son égo me paraissait déjà assez gros. De plus, c'était la fin de journée et je n'avais pas la force de discuter plus longtemps.

– Rien de spécial… Merci pour ce que tu as fait aujourd'hui.

Il haussa les épaules.

– Pas de soucis, ma belle. Cesse juste de douter de moi. Si j'avais souhaité te faire du mal, je l'aurais fait quand j'en avais eu l'occasion. Passe une bonne soirée, et fais attention, d'accord ?

Je lui fis la bise et il m'enlaça dans ses bras en guise de réconfort. Il avait raison… J'avais été à sa merci pendant des heures et il n'avait pas agi. Jason était innocent depuis le début.

– Mon petit frère doit être crevé. Je ne vais plus traîner.

Je sortis du coin, une larme à l'œil. J'aurais aimé vivre une vie normale, d'une femme épanouie et heureuse. Je l'avais accusé à tort d'être la Bête, d'être ce monstre immonde buveur de sang. Je l'avais jugé comme une écervelée. J'avais perdu Ashley, ma seule amie ici, à qui j'en voulais encore pour son comportement. Je me retrouvais isolée de tout le monde. À force de vouloir me montrer forte, je faiblissais.

Par chance, demain serait un nouveau jour. J'espérais que Jason me pardonne pour mes erreurs de jugement.

Une vérité cachée

Lorsque je fus enfin chez moi, je préparai le dîner pour que Nicolas puisse avoir un repas chaud ce soir. Ashley en cuisinait souvent. Elle s'améliorait de plus en plus. Tous les jours, mon amie mangeait donc des repas finement préparés. Je l'enviais de la voir se nourrir si bien, mais nous avions chacun notre chemin à suivre, chacun nos responsabilités.

La peinture de mon appartement était fade. Toutes les pièces conservaient cet aspect. Je ne me sentais pas fière de ce lieu où je faisais vivre Nicolas, mais je me répétais qu'il valait mieux être ici. Malgré les petits défauts, les meubles cassés ou trop vieux, notre soft restait acceptable. Contrairement à la plupart des habitants de ce ghetto, je pouvais m'estimer heureuse d'avoir ce luxe. Je me souvenais plus très bien du nombre de maisons que j'avais fait, pour récupérer des vieilles affaires usagées. D'ailleurs, je ne remercierais jamais assez cet homme d'une quarantaine d'années de nous avoir donné sa PlayStation avec les jeux vidéo associés. Grâce à ce dernier, mon petit frère s'amusait le soir.

Pendant qu'il jouait, je mis les œufs à cuire dans la casserole et y ajoutai des dés de jambon. En fin de mois, je manquais d'argent et je n'en avais plus assez pour cuisiner de plus grands plats. Nous nous contentions donc d'omelettes, de spaghettis ou encore de tartines. Évidemment, je ne révélais rien à propos de mon boulot à Nicolas pour ne pas l'inquiéter. Ma situation professionnelle était très instable. Et puis, il était trop jeune pour que je lui fasse part de mes soucis. Je préférais qu'il continue de grandir dans l'ignorance de nos difficultés. Nicolas devait garder sa place de petit frère. Je ne lui apprendrais tout ça que lorsqu'il sera en âge de comprendre.

D'un air fatigué, je lui demandai d'installer la table tandis que mon téléphone sonnait sans arrêt. Ashley n'arrêtait pas d'envoyer des messages, d'appeler et de s'excuser. Elle passait de la colère à la culpabilité et de la culpabilité à la colère. Néanmoins, l'épuisement était à son comble et je n'avais plus la force de lui répondre, ou de me battre pour des choses inutiles. Qu'elle garde Eyden et qu'elle ne me dérange plus, c'était tout ce que je souhaitais pour l'instant. Je rediscuterai avec elle dès que mes émotions seraient apaisées. C'était la seule alliée que j'avais dans ce ghetto, néanmoins, nous n'étions pas assez proches que pour nous prendre le chignon comme ça.

J'épiçai le plat avant de stopper le gaz. Soudain, la sonnette à l'entrée retentit. Je m'interrogeai. Qui pouvait venir à cette heure-ci chez moi, à part mon amie ? Quoiqu'elle n'aurait pas le courage de se pointer après ce qu'il s'était produit. Eyden ne prendrait pas le temps de me rencontrer dans la soirée. Je ne voyais donc pas qui viendrait nous ennuyer. J'arrêtai la cuisson et dis à Nicolas de se cacher tout de suite. Il ne se fit pas attendre et courut dans sa chambre pour se faufiler dans sa cachette habituelle. J'avais pris des mois à créer cette technique. Mon frère avait une tanière sous le tapis de sa chambre, en dessous de son lit. Elle menait à un sous-sol et je possédais exactement la même.

Ces derniers temps, plusieurs personnes volaient, assommaient et attaquaient leurs victimes avant de prendre la fuite. Nous étions tous prêts à survivre dans ce ghetto, peu importait le prix que ça coûtait. Je pris sur mes épaules, hésitante, mais quand la sonnette se fit plus insistante, je partis ouvrir la porte. Juste à côté de l'entrée, il y avait une armoire où je dissimulais un poignard sous des vêtements. Toutefois, je n'en avais pas besoin cette fois-ci. Surprise, je tombai nez à nez avec Jason, une bouteille de vin rouge à la main et dans l'autre, des beignets.

– Bonsoir, Olympe.

J'étais abasourdie. Qu'est-ce qu'il faisait là ? Personne ne connaissait mon adresse, à part… François. À moins que je la lui aie dite sans faire attention quand je me plaignais de ma situation. Il n'y avait pas trente-six rues dites maudites dans le coin, spécialiste de la Bête qu'il représentait. Je fixai son visage rayonnant et affichai un air hébété.

– Tu me laisses entrer ?

Je sortis de mes rêveries puis lui cédai le passage. Il alla dans le salon pendant que je fermai la porte. Il me semblait bien confiant pour un homme. Je ne comprenais pas la raison de sa visite, mais quand je vis l'état de l'appartement, je mourus de honte. Nicolas avait laissé ses restes de pizza dans une assiette sur la table basse. Ses déchets de bonbons parsemaient le fauteuil ce qui empêchait Jason de s'asseoir, et pour couronner le tout, mon frère abandonnait ses vêtements sales dans les quatre coins de la pièce. Le rouge me monta au rouge. Je n'osai plus bouger. J'aurais dû dire à Nicolas de ranger un peu avant le souper.

Malgré cela, Jason essaya d'apaiser l'atmosphère en discutant.

– Il y a une bonne odeur ici ! Tu cuisines quoi ?

– Une simple omelette, répondis-je en ramassant les papiers de friandise.

Je me dépêchai d'enlever tout ça et de nettoyer un minimum la pièce pour que mon invité soit plus à l'aise. J'avais attaché mes cheveux pour éviter de les avoir en pleine figure. Pendant ce temps-là, Jason posa sa bouteille sur le plan de travail et son manteau sur une chaise. Bon dieu, je me sentais odieuse de ne pas l'avoir débarrassé de ses affaires. Je ferais mieux de m'enterrer sous terre où je ne décevrais plus personne.

Alors que je remplissais la poubelle puis la corbeille à vêtement sales, Nicolas hurla :

– Je peux sortir ?

– Oui !

Mon invité rit de bon cœur en le voyant arriver. Mon frère était encore petit. Ses yeux bleus ressemblaient à ceux de mon père. Sa petite crinière noire était en bataille. Malgré ces petits détails, il gardait mon même air ahuri quand il se posait des questions. C'était hilarant.

Après avoir retiré les crasses, je proposai à Jason de s'asseoir dans le sofa. Nous n'avions pas mangé et mon ventre creusait. D'ailleurs, Nicolas ne manqua pas de le faire savoir ! Sa franchise détendit l'atmosphère.

– J'ai faim ! C'est à cause de ton copain qu'on n'est pas à table ?

Jason me lança un regard intense puis eut un sourire moqueur. Je me pinçai les lèvres, le laissant quelques minutes seul pour servir mon frère dans la cuisine. Je remarquai alors qu'il n'avait pas installé la table. Petit fourbe ! Pour un garçon de neuf ans, il semblait avoir la langue bien pendue !

– Quand tu as terminé, va dans ta chambre et fais ce que tu veux. J'aimerais parler seule à mon… ami.

Il feignit de réfléchir, le doigt posé sur le menton et le regard en l'air. Parfois, je me disais qu'il jouait si bien la comédie. Je le voyais bien plus tard sur scène dans les plus grands théâtres du monde. Les enfants avaient un don pour ça. C'était à croire qu'ils venaient au monde avec ce talent.

– Hm. À une seule condition. Est-ce que je peux manger maintenant dans ma chambre ? Je te promets de ramener l'assiette après et de la mettre dans l'évier ! Et au moins, tu seras plus vite tranquille.

J'écarquillai les yeux. Quel culot de me proposer ça ! Qu'est-ce qu'il pensait ? Que je voulais un moment intime avec Jason ? Je désirais juste lui demander des explications sur sa venue sans que mon frère soit au courant de ce nouveau job. Néanmoins, Nicolas persista sur sa proposition. Il était très doué en chantage.

– Très bien, file ! Je ne veux pas te voir de la soirée !

Sur ce, il courut et disparut dans son cocon. Il ne fallait pas le lui répéter deux fois. Je me frottai les yeux, fatiguée puis rejoignis Jason dans le salon, amenant pour la même occasion, deux verres et sa bouteille de vin. Je ne fis pas plus d'effort puisqu'il ouvrit la bouteille pour nous servir. L'ambiance me paraissait plus posée. J'esquissai un sourire d'un air timide avant de trinquer avec lui. Cette scène me semblait plus que clichée, cependant, je n'y fis pas référence. Le fond de mes pensées resterait secret pour un long moment. Je bus une gorgée tandis qu'il me fixait. Le liquide passa sur les parois de ma gorge avant de filer vers mon estomac. Ce vint avait un goût exquis. Il devait coûter une fortune.

– Pourquoi es-tu venu ? Tu n'es pas censé bosser ?

Il ria et son rire résonna dans la pièce telle une mélodie.

– Si, mais j'ai dit à François que j'avais une affaire importante à régler...

– Cette affaire importante, c'est donc moi ?

Je lui répliquai ça d'un air arrogant. Il haussa les sourcils et pencha la tête. Bon dieu, je ne pouvais plus le nier. Jason était à croquer...

– Exactement ! Je t'ai vue pleurer en sortant du restaurant. Je me suis dit que tu aurais besoin d'en parler à quelqu'un de confiance. N'ai-je pas raison ?

Je fus prise sur le fait. Et moi qui désirais refouler le passé, le détruire au point de l'oublier, c'était raté. J'avalai avec difficulté ma salive. Pourquoi cela l'intéressait-il autant ? Je n'étais qu'une connaissance, qu'une amie au travail qu'il n'avait pas hésité à narguer dès notre première rencontre. Quand j'y repensais, ça me faisait rire. Il était barmaid, je l'étais aussi... Peut-être était-ce pour cette raison qu'il se permettait ses critiques dès le premier jour.

– Ce n'est rien. La fatigue me pompe toute mon énergie.

– Olympe, je suis sérieux, me coupa ce dernier. Pourquoi est-ce que tu vis ici avec ton frère ? Tu es jeune, tu as la vie devant toi ! Tu pourrais entamer des grandes études pour réussir ta vie... Tu n'as que la vingtaine, alors qu'est-ce qu'il s'est passé ? Tes parents sont morts ?

Il eut un silence l'histoire d'un instant. Il avait volé mes mots. Je ne sus pas quoi lui répondre immédiatement, car je devais assimiler le choc, le coup de ses paroles. Ce sujet était tabou à mes yeux. Tout mon entourage évitait de me poser cette question. Même mon frère n'osait plus me le demander, puisqu'il savait très bien que je ne souhaitais pas en discuter. Je me sentais offensée, heurtée pourtant, Jason n'avait rien fait ! Il mettait juste cartes sur table. Son regard sur ma peau m'enflammait et me consumait. Mes joues chauffaient. Jason posa sa main sur ma jambe et la caressa avec douceur.

– S'il te plaît, j'ai besoin de savoir. Je m'inquiète pour toi. D'accord, je suis parfois un enfoiré, je l'assume, mais j'ai un cœur, tu sais…

Je pris une bouffée d'oxygène avant de commencer mon discours. Mon cœur battait à tout rompre, car jamais je ne l'avais révélé. J'étais la seule à le connaître, trop honteuse par les événements passés. De toute façon, je n'avais rien à perdre. Je me répétais cette phrase pour m'élancer. D'ailleurs, connaissant Jason, il ne lâcherait pas l'affaire tant qu'il ne saurait pas. Au fond de moi, je savais qu'un jour, je devrais en parler à Nicolas. Jason n'était qu'un entrainement, qu'un avant-goût avant le plat de consistance.

– Mes parents n'ont pas été très responsables dans ma jeunesse. Ils buvaient beaucoup, voire trop…

Un sanglot m'échappa. Je tentai de ravaler la tristesse, de la refouler pour être robuste, cependant, mon corps et mon âme en avaient assez d'être forts. Ils souhaitaient un moment de répit, de pause pour tout dévoiler et se débarrasser de ces mauvaises vibrations. Je portai ma main à la bouche. Jason s'approcha et passa ses bras autour de mes épaules. Se remémorer les souvenirs intensifiait mes pleurs. Pourquoi la vie était-elle si atroce ?

– À plusieurs reprises, mon père… mon père me touchait. Quand il a essayé de passer à l'étape suivante, il a essayé de me violer et j'ai fui.

Mon monde s'écroula à l'instant même où ces mots sortirent de ma bouche. L'amertume me rongeait et me détruisait de plus en plus. J'avais une boule de haine au creux de mon ventre. Mon estomac se serrait, ma gorge se nouait. Je perdais ce grand voile qui cachait auparavant tous les événements passés. Des souvenirs refirent surface dans mon esprit – le couteau, les menaces, les attouchements. Ses mains sur mes seins, sur ma bouche. Je me dégoûtais, me répugnais. Depuis le début, je ne cherchais pas à protéger Nicolas. Je cherchais à me voiler la face, à me mentir pour tenir bon, mais la vérité était bien là. Mon propre père avait abusé de moi pendant mon adolescence. Il n'était pas ce héros que j'inventais quand mon frère me posait des questions sur son papa. Il ne représentait que ce sale type qui méritait d'être en taule.

Le désespoir et le désarroi étaient si présents à l'époque. Je ressentais encore cette souffrance vécue des années plus tôt.

– Quand… Quand j'ai réalisé que Nicolas était aussi susceptible d'être abusé, je l'ai amené avec moi et nous avons fui jusqu'ici, le seul endroit dans mes moyens. Avant, nous vivions à Naperville dans les backstages d'un bar à prostitués où je voyais toute la journée ma mère inviter des inconnus dans le lit conjugal, puis mon père nous a amenés à Forks pour fuir les autorités. Il a repris ses affaires tout comme ma mère et l'enfer a recommencé.

Ma voix était plus brisée que je ne le désirais. Je réalisai alors l'ampleur de la situation, la tragédie de mon adolescence. Même si je mentais depuis le début à mon frère, je l'avais sauvé de ce sort. Personne ne comprenait ce que j'avais vécu, car ils ne pouvaient pas le comprendre sans le vivre. Être touchée, sans consentement, c'était un cauchemar éveillé qui vous prenait au fond de vos tripes, qui gâchait toute votre vie. C'était une scène qui se répétait chaque jour dans votre esprit à votre insu. Vous ne pouviez pas y échapper, vous deviez y faire face tout le temps, dès que vous croisiez votre regard, votre visage dans le miroir. Être abusé, c'est ressentir ce sentiment de dégoût envers soi, et de colère pour ne pas avoir réussi à échapper aux griffes de cet homme.

Je jetai un coup d'œil vers Jason qui serra les poings. Était-il aussi en colère que je l'étais au fond de mon âme ?

– Ce ghetto est le seul lieu auquel ils ne penseraient pas me trouver. De toute façon, c'est tout ce que j'ai réussi à nous offrir.

Ma respiration se fit lourde et imposante. Le bruit de mes sanglots envahissait la pièce. Jason murmura de me calmer pour ne pas éveiller les soupçons de mon petit frère. Il me rassurait, me réconfortait en disant que rien ne m'arriverait s'il était à mes côtés.

– Je finirais par partir, Jason. Je vis ici depuis des petites années, mais mon père est une mauvaise personne. Il est capable de tout pour me retrouver, voire du pire… Il me croit peut-être à Milwaukee pour le moment, mais un jour, il fera demi-tour et il saura.

Le silence plomba la pièce dans une atmosphère oppressante. Je me pinçai les lèvres puis avalai avec difficulté ma salive. Nous étions tous les deux plongés dans le calme. Jason me blottit dans ses bras dans l'espoir de me consoler. Son regard fixait le vide. Soudain, tout le poids auparavant sur mes épaules s'envola comme par magie. Je fronçai les sourcils, intriguée, mais à la fois soulagée. Je me sentais plus légère, beaucoup mieux. Je ne savais pas que tous ces pleurs, cette tristesse, cette colère m'aideraient à mieux me tenir après avoir dévoilé la vérité.

Jason était peut-être la solution, la solution à mon problème.

La cruauté de l'homme

Je me réveillai en sursaut, les gouttes perlant sur le front, puis aperçus les grosses lettres rouges de l'horloge afficher 8h09. Je me frottai les yeux en bâillant. C'était étonnant que je dorme aussi longtemps sans être perturbée dans mon sommeil. C'était même incroyable ! Je n'avais plus aussi bien dormi depuis des années.

Subitement, l'affolement me prit au ventre. Mince. J'étais en retard pour le travail alors que je venais d'être engagée ! Je sortis du lit en panique, criai sur Nicolas puis installai rapidement la table. Je manquai plusieurs fois de trébucher. Je ne me sentais pas encore bien éveillée, perdue entre le monde des rêves et la réalité. Je planais, les yeux à moitié fermés. M'habiller fut une rude épreuve puisqu'il ne me restait plus beaucoup de choix. Je me contentai d'une simple robe malgré le temps gris à l'extérieur. En fuyant ma famille, je n'avais apporté que trois ou quatre tenues et avec le temps, j'en avais acquis une dizaine, mais je ne possédais plus les moyens pour en racheter. Les affaires de mon frère passaient en priorité sur ma liste.

Avant de m'éclipser, je laissai un mot à mon frère. Je travaillais un peu plus loin de son école. Il s'y rendait seul le matin. J'avais évidemment insisté sur le fait de ne pas traîner en rue. Pour se protéger, je lui avais expliqué de projeter le déodorant dans son sac sur les yeux de son agresseur. Cela l'aveuglerait suffisamment le temps de fuir.

Je repensai alors à la soirée d'hier avec Jason et réalisai qu'il m'avait changée et couchée lui-même. Je ne me souvenais pas exactement du moment où j'étais partie me couvrir sous les couettes. J'imaginai alors le pire. Est-ce qu'il m'avait vue nue ? Est-ce qu'il en avait profité ? Non... Jason n'abuserait pas de moi, il n'était pas ce type de gars qu'on trouvait n'importe où dans ce ghetto. Il me respectait et mon passé n'était plus un secret pour lui. Ce dernier connaissait très bien les conséquences de ses actes s'il avait osé me toucher sans consentement. De plus, je cachais toujours une arme dans mon sac à main. On n'était jamais trop prudent ici.

Tandis que j'entamais la route, le ventre vide, des nausées m'envahirent. Je piquai de quoi grignoter dans ma poche. Je n'avais pas le choix. Mon retard était impardonnable. J'espérais garder ma place au boulot. Je vagabondai dans les petites ruelles sinueuses qui exhalaient une odeur d'urine. Cela devenait habituel quand on habitait dans ce quartier. On ne se retournait plus devant ces horreurs. Il suffisait de boucher son nez et d'accélérer le pas pour sortir de ce parfum nauséabond. J'espérais que Lili n'avait pas vu le patron pour le prévenir de mon absence, sinon, j'étais cuite. Nerveuse, j'ouvris les portes de Smithoothe. Je sentis les pancakes chauds. Ma faim revint à l'attaque et mon ventre se fit entendre. Je posai une main dessus, affreusement gênée, puis allai me changer à la hâte dans les vestiaires. Les casiers semblaient déjà tous fermés, sauf le mien où je plaçais mon sac et mes clefs.

Fin prête, je croisai Lili ranger les assiettes et les verres sur chacune des tables dans la pièce. Elle paraissait épuisée par ses journées. Je m'identifiais en elle quand je voyais la vie terrible qu'elle menait. Nous étions si tristes dans ce lieu. Toutefois, nos regards se croisèrent et celle-ci vint à ma rencontre, un sourire arrogant plaqué sur ses lèvres.

Je me pinçai l'intérieur des joues pour ne pas lui répondre quand elle me dit :

– Ton premier jour de retard ! Tu as de la chance que le boss soit absent aujourd'hui. Aide-moi à mettre cette merde à sa place.

Sur ce, elle me donna brutalement les couverts. Je pris sur moi, évitant ainsi de lancer une querelle puis déposai la vaisselle où elle devait être. Néanmoins, elle entendit mes soupirs. Je sentis son regard sur mon corps. Il me brûlait, me rendait mal à l'aise. Cette femme m'avait-elle choisie comme bourreau ou était-ce la vie qui s'acharnait sur moi ? J'ignorai toutes ses remarques pour me concentrer sur mon travail. Grâce à mon expérience, je prenais très vite mes aises et m'adaptais à la salle. Je me dirigeai vers l'entrée afin d'accueillir les clients et les servir tandis que ma collègue donnait les additions. Ces rôles me semblaient mal répartis, car je faisais tout le travail pendant que Lili ramassait les pourboires. Je n'avais donc aucune chance de les avoir à mon tour. C'était injuste... Avant, en tant que barmaid, j'en recevais tellement par soirée. Les hommes venaient me voir, ainsi que les habitués, et je comptais une centaine de dollars par soirée. Dans ce restaurant, Lili volait mon rôle, mon gagne-pain.

Je refoulais mes déceptions. Cela ne servait à rien de demander à François de m'avancer, de me donner une promotion puisque le salaire était déjà plus élevé qu'auparavant. Je regardais par la vitre les personnes se promener. Le temps s'écoulait plus rapidement comme ça. Une femme aux longs cheveux de blé traversa le trottoir, accompagnée d'un bel homme du même âge. Elle était suivie d'une vieille dame qui allait à l'épicerie d'à côté. Des inconnus défilèrent sous mes yeux, des riches, des pauvres, des jeunes, des vieux. Tout semblait mêlé comme dans une ville normale, pourtant nous savions tous que ce ghetto se voyait possédé par la Bête.

Je finis par être désorientée par le nombre de personnes jusqu'au moment où le déambulement d'un homme attisa ma curiosité. J'avais la sensation de le connaître. Cependant, quand je voulus l'observer de plus près, Lili intervint.

– Bon, la naine, tu viens ? C'est la pause et j'veux pas fumer seule à l'arrière. À c't'heure-ci, y'a parfois des gars louches.

Je lui ris au nez, amusée par la situation. Quelques minutes plus tôt, elle m'insultait, et maintenant, elle avait besoin de moi.

– Justement, ne mets pas quelqu'un d'autre dans ta merde. Va foutre ta vie en l'air, seule. Je m'occupe d'Olympe, fit une voix derrière le comptoir.

Le visage fendu jusqu'aux oreilles, j'aperçus Jason. Lili pesta des jurons puis sortit en claquant la porte. Je profitai de ce moment pour l'enlacer, heureuse de le revoir. Je gardais un si bon souvenir de la veille.

— Si j'avais su que je mériterais ce câlin, je serais venu plus tôt ! dit-il d'une voix enjôleuse.

Je gloussai puis desserrai mon étreinte. Je mordillai mes lèvres tandis que ses yeux ne quittaient plus mon visage.

– Tu te sens mieux depuis hier ?

Je hochai la tête d'un air hésitant. Le passé ne s'envolait pas en une nuit ni en une année. Il prenait du temps à s'effacer, à s'oublier pour que la guérison puisse se faire. Je baissai la tête, tentant de ne plus penser à ces horreurs. Ressasser le passé ne me permettrait pas d'aller de l'avant, cependant, j'étais certaine qu'un jour, Nicolas me demanderait de véritables explications sur notre famille. Pour l'instant, j'étais sauvée par son ignorance. De toute façon, je répondais à chacun de ses besoins et je m'occupais de lui comme mon propre fils.

– Un client est entré. Tu ferais mieux de t'en occuper avant que Lili ne te fasse la leçon.

Je plaisantai, imitant ma collègue, puis me retournai. Soudain, le monde s'effondra autour de moi. Tous les membres de mon corps tremblèrent et des larmes perlèrent sur mes joues. Je reculai, affolée et voulus fuir le plus loin possible. Non, non, il n'avait pas pu, pas aussi vite. Quelqu'un avait dû me pister, me suivre pour le lui dire. Je sentis la peur me prendre au fond de mes tripes. La gorge nouée, aucun son ne sortit de ma bouche.

Jason remarqua à ma réaction que ça n'allait pas. Je pris mes jambes à mon cou et me cachai sous le bar. Mes mains devinrent moites. J'étais paralysée en dessous du comptoir. Mes dents claquèrent les unes contre les autres. Je ne savais plus quoi penser. Je ne raisonnais plus correctement. Avais-je rêvé ? Ou m'avait-il vraiment retrouvé ? Mon cauchemar prenait vie, se formait. Le passé me rattrapait. Je ne voyais que le noir, le noir des ténèbres et le rouge tel le sang, comme les flammes de l'enfer. Mon estomac se serra et intensifia mes sensations de nausées. Je fis tout ce que je pus pour me calmer, mais en vain, il était bien là, dans la même pièce que moi, à quelques mètres de mon corps. La peur me consumait, l'angoisse me rongeait de l'intérieur. Je me sentais partir petit à petit. Je n'étais plus dans mon état habituel non. J'avais l'impression que je perdais tous mes moyens. Fuir, fuir était la solution, ma seule envie qui envahissait mon esprit. Je ne savais plus où donner de la tête ni quelle sortie prendre pour partir. Que devais-je faire ? Comment réagir ?

Quand Jason me rejoignit, je sursautai. Ma vue se floutait à cause de mes larmes. Je ne le voyais pas correctement.

– Qu'est-ce qu'il y a ?

Il posa sa main sur ma joue puis essuya mes larmes. L'inquiétude se lisait à l'expression de son visage.

– C'est lui... balbutiai-je entre deux sanglots.

Mes lèvres tremblaient comme jamais. Je m'accrochai à tout ce qu'il me restait dans cette vie-ci pour ne pas partir, ne pas me suicider. Je refusais qu'il me touche une énième fois, qu'il pose son regard sur mon corps nu. Je ne pourrais plus le supporter, non, je préférais mourir au lieu de sentir son souffle sur ma peau.

– J'appelle la police. Sache juste que tu devras leur avouer la vérité et dire qu'il a abusé de toi sexuellement, Olympe. Plus de secrets... Je suis là pour toi, tu m'entends ? Il ne te touchera pas, mais je dois prévenir les autorités, alors, calme-toi. Je reviens vite.

Il disparut et j'attendis quelques minutes, coincée entre les coins du meuble. Je ne cessais de frissonner. L'effroi m'enveloppait et ne me quittait plus. Ils parlaient ensemble du menu puis les sirènes de police suivirent. J'entendis mon père râler et menacer Jason. Il tenta de s'échapper, néanmoins, Jason avait tout prévu.

Je tremblais comme une feuille, les jambes en coton. Je paraissais aussi faible qu'une ficelle. Je me levai puis plongeai mon regard dans le sien.

La haine.

Le dégoût.

La mort.

– Toi, c'est toi ! Espèce de p'tite salope. Tu vas payer pour m'avoir volé mon fils ! hurla ce dernier en furie.

Cette fois-ci, c'était de trop. Je courus jusqu'à la première poubelle pour verser mon amertume. J'étais écœurée par son apparence. Mon père avait grossi et ses vêtements empestaient l'alcool mêlé à la transpiration. Il avait la barbe de quelques jours. Il ressemblait à cet homme dans mes cauchemars. Je revivais tout le temps le même enfer.

Je pleurai puis m'écroulai au sol. Je vis de loin mon père entrer dans le véhicule tandis que Jason discutait avec un agent. Tout s'effondrait, tout perdait son sens, tout ce que j'avais construit après mon départ s'envolait. Je ne pouvais plus me cacher et devais fuir au plus vite, malheureusement, je ne possédais aucune économie. Je n'avais plus personne à voler. Je me couchai à terre et pensai à Nicolas. Qu'est-ce que j'allais lui dire ? Et comment allais-je lui avouer toute la vérité ?

Je priai pour qu'il soit sain et sauf dans l'école, je priai pour que ma mère ne l'ait pas kidnappé. Alors que je me concentrais sur ma respiration, dans l'espoir de dissiper mes pleurs, des pas se dirigèrent vers moi. Je ne me sentais pas en état de témoigner. Le choc était trop brut, trop violent. Des souvenirs refirent surface – ses mains sur ma peau, ses lèvres dans mon cou, ses paroles sales qui me décrivaient. Ce dégoût que j'avais ressenti m'enveloppait de nouveau. Tous ces sentiments du passé revinrent à l'attaque. Cette peur de chercher de l'aide, cette souffrance du silence, ce martyr des attouchements… J'avalai avec difficulté ma salive. Mes dernières forces me quittaient.

Le passé finissait toujours par nous rattraper, en particulier quand on essayait de le fuir… Jason se précipita vers moi après avoir échangé avec le policier.

– Olympe, il est parti… La police le cherche depuis quelques mois pour vandalisme et viols auprès de trois adolescentes. Il n'est pas près de sortir. Crois-moi, ce connard payera pour ses actes.

Je fermai les yeux pour réfléchir. Non. Ça ne se finirait pas de cette manière. Je le connaissais très bien, Dylan. Il me hantait la nuit et m'effrayait le jour. Il parlait dans mon esprit et me rabaissait sans arrêt. Toujours en larmes, je sentis ses bras me soulever. Je perdis connaissance, trop faible, tandis que les gendarmes attendaient des explications de ma part. La dernière chose que je pus entendre fut les paroles de mon père.

– Olympe, je te promets une chose ! L'histoire n'est pas terminée.

L'interrogatoire

Des heures s'écoulèrent lors de cette conversation. J'étais assise à table aux côtés de Jason et un policier me questionnait sur mon passé. L'atmosphère m'oppressait. Je me sentais nerveuse. Mes nausées avaient disparu tout comme ma mauvaise mine. J'avais rincé ma bouche, mon visage et mes mains aux toilettes du personnel. J'en avais profité pour retirer mon tablier afin d'avoir ma tenue de civile. Je devais tenir bon pour mon frère, il avait besoin de ma force et de mon courage pour progresser à son tour.

Je tremblai de nervosité. Pour la première fois de ma vie, je portais plainte contre mon père et l'accusais de tous ses actes ignobles. Je remarquai que la nappe de la table était sale et que le cuir craquelait sur le sofa de Smithoothe. François devait absolument changer sa décoration qui laissait à désirer. Je comprenais mieux pourquoi il n'y avait pas un chat ici.

Écœurée, j'ignorai toute cette saleté puis repris mes esprits. J'étais saisie d'effroi à l'idée de tout dévoiler et de dire à voix haute la vérité. Je ne l'avais jamais écrit ni dit à qui que ce ne soit, du moins, pas d'une façon aussi détaillée. Jason prit ma main discrètement pendant que je répondais aux questions. Mon pouls battait à une vitesse folle. Dans quel merdier je m'étais embarquée ? Je n'aurais jamais dû quitter le nid familial, j'aurais dû le détruire…

– Madame Scott, depuis quand vous êtes-vous enfuie de votre foyer ?

Je me crispai puis levai le regard. Ce gendarme me fixait d'un drôle d'air et me rendait mal à l'aise.

– Quelques années, je ne saurais plus vous dire exactement le nombre.

Ma voix se brisa. Je paraissais hésitante dans mes propos, ce n'était pas bon signe. Il allait me scruter, me répéter plusieurs fois ses interrogations pour vérifier que je dise les mêmes explications, pourtant, ce n'était pas ma faute. Je craignais juste le pire, d'où l'hésitation dans mes paroles. Je ne savais plus quoi dire exactement. Le monde des adultes était bien plus compliqué qu'on ne le pensait adolescent.

– Très bien. À quel âge votre père commença-t-il ses attouchements ?

Je m'étranglai avec ma propre salive puis toussai. Je ne comprenais pas pourquoi je devais absolument tout raconter puisque les faits étaient là. Il m'avait touchée plusieurs fois, agressé et violé d'autres jeunes filles, point barre. Cela aurait dû suffire à l'arrêter, l'histoire de plusieurs mois que je puisse me rétablir et partir. Néanmoins, je ne souhaitais pas en dévoiler plus. Et puis, il avait merdé après ma fuite. Je n'étais donc pas responsable de tout ce qu'il avait fait. Cet interrogatoire ne me paraissait pas sérieux. Je n'étais même pas dans un bureau de police !

– Dès le début de mon adolescence, je dirais douze ans.

La main de Jason se serra. Je lui jetai un coup d'œil furtif et aperçus sa colère à travers son regard.

– Pourquoi ne pas avoir prévenu les autorités plus tôt ? Votre mère…

– Elle avait douze ans, bordel ! Le policier l'aurait renvoyé parce qu'elle n'était pas majeure. Est-ce trop compliqué à comprendre ? cria Jason, fou de rage. Sa mère ne réagissait pas bien qu'elle en soit consciente ! Qui aurait cru une gamine si les parents le démentaient ?!

L'officier l'observa avec un sourire en coin puis continua son questionnaire. Il notait mes réponses tout en m'enregistrant. J'espérais que la vie me ferait un cadeau cette fois-ci. Je n'avais plus envie de répondre à ses demandes. Cette histoire me dégoûtait et éveillait en moi des émotions du passé. Je détestais parler de ça. L'ambiance paraissait plus tendue depuis la remarque de Jason. Je le sentais différent.

– Mais à votre arrivée dans ce ghetto, rien ne vous empêchait de nous prévenir, je me trompe ?

Prise au dépourvu, j'ouvris la bouche, mais rien n'en sortit. J'étais confuse. Comment avais-je pu être aussi stupide ? Quelle idée avais-je eu de porter plainte ? Cela me mènerait à ma perte et mon père serait bientôt en liberté. La justice ne paraissait pas assez juste ici. Je ne désirais pas mêler mon petit frère à ce débat, malheureusement, il était déjà dedans depuis le début.

– Je me cachais et je ne souhaitais pas qu'il me retrouve. Pourquoi vous aurais-je appelé si je voulais rester dans l'ombre ?

Je répliquai cette phrase sur un ton agacé. Ce policier cherchait la petite bête, l'erreur pour démonter toute mon histoire. Cet homme ne m'appréciait pas, ne croyait peut-être pas en mes explications. Un silence de plomb s'installa dans la pièce. Le patron, François, arriva dans le restaurant, alarmé, puis courut à notre rencontre.

– Bon dieu, vous êtes sains et saufs ! Que s'est-il passé ?

Je voulus répondre, mais fus coupée par le gendarme.

– Madame Scott a mis la vie de son frère et la sienne en danger. C'est médiocre et égoïste. Vous rendez-vous compte des conséquences ? Il existe des foyers pour femmes maltraitées ! Votre frère aurait dû être placé dans une famille d'accueil…

Je restai bouche bée. Moi, égoïste ? Je nous avais sauvé la vie ! Comment osait-il ?! Personne ne comprenait ces situations puisqu'ils ne la vivaient pas. Personne ne pouvait se permettre de consoler une victime, en lui répétant qu'il connaissait la douleur, s'il n'avait pas été touché ni violé ! Ce policier avait une vie parfaite, avec une bonne famille parfaite et une belle maison. Il était injuste de raconter de tels mensonges ! Si Nicolas avait été placé en famille d'accueil, je ne l'aurais plus jamais vu et mon père l'aurait vite rattrapé. Je nous donnais l'opportunité d'avoir une meilleure vie et de nous en sortir. Pourquoi personne ne saisissait ça ?

Jason claqua son poing contre la table en fusillant cet homme du regard. Je sursautai, prise de peur. Il n'était plus cet homme doux que je connaissais, et mon vécu le rendait hors de lui.

– Son père l'a retrouvée, bordel, c'est tout ce qu'il y a à comprendre. Le seul danger, c'est lui, pas Olympe ni ce qu'elle a fait pour s'enfuir. Au contraire, elle a osé agir face à ce monstre en prenant ses jambes à son cou !

François s'approcha de mon ami et posa sa main sur son épaule. Il l'invita à prendre l'air à l'avant du bâtiment avec lui pendant que je finissais ma déposition. Ce dernier résista, cependant, il finit par partir, la tristesse au cœur. Dès que le patron fut à l'extérieur avec son employé, je n'eus pas le temps de prendre une pause. L'officier m'invita à en terminer rapidement, car il avait d'autres chats à fouetter. Je restai calme, pour éviter de lui donner une mauvaise image de moi. Je désirais à tout prix avoir la garde de Nicolas. Toutefois, je savais bien qu'il n'existait pas de justice dans ce ghetto. La garde de mon frère ne se discuterait pas tout de suite. Seul l'emprisonnement de mon père était en jeu pour le moment.

– Quant à votre mère, vous souvenez-vous de ce qu'elle faisait pendant ces attouchements ?

Les courbes de ses lèvres le trahirent et un sourire se forma sur son visage pâle. Comment pouvait-il réagir de la sorte ? C'était dégoûtant ! Si j'avais eu le culot de lui jeter mon verre d'eau à la figure, je l'aurais fait. Néanmoins, je n'étais pas en position de force. Le monstre de ma vie venait de réapparaître et je devais le renfermer. Ce gendarme me semblait indifférent à ma détresse et assez pervers à l'idée que ces actes sexuels le fassent rire.

– Elle buvait ou s'absentait. Ma mère travaillait en tant que strip-teaseuse et se prostituait quand mon père lui demandait.

– D'accord, et où habitiez-vous exactement ? Dans la logique des faits, si vous hurliez lorsqu'il vous touchait, les voisins auraient dû vous entendre, n'est-ce pas ?

Un sanglot m'échappa. Hurler. Je criais à en perdre la voix jusqu'au jour où mon père trouva une solution pour me faire taire. Je n'osais plus y penser, ça me répugnait.

– Non. Nous étions dans des appartements à l'arrière du bar, là où les femmes vendaient leur corps. Nos voisins entendaient plus les gémissements des prostituées que mes cris de détresse. Nous avons d'abord habité sur Naperville puis avons aménagé à Forks.

Je me pinçai les lèvres, inspirai, expirai. Calme-toi, Olympe. Tout va bien se passer, me répétai-je en boucle dans ma tête. Toutefois, quand l'officier entendit mes paroles, ses yeux pétillèrent. Je grimaçai de dégoût tandis que mes paroles s'éparpillaient sur toute une moitié de vie passée.

– J'ai essayé de partir, mais à chaque fois, mon père me prenait sur le fait. Il savait très bien qu'à la première occasion je les abandonnerais. Alors pour être sûre que je sois occupée, il me donna la charge de nourrir Nicolas qui avait bientôt un an à ce moment-là.

Subitement, il ferma son carnet, se redressa en soupirant puis me salua. Je fronçai les sourcils puis le suivis jusqu'à l'entrée du bâtiment.

– Je rentre au bureau noter tout ça sur ordinateur. Si vous vous souvenez de quoi que ce soit, appelez-moi en contactant le bureau de police. Présentez-vous et ils vous redirigeront vers moi. Vous aurez des nouvelles dans quelques jours. Pour l'instant, faites-vous discrète. Votre père est derrière les barreaux, mais pas éternellement.

Il s'éclipsa sans prononcer un mot de plus. J'espérais au plus profond de mon cœur qu'il finisse ses jours en prisons. Jason me rejoignit et m'embrassa sauvagement. Je compris à cet instant, à la suite de cet événement que nous étions bien amoureux l'un de l'autre et en couple. Je répondis à son baiser puis sentis ses bras autour de mon corps. Son amour me berçait. Le goût de ses lèvres se révélait légèrement sucré. Je passai mes mains dans sa chevelure. Elle était si douce.

Nos lèvres ne se quittèrent plus avant que Jason ne stoppe le baiser pour coller son front contre le mien.

– Je ne laisserai personne te faire du mal, Olympe.

– Merci d'être là, malgré les horreurs qui se sont produites.

Je me blottis dans ses bras un long moment. Je me sentais en sécurité avec lui. C'était apaisant. François se plaça entre nous et me réconforta. Il était beaucoup plus doux et gentil que Drake, qui à sa place, m'aurait renvoyée.

– Ne vous inquiétez pas pour le travail. Prenez trois jours de congé s'il le faut, la femme de ménage prendra votre place en attendant.

Je le remerciai, mais déclinai son offre.

– Non. Je préfère user mon temps au boulot qu'à me lamenter dans un fauteuil. Je ne demande qu'une chose. Nicolas ne doit pas être au courant de ce qu'il s'est produit aujourd'hui. Je ne veux pas le perturber.

Les garçons acceptèrent d'un hochement de tête, puis je partis m'isoler dans les vestiaires. Je réfléchis à cette journée désastreuse en empêchant mes larmes de couler une seconde fois. Être forte, voilà ce que je devais faire. Ne pas abandonner, mais me battre pour notre famille, ma famille, celle que je recomposais. Toutefois, une question traversa mon esprit et persista : comment tenir Nicolas loin de ces ennuis ? Je n'eus pas la réponse ni même une solution pour réussir, mais je savais. Je savais qu'il était de mon devoir de le protéger et de ne jamais laisser mes émotions m'emporter.

Pardonne-moi

Je rentrai à la maison sans oublier Nicolas. Il fallait que je passe à l'école pour m'assurer que tout se déroule comme sur des roulettes. J'espérais qu'il y était toujours et que ma mère ne nous ferait pas d'ennuis supplémentaires. Je ne me sentais pas d'humeur à discuter ni à me disputer pour son abandon. Elle ne s'était jamais comportée convenablement envers moi. Elle laissait mon père me toucher pendant qu'elle s'envoyait en l'air. Il m'arrivait à cette époque la nuit de bloquer la porte de ma chambre, en vain, mon père s'avérait plus fort que le verrou. Et depuis cet accident, maman n'avait même pas dénié me protéger. Rien qu'à ces mots, nous avions une image d'elle bien précise. Je n'avais pas à en dire plus pour la décrédibiliser en tant que mère. Cette dernière ne méritait pas la garde de Nicolas, ni même de le voir. Par chance, le policier n'en avait pas touché un mot. Je supposais qu'elle me revenait de droit puisque nous n'avions pas d'autres familles.

Main dans la main, je me baladai avec Jason, qui silencieux, ne parla pas une seule fois sur tout le trajet. Les passants me jetaient des regards curieux. Je ne me présentais jamais aux côtés d'un homme, et maintenant, voilà qu'un Appolon m'accompagnait sur le chemin du retour. Je ne savais pas comment prendre l'étonnement des habitants. Dylan Scott, mon père, n'était pas un homme connu pour de bonnes choses, mais plutôt pour ses rébellions. Personne ne connaissait notre lien de parenté, sauf peut-être celui qui m'avait vendue. Les bruits couraient très vite dans ce ghetto. Toutefois, je pouvais m'estimer heureuse. Je possédais encore mon appartement, mes meubles, mon job et mon frère. C'était si rare d'avoir cette chance quand on vivait ici.

Je regardai les nuages alors que nous attentions que le feu du trafic passe au vert pour pouvoir traverser. Ces nuages gris ne quittaient jamais le ciel de Chicago. Cela me sapait le moral et m'attristait. La joie n'existait pas dans ces ruelles, sauf lors des grands événements comme Halloween ou Noël où les décorations et l'ambiance nous plongeaient dans une atmosphère de gaieté.

Nous passâmes sur le passage pour piétons à la hâte puis allâmes en direction de l'école. Je n'eus pas besoin d'entrer à l'intérieur de l'enceinte puisque je vis mon petit frère s'amuser dans la cour de récréation avec ses amis. Je souris, heureuse pour lui. Il ne se souciait de rien. Je serrai la main de Jason, qui à son tour, afficha une bonne mine. Il dégageait une forte énergie. Un mélange de tristesse et de colère le troublait. Son sourire ne cachait pas ses tourments. Je posai ma tête sur son épaule et il m'embrassa le front. L'air glacial me refroidit et des frissons parcoururent mon corps. Le vent devenait de plus en plus violent ces derniers jours.

Face à l'immeuble, Jason me barra la route pour approcher son visage du mien. Je ressentis son souffle effleurer ma peau.

– Je suis désolé pour ce qu'il s'est passé aujourd'hui, j'aurais dû contrôler ma colère lors de cet entretien… Je n'en avais pas la force.

Je hochai la tête puis posai mes mains sur son visage avec douceur.

– Ne t'excuse pas. Ce type me paraissait vraiment louche. Je n'ai pas apprécié sa façon de réagir…

Je pris une bouffée d'air, sentant les larmes me monter aux yeux. Ne pleure pas, Olympe, sois forte. Je devais garder mon sang-froid sans craquer. Mon petit ami passa son bras autour de ma taille.

– Cet imbécile ne te fera aucun mal. Et s'il ose t'ennuyer sur ton passé, je le fous en justice. Sa réaction qu'il a eue quand tu lui as expliqué, ça me rend malade.

Je me rappelai alors que je n'avais pas parlé de ça face à lui. Jason se calmait à l'extérieur quand je finissais mon interrogatoire. Comment savait-il tout cela alors ? J'ignorai ce détail, évitant de créer encore des fausses théories sur lui, puis ouvris la porte du bâtiment. Il attendit que je passe la première, tel un gentleman, et me suivit. J'appuyai sur le bouton de l'ascenseur qui prit du temps à venir. Jason ne me lâchait plus du regard. Cette journée passait si vite… Trop d'événements s'enchaînaient sans que je ne puisse en prendre réellement conscience. J'avais beau me remémorer cet instant précis, j'en étais certaine. Je n'avais pas parlé de ça en sa présence. Pourquoi gardais-je au fond de moi cette sensation qu'il était la Bête ? Ou qu'il la connaissait ?

– Tu aimes ton travail ? coupa-t-il en brisant le silence.

Je haussai des épaules.

– Oui et non. De toute façon, je n'ai pas le choix. Je regrette juste d'être tombée sur Lili. Elle aime bien m'ennuyer et je n'aime pas son comportement.

Les portes de l'ascenseur s'ouvrirent. J'entrai, accompagnée de Jason et il pressa le bouton de mon étage. Je n'aimais pas ces engins, toutefois, ils s'avéraient utiles quand je n'avais plus la force de grimper les escaliers avec Nicolas. Je m'adossai contre les parois de cette boîte puis fixai mon image dans le miroir. Les cernes sous mes yeux étaient énormes, mon teint trop pâle et mes lèvres gonflées. Je ressemblai à un zombie. Pourquoi voyais-je toujours Jason quand je n'étais pas présentable ?

– Tu es belle, n'en doute pas, susurra-t-il à mon oreille.

Lisait-il dans mes pensées, comme la Bête ? Mes joues me brûlaient, elles étaient en feu. Je n'eus pas le temps de répondre puisque nous fûmes arrivés devant la porte de l'appartement. Jason paraissait si tendre et doux quand la colère ne prenait pas part de lui. Je ne savais plus quoi penser. Était-il un homme violent ou cachait-il un terrible secret ? Tant de questions se posaient de mon esprit. Je ne savais plus où donner de la tête. Il changeait d'humeur aussi vite que l'on change de veste.

Néanmoins, je fus surprise quand je vis Ashley, en larmes, le mascara tachant son visage, assise sur le seuil de ma porte. Mon souffle se coupa. Je me demandais ce qu'elle faisait là, et surtout, ce qu'il s'était passé. Devais-je la réconforter alors qu'elle avait réussi à me briser ? Ou être indifférente à sa détresse ? Soit je mettais mon égo de côté, soit je l'écoutais pour la laisser tomber à mon tour. Cependant, Jason me permit de mieux y réfléchir quand il décida de s'en aller.

– Je te laisse. Parle à ton amie, tu as besoin de soutien et elle aussi. On continuera notre conversation demain.

Il posa un chaste baiser sur mes lèvres puis disparut dans les escaliers. Le silence retomba dans les couloirs. Nous ne prononçâmes pas un seul mot. J'étais mal à l'aise. Je ne savais pas comment réagir, mais Ashley fit le premier pas. Elle se leva pour se précipiter dans mes bras, brisant la gêne entre nous.

– Je suis vraiment désolé. Je n'aurais pas dû faire ça, mais Eyden était si convaincant… me dit-elle d'une voix brisée. Tu sais à quel point je suis influençable.

Comme je ne désirais pas me prendre la tête, je lui pardonnai toutes ses erreurs comme elle le fit avec moi. J'avais passé l'âge de la blâmer pour ses amours ou ses décisions. J'acceptai ses excuses et resserrai notre étreinte. Après tout, nous sommes tous des humains et avons droit à l'erreur. Et puis, elle m'avait tellement manqué. J'avais tant de choses à lui raconter – Jason, mon père, Nicolas. En quelques jours, je détenais assez d'événements pour en écrire un livre. C'était hilarant.

– Tu m'as manqué, lui répondis-je.

Je l'invitai à rentrer puis me hâtai de nous servir un verre. Nous avions beaucoup à partager et mon frère n'était pas présent pour nous ennuyer. Nos discussions allaient donc être bien crues.

– J'ai quitté Eyden. Il est aussi obsédé que Drake… et dangereux. Je n'osais plus sortir de chez moi sans me sentir suivie ou traquée par cet homme. Sa jalousie le rend fou ! Il vérifie chaque jour si personne ne m'accompagne au travail, par peur que j'aie menti. Et puis tu sais, dans l'épicerie du coin, le vendeur a des traits pervers, mais bon, on est habitué. Mais il ne l'a pas supporté… Il m'a d'abord menacé, et dès qu'il a essayé de me battre, je suis partie.

Ashley semblait confuse. La tristesse se reflétait dans ses yeux. Ça me tuait de la voir dans cet état. Je n'aimais pas être coincée dans ces situations délicates, puisque je n'étais jamais de bons conseils, à moins de ne répéter des mensonges de lui dire que tout irait mieux maintenant, alors que nous savions tous que c'était faux. Il suffisait d'observer mon passé pour comprendre.

Je lui caressai le dos en guise de consolation. Elle paraissait anéantie, décomposée.

– N'y pense plus. Je suis là maintenant, et si tu veux, tu peux dormir un petit temps chez moi.

Elle pleurnicha de plus belle. Pour la réconforter, je décidai de nous préparer un plateau télé devant son film favori. Je souhaitais qu'elle se remette sur pied le plus vite possible. Malgré nos querelles, Ashley restait une amie et celle qui m'avait accueillie dès mon arrivée.

Dès qu'elle saisit mon idée, elle sourit puis prépara avec moi la nourriture. Ashley chauffa la bouilloire pour le thé tandis que j'installai tout à table. Je n'aimais pas trop son film préféré, cependant, j'étais prête à tout pour lui voler un sourire.

– Ça fera vingt-trois fois que je mate ce film !

Elle essuya ses larmes puis s'assit dans le sofa, le bol de maïs soufflés dans ses mains. Pendant ce temps-là, je me dépêchai de verser le thé dans nos tasses. Nous avions nos petits rituels entre nous. Le générique habituel se mit en route et ma copine chanta :

– Tuluttuuu tu tuluttuttuuu…

Je la retrouvais enfin, cette femme qui possédait la joie de vivre bien trop puissante pour se lamenter des semaines durant. Elle retrouvait le sourire et s'amusait pour un rien. Voilà, mon Ashley était de retour. Jason avait raison. J'avais besoin d'elle comme elle avait besoin de moi. Toutefois, l'égo nous rendait souvent aveugles et trop fières pour nous l'avouer.

– Tais-toi ! Je ne vois jamais le début ni la fin. Quand on le regarde, j'arrive toujours au milieu de l'histoire.

– Tu ne bouges pas ton popotin de ce fauteuil tant que tu n'auras pas vu Christian !

Je ne pus m'empêcher de plaisanter par la suite. Je repensais aux paroles de mon amie tandis que l'histoire commençait. Eyden est dangereux. Je n'étais pas rassurée à l'idée qu'il puisse vivre non loin d'ici alors qu'il l'avait menacée, voire battue. Je tentai du mieux que possible d'oublier mes soucis deux petites heures. Montrer mon inquiétude l'angoisserait elle aussi. Et puis, nous méritions bien une petite pause.

Nouvelle collègue

La vie reprenait son cours. J'essuyai la vaisselle tout en attendant l'arrivée de Lili. Je me demandais bien ce qu'elle faisait. Je ne savais pas du tout si c'était son genre d'être en retard. De plus, les préoccupations de la veille occupaient toujours mon esprit. Je me sentais perdue entre la joie de ma réconciliation avec Ashley et la peur de revoir mon père apparaître. La police m'avait rappelée en expliquant qu'ils le garderaient derrière les barreaux le temps de rassembler les preuves et du jugement. Bien que je ne comprenne pas beaucoup la justice, je me satisfaisais de cette nouvelle. Son casier judiciaire était trop plein pour qu'il puisse être relâché en liberté. Et par chance, Nicolas ignorait encore tout de sa présence. Je ne désirais pas lui en parler tout de suite. Il serait perturbé et tourmenté par l'atroce vérité, celle d'avoir un père violent, violeur, pervers, prêt à tout pour arriver à ses fins. L'image du héros se détruirait pour laisser celle d'un lâche. Comment réagirait mon frère face à ça ? Je n'osais pas l'imaginer, préférant me cacher derrière les mensonges et les sourires. D'ailleurs, je ne possédais pas suffisamment de forces pour le moment que pour lui déclarer toute l'histoire.

Après plus d'une heure de retard, j'abandonnai l'idée que Lili vienne au restaurant. Cependant, afin d'en être sûre, je finis par la chercher. Peut-être avait-elle fait un malaise sans que je ne la croise ce matin ? Elle fumait beaucoup trop et je craignais qu'elle ne perde connaissance.

Je passai dans les vestiaires, mis mon nez un peu partout puis réussis à ouvrir son casier avec un coup de clefs. Plusieurs paquets de cigarettes tombèrent au sol ainsi que des fiches. Je les pris en main puis me rendis compte que ce n'étaient pas vraiment des fiches, mais des photos Playboy d'hommes nus. Le dégoût me prit. Tout en grimaçant, je replaçai tout où il fallait pour continuer mon enquête. Où était-elle passée ? François ne m'avait pas prévenu de son départ. Je supposais donc qu'elle travaillait toujours à mes côtés.

Une fois dans les toilettes des dames, je ne vis personne. Le vide total. Le calme régnait à l'intérieur, et pour une fois, il n'y avait aucune mauvaise odeur. Je fronçai les sourcils, intriguée. Je ne comprenais pas la raison de son absence. Jason lui-même ne m'avait rien dit. Malheureusement, je ne possédais pas son numéro de téléphone. Comment allais-je faire toute seule ce matin ?

Je revins sur mes pas plongée dans mes pensées. Je retournai la situation dans tous les sens dans l'espoir d'être éclairée. Si Ashley était là, elle me dirait de ne pas me tourmenter pour rien, puisque Lili n'aurait pas été aussi inquiète à ma place. Néanmoins, cette jeune femme me semblait bien plus jeune qu'on ne le croyait. J'avais vingt-cinq ans tandis qu'elle n'en avait que dix-huit.

Je m'arrêtai face à l'entrée d'un air désespérée puis aperçus une métisse nettoyer le sol. Je ne l'avais jamais croisée dans ce bâtiment. Et si elle remplaçait Lili ? Vêtue d'un tablier blanc, cette latino retirait toutes les taches et chewing-gums sous les tables. Avec mon expérience, je comprenais l'expression de dégoût sur son visage.

– Bonjour, je m'appelle Olympe. Je travaille d'ici depuis trois jours.

Elle arrêta ses mouvements rythmés, se redressa puis me fixa d'un regard vide.

– Moi c'est Giulia. Le patron m'a embauchée ce matin à l'heure d'ouverture. L'ancienne aurait dépassé les bornes. Peu importe, j'ai un boulot maintenant !

Je hochai la tête d'un air approbateur. Elle ne semblait pas vouloir discuter plus longtemps. Il fallait dire que je ne m'attendais pas à ça. Lili, virée ? Pourquoi ? Jusqu'ici, François avait accepté toutes ses remarques puisqu'il suffisait de les ignorer. Et si elle avait vraiment été trop loin ? J'en oubliais presque mes soucis ! Comme disait Nicolas, je me préoccupais trop des sorts des autres.

– Super, j'espère qu'on s'entendra bien !

– Moi aussi, maintenant, bouge tes fesses que je finisse ce sol dégueulasse.

Un sourire s'étira sur mes lèvres. Giulia me faisait penser à ces jeunes rebelles dans les quartiers. Je me demandais bien qu'elle était son histoire. Tout le monde en détenait une à raconter ici. Je repris mon poste à la hâte. Les verres attendaient d'être essuyés correctement, les bouteilles à leur place et le matériel rangé. Subitement, la sonnette de l'entrée retentit et un client entra de bonne humeur. Je me hâtai de l'accueillir, à présent seule pour toute la salle, puis l'installai à table. Cet homme avait la cinquantaine et les cheveux gris. Ses énormes poches sous les yeux exprimaient la fatigue encaissée après toutes ces années. Les rides sur ses joues montraient tous les rires et bons moments passés en famille. Nous avions besoin de personnes comme lui ici pour nous sentir bien. Il paraissait si joyeux.

Toutefois, il empestait le tabac. Quant à son haleine, je préférais ne pas en débattre. Il avait bu de l'alcool avant de venir et le règlement était strict. Nous ne pouvions pas servir des hommes déjà ivres pour éviter les problèmes. Aussitôt, je lui donnai la carte du restaurant. Ce dernier commanda un verre de whisky. Mes yeux s'écarquillèrent. Comment réagir ? Indécise, je feignis de me rendre au bar pour m'empresser vers le bureau de François. Il saurait quoi faire. De plus, je ne désirais pas perdre mon poste pour avoir envoyé un homme à l'hôpital. Combien mourraient par une overdose d'alcool par mois dans ce ghetto ? Peut-être quatre, cinq. C'était déjà de trop. À peine avais-je toqué qu'il m'invita à prendre place. Haletante, je réalisai que Giulia était seule dans la pièce avec ce pauvre gars. Leur discussion devait être l'une des plus passionnantes…

– Bien, que se passe-t-il ? Tu sembles troublée !

– Un homme vient d'arriver. Il dégage une odeur horrible et il souhaite commander de l'alcool. Je doute que ce soit une bonne idée… Je crois qu'il est déjà ivre et le règlement stipule bien l'interdiction de servir un homme ayant déjà consommé de l'alcool.

Mon patron comprit où je voulais en venir. Lorsque j'avais commencé mon travail au Smithoothe, je m'étais renseignée sur ce lieu. Des anciennes serveuses avaient subi des attouchements sexuels, une main déplacée sur les fesses, les seins, des avances… Cela me terrorisait. Je ne désirais pas revivre ce cauchemar et encore moins l'observer sur une autre femme. Ces hommes se permettaient tout, et pour arranger le problème, Frank resserrait les règles. J'avais évidemment lu le règlement juste avant d'avoir signé le contrat pour ne pas désobéir à ses lois. Après avoir été licenciée, la peur d'être de nouveau à la rue ne me quittait plus.

– Je m'en occupe. Retourne à ton poste, d'autres clients vont arriver.

– Oui, monsieur.

Je revins sur mes pas et découvris une famille sur le seuil de la porte. Je les installai puis ils commandèrent des sodas et des pizzas. Un couple préféra un plat plus gastronomique et une mère demanda deux glaces à la vanille pour elle et son fils. Pour une fois, j'avais du monde dans la pièce ce qui attirait des clients qui ne montraient jamais le bout de leur nez ici. Jamais auparavant au B&C je n'avais eu autant de tâches à accomplir. Je ramassais plusieurs pourboires grâce à ma politesse. Bon Dieu, ce travail payait tellement mieux que l'ancien. Je ramerai un peu moins en fin de mois et me débrouillerai pour offrir à Nicolas une pâtisserie par semaine.

Pendant que je servais le couple de vieillots, un homme m'appela.

– Madame ? Deux verres de Martini, s'il vous plaît !

Je ne sus comment leur annoncer la nouvelle. Nous n'avions plus de Martini. Jason m'avait touché un mot sur les livraisons qui n'étaient pas arrivées à temps. Cela nous empêchait de servir comme il le fallait les personnes, et beaucoup semblaient déçus de ne pas avoir leur choix sur la carte. Cependant, je pris mon courage à deux mains tout en restant professionnelle.

– Excusez-moi monsieur, mais nous sommes en rupture de stock. Puis-je vous proposer notre vin blanc ?

L'homme sembla contrarié, mais sa femme accepta ma demande.

– Nous prendrons cela, et deux autres sodas pour les enfants.

Je notai sur mon petit calepin la commande puis m'éclipsai au comptoir où Giulia m'attendait avec le sourire. Elle attacha la feuille des repas tandis que je préparai les verres. Jason se pressa de nous rejoindre pour prendre sa place au bar. Je digérais un peu mal le fait qu'il soit barman et non moi, mais il le méritait. Je n'avais pas à me plaindre puisque de toute façon, je prenais la plupart des pourboires dans cette pièce pendant que lui patientait dans le calme derrière le bar. Peu s'y rendait la journée.

Je l'embrassai tendrement quand il fut à ma hauteur. Il posa un tendre baiser sur mes lèvres avant de se retirer. Le patron venait de l'appeler à cause d'un problème technique. Seul notre homme à tout faire pouvait l'aider. François évitait de payer des professionnels s'il pouvait arranger les problèmes grâce à ses employés comme me l'avait expliqué Jason. Il leur offrait une prime, qui de toute manière, restait plus petite que les prix proposés par des pros. Pendant toute la journée, je ne consacrais que très peu de temps à mon amant.

– On se parle à la pause, murmura-t-il.

– J'en doute, il y a trop de monde ! Je croule sous les commandes...

Il ne répondit pas. Son clin d'œil fut l'unique réponse qu'il m'accorda du matin au soir. Son comportement n'était pas habituel, bien trop distant et sec. Quelque chose clochait. Généralement, il ne me quittait pas d'une semelle, m'embrassait la joue dès qu'il avait cinq minutes de répit ou m'aidait en salle. Je réfléchis à cette distance qu'il imposait pendant que j'apportais les assiettes aux personnes. Je n'écoutai qu'à moitié ce qu'ils me disaient. Je connaissais très bien le milieu, soit ils se plaignaient de la qualité, soit ils me remerciaient de mon hospitalité.

– Cela vous fera un total de septante-huit dollars.

Par chance, ils me donnèrent la somme juste puis disparurent au fond de la rue. J'appelai Giulia pour qu'elle m'aide à débarrasser les tables. Cette dernière nous ramena un chariot afin que l'on puisse tout mettre dessus. La journée se terminait petit à petit. Jamais elle n'avait été aussi mouvementée. On sentait bien que les autres cafés avaient des difficultés à tenir le coup dans ce ghetto. Trois autres fermaient cette semaine pour faillite.

Je me rendis alors dans la cuisine pour prendre le rôle de plongeur. Jason travaillait à côté du frigo pour réparer la prise de courant. Les minutes défilaient sans que je m'en préoccupe. L'eau coulait et les assiettes se lavaient. La pile de vaisselle propre grossissait à vue d'œil au fur et à mesure que j'avançais.

Lorsque la charge devint moins conséquente, je jetai un regard derrière moi puis ralentis la cadence. Jason se déchaînait avec agacement sur le système électrique d'où des bruits de crépitement provenaient. Toutefois, ce qui préoccupa mon esprit fut ce fameux liquide noir, gluant et si épais. Mes réflexions se dirigèrent aussitôt sur la Bête, à ce jour où il eut un accident de voiture, à mon voisin qui revint avec cette chose sur les mains, à tous ces meurtres, mais en particulier, à sa chambre avec le plan et la liste. Je coupai l'eau, les yeux ronds puis percutai Giulia quand je voulus sortir de la pièce à reculons. Elle râla, agacée. L'attention de Jason se posa sur moi.

– Olympe, fais attention où tu fous tes pieds ! J'ai besoin de place moi, t'as vu mes fesses ? Alors, observe-les bien, car tu comprendras que j'ai besoin d'un grand espace vital !

Sur ce, je sortis à l'extérieur dans l'espoir de changer d'air et de me calmer. Je me sentais égarée sur mon chemin de vie. « Ne sois pas trop excessive, Olympe. Réfléchis. Ça ne doit être qu'un hasard… Cesse de t'inquiéter à la moindre occasion » Ce liquide provenait peut-être de sa malle à outils ? Malgré cela, je n'eus pas l'occasion d'y penser puisque la porte s'ouvrit. Je sentis sa présence à mes côtés. En quelques jours avec lui, j'avais oublié où je vivais, soit un ghetto terrorisé par la Bête. J'avais oublié toutes mes angoisses, mes craintes, mon malheur, ma vie. Je vivais dans un monde irréel où son amour me berçait dans la confiance et la sérénité.

– Que se passe-t-il, ma belle ? chuchota mon petit-ami en se frottant les mains.

Je pris du recul tout en observant dans le vide, toujours dans mes pensées.

– Je te pose la même question. Tu es différent depuis hier soir, un peu plus distant.

Je me méfiais de lui et gardai mes distances. Je n'aimais pas ce jeu du chat et la souris, de fuis-moi je te suis. C'était une perte de temps à mes yeux. Cependant, je désirais avoir un contrôle sur mes émotions, sans être trop excessive ni prendre de décisions trop hâtives. Cela me jouait trop de tours depuis un moment. Je me posais plusieurs questions. Surtout que Jason avait été là quand Dylan sortit de l'ombre.

– C'était quoi ce liquide sur ta main ? Le même que…

– La Bête ? Olympe, pourrais-tu une fois arrêter de tout relier à ce monstre ? Combien de fois vais-je devoir te prouver que je suis normal, moi, un humain ?! Toutes nos disputes démarrent sur ta paranoïa. Dès que tu en parles, ça finit mal. Cesse d'angoisser et vis un peu !

Sa voix fut si glaciale que des frissons me parcoururent de la tête aux pieds. Grelotante, j'étais paralysée. Jamais il ne me parlait sur ce ton si… agressif. Jason s'énervait à une vitesse folle, telle une Bête. Je ne l'avais jamais vu dans un tel état. Je n'osais plus le regarder dans les yeux, trop honteuse par mes idées et mes craintes. Et s'il avait raison ? Et si j'étais trop anxieuse ces temps-ci ? Sans prononcer un mot de plus, il rentra en claquant la porte tandis que je me retrouvais seule face à mon sort. Je me disais qu'il n'aurait pas fait ça s'il n'avait rien à se reprocher. Je tentai en vain de me calmer. À présent, je pouvais en être certaine. Jason ne maîtrisait pas sa colère.

Un tête-à-tête

– Olympe, la télévision ne s'allume pas ! cria Nicolas la bouche pleine.

Je soupirai puis abandonnai mes occupations. Qu'est-ce qui clochait encore une fois ? Cette fichue machine ne fonctionnait pas tout le temps et ces problèmes électriques commençaient sérieusement à m'agacer. Je ne connaissais rien au monde de l'électronique. Toute ma vie se résumait à la cuisine, les cocktails et les livres. Le travail m'épuisait chaque jour et je ne voyais pas l'utilité d'en apprendre plus sur l'électricité.

Mes paupières étaient si lourdes. Je ne tiendrai plus longtemps debout. Lorsque j'arrivai dans le salon, la première chose qui me frappa aux yeux fut le bordel causé par mon frère. Des chaussettes sales traînaient au sol avec des morceaux de chips sur le canapé et des restes de pizza sur la table basse. Un vrai cauchemar. Comment Nicolas réussissait-il à salir autant une pièce à lui tout seul ? Je ne comprendrais jamais les hommes, petits ou grands ! Je me demandais même si ce foutoir n'était pas un canular !

– Nicolas, range-moi ça tout de suite ! Regarde comme c'est dégueulasse. Tu pourrais m'aider un peu, non ?!

Tandis que je m'énervais contre lui, tout en ramassant ses vêtements, il ne bougea pas d'un poil. Au contraire, ce dernier me tendit la télécommande pour que je puisse régler le souci de la télévision. Je l'ignorai puis m'attardai sur les restes de nourriture. Bon sang, qu'est-ce que je me sentais honteuse. Heureusement que je n'accueillais jamais personne dans mon appartement, c'était une vraie déchetterie. Toutefois, après avoir passé l'aspirateur et nettoyé un minimum le sol, Nicolas ne réagissait toujours pas. Je me posai donc face à lui, bras croisés puis attendis qu'il se lève, mais en vain, mon frère restait un homme.

– Rappelle-moi ce que j'ai demandé gentiment il y a cinq minutes...

Il haussa les épaules d'un air innocent. Dans ces moments-là, j'avais vraiment envie de l'étriper.

– J'avais pas envie... Et la télévision est toujours en panne !

J'ouvris la bouche pour riposter, cependant, rien n'en sortit. Qu'est-ce que je lui dirais ? J'étais trop exténuée pour me battre contre ses caprices qui me prendraient plus d'énergies qu'il ne le faudrait. Mon silence lui suffirait pour l'instant. Il fallait dire que Nicolas entrait petit à petit dans l'adolescence et que bientôt, nous n'aurions plus cette relation aussi forte entre nous.

Les larmes me montèrent aux yeux puis perlèrent sur mes joues en feu. Je les essuyai à la hâte avant que mon frère ne me voie dans cet état. Néanmoins, la tristesse revint à l'attaque. Elle me consumait, me rongeait de l'intérieur depuis bien trop longtemps. Je voulais être plus forte que mon mental ne pouvait supporter, je voulais tout assumer seule sans partager mes problèmes. Cette situation me rendait malade. J'en avais assez d'être dans ce ghetto, dans cette galère à cause de parents irresponsables. Bon sang, qu'est-ce que je ne ferai pas pour partir ! Tandis que mes émotions me troublaient, ce fichu écran ne se rallumait pas. Je m'agaçai sur la télévision puis ne sus contrôler plus longtemps mes sentiments.

Je courus jusqu'à ma chambre où je m'effondrai sur le lit en pleurant. Pourquoi devais-je subir ce cauchemar ? Je me sentais bloquée, emprisonnée dans cette vie-ci. J'étais coincée dans un chemin sans fin où m'attendaient encore bien des épreuves. Je fuyais le passé depuis des années pour qu'il me rattrape finalement au galop. J'avais élevé Nicolas dans l'espoir que ce soit un homme bon, mais je n'étais pas la mère qu'il aurait voulue. Mon frère souhaitait voir sa véritable maman. Je n'étais que sa sœur, rien de plus. Voilà pourquoi il cessait de m'écouter. Et puis ses questions incessantes sur son père m'épuisaient tout autant. Je sanglotai dans mon coin pendant de longues minutes. Rares étaient les jours où je sourirais et riais à cœur joie. Je portais souvent ce masque pour ne pas inquiéter mon frère. Je ne pensais plus à moi, mais à lui, à sa vie. La douleur enflammait mon cœur telle une bûche de bois dans les flammes. Elle le serrait, l'oppressait.

Subitement, l'impression de manquer d'oxygène me prit. J'ouvris la fenêtre pour m'appuyer sur le bord. Je devais me calmer avant d'attiser la curiosité de Nicolas. Pourquoi la tristesse était-elle toujours si profonde ? Si intense ? Comme si elle écrasait mon cœur. Pourquoi ne pouvais-je pas être heureuse ? J'étais perdue dans un tourment d'émotions. Je ne savais pas en sortir, ou plutôt, je ne savais pas comment en sortir. Je fermais des portes sans en ouvrir des nouvelles puisque je ne trouvais pas la clef. Je ne me connaissais même plus. Qui étais-je au fond ? Une femme à l'enfance brisée qui dut prendre en charge son frère pour le sauver. Une femme triste qui se voyait tourmentée par la présence d'un monstre. Où était la joie, le bonheur dans tout ça ?

Soudain, j'aperçus Jason pénétrer dans le bâtiment. Je fronçai les sourcils. Qu'est-ce qu'il foutait là ? Je pensais qu'il avait été assez clair dans ses propos quelques heures plus tôt. De toute façon, je ne me faisais plus d'idées sur lui. Il cachait un terrible secret et je savais très bien qu'il ne m'en parlerait pas de sitôt. Je rinçais alors mon visage à l'eau froide dans l'espoir que mes yeux rouges reprennent leur apparence normale. Je n'avais pas la force de répondre à d'innombrables questions. Tout ce que je désirais, c'était qu'on me laisse tranquille, qu'on me laisse sous les couettes pour toujours. L'illusion et le rêve paraissaient parfois excellents comme solution à mon désespoir.

La sonnette retentit et j'entendis les pas de Nicolas se diriger vers l'entrée. Je m'empressai de ranger un minimum ma chambre avant qu'il ne me découvre ici. « Nicolas, dis-lui que je suis malade ou absente, je t'en supplie », pensai-je. La voix sur laquelle Jason m'avait parlé tantôt me crispait toujours.

– Bonsoir, mon p'tit, Olympe est là ?

– Oui, oui ! Passe le couloir et c'est la dernière porte à gauche. Ne va pas à droite, ce sont les toilettes. Ça ne fera pas le bon effet si tu te trompes !

Je ricanai. Mon frère était vraiment hilarant comme enfant. Toutefois, je ne pouvais plus fuir sa présence, car maintenant Jason était chez moi. Je frottai mon visage puis remis mes vêtements correctement. Pourvu que je sois présentable… La nervosité battait dans mes veines. L'adrénaline monta d'un cran. Je jetai un coup d'œil dans le miroir. Je ne ressemblais à rien. J'attachais mes cheveux en un chignon rapide. La robe fleurie que je portais m'arrivait jusqu'aux genoux. Je n'avais pas le courage de me montrer ou d'aller à sa rencontre. J'étais une lâche.

Je ne m'affranchissais pas. Je n'osais pas faire le premier pas, et je me plaignais assez souvent pour le rendre fou. D'ailleurs, si Ashley n'était pas venue vers moi lors de mon emménagement, jamais nous ne serions devenues meilleures amies.

Tandis que je me torturais l'esprit pour savoir comment je devais me comporter avec Jason, il ouvrit la porte de ma chambre et se présenta avec un bouquet de fleurs à la main – des roses rouges. J'étais paralysée sur place puis crus avoir les pieds collés au plancher. Je ne me déplaçai pas, comme paralysée. Seule ma bouche s'ouvrit, et comme à mon habitude, aucun son fut produit. J'écoutai le souffle de Jason et ressentis sa chaleur contre moi lorsqu'il s'approcha de mon corps.

– Je suis désolé pour ce qu'il s'est passé aujourd'hui, murmura-t-il avant de refermer la porte.

Il posa un tendre baiser sur mon front puis m'enlaça dans ses bras. Je fermai les yeux pour profiter de ce moment. Un sourire timide se forma sur mon visage sans que je ne puisse m'en empêcher. C'était la première fois qu'un homme s'excusait et m'offrait d'aussi belles roses. Ses mains sur ma taille, mille sensations explosèrent au creux de mon ventre. Son côté plus âgé le rendait vraiment sexy, en particulier avec sa barbe. Je profitai de cet instant en silence. Dès qu'il apparaissait, ma colère et toutes mes pensées noires s'envolaient. Cependant, je n'en oubliai pas pour autant ses mots.

– Parle, s'il te plaît, dit-il sur un ton hésitant.

Je pris une bouffée d'air avant de lui dire ce qui n'allait vraiment pas. Je souhaitais que ça marche entre nous. Jason était tellement sexy, beau, séducteur, mystérieux, tout ce qu'une femme aimait dans le physique d'un homme. Sa douceur me charmait, mais malheureusement, ses secrets le rendaient intouchable. Et ce que je ne désirais pas, c'était qu'un menteur vive à mes côtés. Oui, je détenais aussi mon jardin secret, mais j'étais prête à le partager avec lui s'il cessait toutes ces cachoteries.

– Je me connais mieux que quiconque, tu sais. Je suis excessive dans mes émotions, paranoïaque, parfois naïve, mais je ne changerai pas. C'est qui je suis… Et après ce que j'ai vécu, tu devrais comprendre mon comportement.

Il souffla puis me força à plonger mon regard dans le sien. Je fus surprise quand je vis ses yeux rougis par des pleurs. Et si je faisais fausse route ? Et si Jason était vraiment cet homme adorable qui ne dissimulait rien derrière sa beauté ?

– Tu me dois un rencard, tu t'en souviens ? Je veux qu'on le passe maintenant, ensemble. Rien que toi et moi.

Je me blottis contre lui. Un rendez-vous… Je gardais un très bon souvenir de ce jour à la fête foraine. Bien qu'on ait passé toute cette soirée à deux et qu'il m'ait laissée seule la nuit, je ne regrettais pas du tout. Peut-être qu'il profiterait de cette occasion pour discuter de sa vie passée ? Je l'embrassai tendrement et acceptai sa proposition. Je devais penser un peu à moi. Je demandai juste à Jason d'attendre pour que je puisse me changer. À mon vingtième anniversaire, Ashley m'avait offert une belle robe de soirée noire moulante. C'était l'occasion parfaite pour l'enfiler.

Je me déshabillai devant lui, gênée. Je sentis son regard brûler chaque parcelle de ma peau. Je fus soudain prise de fortes chaleurs. Était-ce l'effet qu'il me faisait ? Enfin revêtue, j'attrapai mon sac pour vérifier s'il y avait tout.

Sans que je ne m'y attende, Jason me poussa dans le lit et m'embrassa à pleine bouche. Son goût mielleux me transporta pendant que mes mains passaient dans sa chevelure. Il grogna légèrement. Nos langues s'assemblaient tandis que mon corps ressentait le besoin d'aller plus loin. Toutefois, une personne toqua à la porte ce qui bloqua directement notre élan. Je me retirai, stoppant ainsi le baiser, puis me relevai, timide. Il ne me quittait plus des yeux.

— Oui ? dis-je en replaçant une mèche de cheveux derrière mon oreille.

– Olympe, je sais pas quoi faire. Je passe du puzzle aux échecs, mais je veux la télévision. S'te plaît !

J'ouvris la porte puis m'esclaffai en voyant la grosse trace de chocolat autour de ses lèvres. Il avait trouvé ma cachette à biscuit. Avant que je ne lui réponde, Jason décida de réparer ce souci. Je lui promis de le remercier à ma façon sans que mon frère ne m'entende chuchoter. Avoir un homme chez soi était parfois avantageux. Il vous bricoler tout et n'importe quoi, en particulier quand vous n'aviez pas de dons en électroménager.

Pendant ce temps-là, je portai mes plus belles chaussures. Je me demandais où il allait m'amener pour ce rencard, car j'avais donné une condition – sortir de ce trou perdu. Évidemment, il relevait le défi avec plaisir. J'avais eu de la chance de le rencontrer à maintes reprises, sinon, je ne serais pas là aujourd'hui.

J'avertis mon petit frère qu'il resterait seul puisque je dînerai avec Jason. Je lui donnai trois billets afin qu'il puisse commander tout ce qu'il désirait. Nicolas connaissait bien les codes de sécurité depuis notre arrivée. Ouvrir avec un couteau coincé dans le dos et une bombe à poivre à côté, caché par la porte. De cette manière, je pouvais être certaine qu'il n'y avait pas de danger. Nous avions beaucoup de petits restaurants qui servaient à domicile pour obtenir un plus gros chiffre d'affaires.

— Tu penses qu'il saura se débrouiller ? demanda Jason quand nous fûmes à l'extérieur.

Je hochai la tête, sûre de moi. Jusqu'ici, il avait toujours été digne de confiance. Il écoutait mes règles. Je n'avais jamais eu de disputes avec lui.

– Un jour, j'ai eu un souci au café. Ashley et moi sommes parties d'urgence sur place et Nicolas a tenu une longue soirée, seul. Il avait seulement sept ans et n'a pas bougé de la télé une seule fois, trop absorbé par son dessin animé, répondis-je d'un air amusé.

Main dans la main, nous nous taisions et marchions à notre aise. Je ne courrais plus dans tous les sens. Je ne savais pas vraiment où nous allions manger, mais je prenais plaisir à me balader. La nuit ne tombait pas encore et le peu de rayons de soleil nous éclairait.

– J'ai toujours voulu te demander une chose, Olympe. Quand tu es venu chez moi, tu m'as accusé d'être la Bête, mais que sais-tu à son sujet ?

Je grimaçais. Son sujet ? Quelle question parfaite pour briser l'ambiance romantique entre nous. Il me fallut réfléchir un petit temps avant de répondre. Quelle drôle de conversation ! Je ne saisissais pas où il souhaitait en venir. Je ne connaissais pas beaucoup de faits sur ce monstre, à part les légendes urbaines et mon vécu sur la poursuite dans les rues. Toutefois, j'avais eu la chance de la voir, la croiser, et cela, sans être attrapée ni tuée !

– Quand j'ai aménagé dans cette ville, je n'ai pas cru tout de suite à ce mythe. Puis, j'ai constaté à mon tour le nombre de morts qui se succédaient. J'ai fait ma petite enquête. Je n'y croyais pas assez, jusqu'au jour où je me suis réveillée en pleine nuit et j'ai entendu ces hurlements de douleur. Dis-toi que je l'ai déjà aperçue de loin et qu'elle a tenté de me tuer. Si un jour j'avais le choix, je la mettrais sous terre pour que tout le monde soit sain et sauf. Cette bête hideuse ne devrait pas vivre ici.

Sa main resserra son étreinte autour de ma taille. Je lui jetai un coup d'œil. Il semblait irrité, offusqué par mes propos. Je vis la colère danser dans la lueur de ses yeux avant de disparaître. Jason m'expliqua qu'il n'était pas d'accord avec mes idées. D'après ses sources, que je ne connaissais pas, la Bête ne tuait que des personnes à l'âme mauvaise. Ces personnes qui en faisaient baver à tout le monde en volant, arnaquant et parfois, en violant. Cependant, je démontais sa théorie avec mon cas. Je n'avais fait de mal à personne et pourtant, ce monstre m'avait suivie et menacée à deux reprises, bien que je sois l'unique exemple pour le contredire.

Enfin, nous nous arrêtâmes face à un restaurant chic. Nous n'étions pas allés très loin, mais j'avais le plus cadeau qu'il soit – l'avoir à mes côtés. Je m'émerveillais lorsque mon regard scruta la pièce et chaque détail. Les couverts semblaient fabriqués à partir de véritable argent. Un lustre de diamants illuminait la pièce. Un rouge bordeaux tapissait tous les murs et les chaises confortables étaient enveloppées d'un décor fleuri. Je compris alors où nous nous trouvions – Chez Louis Cuisine. Un restaurant très cher où aucun habitant ne s'aventurait à l'intérieur. Seuls des touristes se rendaient ici puisque les prix étaient très élevés, dans leurs moyens.

Jason m'invita à m'asseoir et nous parcourûmes la carte avec appétit. Je mourrais de faim. Étonnamment, la nappe était douce. Elle glissait sous mes doigts. J'effleurai les trois verres à droite de mon assiette. Tout me paraissait si beau, précieux et merveilleux. Tout ce luxe ne me représentait pas. D'ailleurs, quand j'aperçus le prix d'un simple verre de vin, je fus prise d'un malaise. Je ne me permettrais pas de boire ça à ce coût juste pour trois gorgées. Non, non, je ne pouvais pas accepter l'offre de mon petit ami. Combien de mois avait-il économisé pour se payer cette soirée ? Je préférais ne pas y penser.

– Je ne me sens pas vraiment bien. Est-ce que tu penses qu'on pourrait aller en face, chez l'Italien ? chuchotai-je discrètement.

Ce dernier me rit au nez tout en plongeant son regard dans le mien. Il semblait adouci et serein, à croire qu'il avait l'habitude de payer si cher ses sorties.

– Si je t'ai amenée ici, c'est parce que j'en ai les moyens. Fais-toi plaisir, Olympe. Une femme aussi douce doit être protégée, gâtée et aimée, n'est-ce pas ? Peut-être même enfermée dans l'antre d'un homme dangereux, ricane ce dernier.

Il voulut apaiser l'atmosphère, cependant, ce fut tout le contraire. Cette phrase, ces paroles, c'était celles de notre première rencontre. La première fois au bar où il me fit si peur, si froid dans le dos que je crus en perdre pied. Je me rappelais la lueur dans ses yeux qui me glaça le sang. Non, je ne voulais pas d'une soirée champagne et caviar. Je désirais une simple soirée tranquille qui me reflétait telle que je suis. Jamais je n'avais demandé une somme pareille. Cela me paraissait inenvisageable !

– Non, je suis désolée. Sans vouloir être impolie Jason, je ne mangerais pas ici. Ce n'est pas moi ni toi. Nous sommes beaucoup plus du style à aller en face ou à se faire une soirée devant la télévision. Ta simple présence me suffit, tu sais.

Je me relevai dans le calme sans attirer l'attention des curieux alors que lui traîna sa chaise d'un bruit sourd. Tous les regards se dirigèrent vers nous. Merci à ta délicatesse d'homme, Jason ! Il me suivit donc jusqu'à l'extérieur.

– Attends-moi, tu me dois ce rencard. Nous avions promis…

Je me retournai vers lui, attendrie par sa détermination. Pourquoi il souhaitait autant ce rencard ? Nous étions en couple, nous n'avions plus besoin de ce prétexte.

– Si tu veux me faire plaisir, prenons à emporter chez cet Italien et rentrons chez moi. On restera dans le canapé et Nicolas ira dormir. Je serai à l'aise et toute à toi. Mais ce restaurant, je ne peux pas ! Les prix sont excessifs et avec ces trente-six couverts à table, je me sens perdue. Je ne sais même pas lequel utiliser, sans parler des verres !

Jason me coupa d'un chaste baiser et rapprocha mon corps du sien. Ses mains passèrent de mon visage à ma taille où ses doigts frôlèrent mes fesses. Il me serrait contre lui assez fort pour que je puisse sentir son parfum sucré. Il dégageait une chaleur agréable qui me réconfortait. Je me rappelai ce que nous avions commencé dans la chambre et fus prise de désirs irrésistibles.

– Très bien, allons chez toi pour un tête-à-tête, susurra-t-il à mon oreille.

Il resserra son étreinte. Une atmosphère sensuelle s'installa entre nous alors qu'une sensation s'éveilla au creux de mon intimité. Et s'il était l'homme de mes rêves ?

Mon plus grand cauchemar

– C'est bon, il s'est endormi, chuchotai-je en fermant la porte du salon.

Une fois Nicolas enfermé dans sa chambre pour jouer, je pris soin d'allumer des bougies dans la pièce qui nous plongeaient dans une ambiance plus sensuelle. Des pétales de roses parsemaient le sol. Jason se surpassait. Je préférais tellement cette scène à celle du restaurant. La simplicité me plaisait beaucoup plus. Tout était à sa place. Je revoyais les fameuses scènes romantiques dans les films américains. Je fus alors stupéfaite lorsque je vis la bouteille de vin rouge sur la table. Où l'avait-il trouvée ? Je n'en avais pas chez moi et je n'avais pas quitté d'une seconde Jason du regard. Sauf… Sauf plus d'une dizaine de minutes pour Nicolas. Jason était un magicien, ou simplement, il l'avait ramenée plus tôt quand je me cachais dans ma chambre…

La joie me comblait quand j'étais à ses côtés. Je me sentais bien, heureuse d'être chez moi et de ne plus me cacher derrière mes peurs. Je n'avais pas besoin d'endroits modestes pour qu'on m'impressionne. Un simple baiser me suffisait.

– Parfait. Trinquons à notre rencontre ! sourit-il à pleines dents.

J'attrapai mon verre, m'assis sur sa gauche puis trinquai. Le bruit résonna entre les quatre murs. Cela faisait des années que je n'avais plus eu de rencard. Mon premier amour avait vite fui quand il avait vu la violence de mon père. Je lui en avais voulu pendant si longtemps alors par la suite, je compris pourquoi un adolescent de quinze ans avait pris la fuite. Depuis mon arrivée dans ce ghetto, je rejetais les demandes par peur que mon cauchemar reprenne vie. On ne connaissait jamais un homme, en particulier les alcooliques de ce coin. Ils pouvaient être violents, mauvais, grincheux et je désirais éviter de perturber la vie de Nicolas.

Je chassai rapidement les démons du passé. Non, je ne gâcherais pas cette soirée. Il en était hors de questions. Je désirais lui faire plaisir, lui montrer que je ne suis pas toujours pessimiste ou angoissée. J'étais déterminée à me prendre en main, à prouver aux yeux de tous que je pourrais me sortir de cet endroit maudit. Cette envie, cette rage que je gardais au fond de moi se présentait chaque jour, à chaque fois que j'entendais leurs jugements, leurs critiques sur ma situation – celle d'un frère habitant avec sa grande sœur, celle de deux enfants sans parents, pauvres et sans avenir.

— Nicolas se porte bien en ce moment ? demanda curieusement Jason.

Je m'étranglai avec ma propre salive. Mon frère ? Il était plus qu'en pleine forme, même si je distinguais son inquiétude. Il semblait perplexe, tourmenté par quelque chose. Il se rebellait peu à peu sans raison particulière. Était-ce l'adolescence qui pointait le bout de son nez ?

– Oui. Il est juste de plus en plus difficile.

– Veux-tu que je lui parle ? Je pourrais peut-être savoir ce qu'il se cache en dessous de son comportement ? Ce n'est pas facile à son âge… Le corps change, les pensées évoluent. C'est tout un organisme qui doit retrouver son équilibre.

Je bus une gorgée d'alcool. Mes papilles explosèrent et ce vin enveloppa mes parois buccales. Ce goût m'était presque devenu inconnu au fil des années. Je réalisais que j'avais vraiment touché le fond pour vivre de cette façon. Comment en étais-je arrivée là ?

– Non, il est grand. C'est bien qu'il se rebelle. Il a de la force en lui et ça lui donnera une chance de sortir de ce ghetto.

Subitement, tout devint plus sombre, plus ténébreux comme si un secret planait dans la pièce. Je me sentais tellement oppressée que mes crises d'angoisses se manifestèrent. Je faisais mon possible pour m'apaiser quand sa main s'enlaça dans la mienne. Une lueur emplie de désirs dansait dans ses yeux bleus. Cette fois-ci, je ne réfléchis plus et l'embrassai passionnément. Nous basculâmes dans le sofa, allongé l'un sur l'autre. Sa prestance me dominait. Le goût sucré de ses lèvres m'excitait. J'en voulais plus, oui. Je souhaitais qu'il parcoure mon corps de ses mains, ses lèvres de ma bouche et son regard sur moi.

Mes poils se hérissèrent au contact de sa langue sur ma peau. Jason parsema mon cou de baisers puis descendit plus bas. Une délicieuse sensation se développa entre mes jambes. À la naissance de ma poitrine, il s'arrêta, le souffle court, ivre de désirs alors que je sentais bien son pénis durcir.

– Est-ce vraiment une bonne idée, Olympe ? Je ne veux pas du tout te forcer à…

Je le coupai pour poser mes lèvres à nouveau sur les siennes. Jason me porta sans arrêter notre baiser puis nous amena dans la chambre. La porte fermée, nos corps sur le lit, je profitai de cet instant pour glisser mes mains dans son caleçon. Il retira le bout de tissu qui couvrait ma peau. Je n'avais plus honte de moi ni de mes formes ou mes défauts. Je l'aimais et il m'aimait lui aussi. Jason acceptait mon enveloppe corporelle tout comme j'acceptais le sien. Excitée, je lui enlevai son t-shirt tandis qu'il se penchait vers moi en murmurant :

– Vous me rendez fou, mademoiselle Scott.

Je savais au fond de moi qu'il était le bon. C'était avec lui que je commencerai ma plus grande histoire d'amour et que je terminerai ma vie. Son rire, son regard, son sourire, je raffolais de tout chez lui. Le plaisir prenait possession de mon esprit. Il me guidait, me dictait comment agir. Je ne me contrôlais plus. Alors, je poussai Jason et il se coucha sur le dos. En califourchon sur ce dernier, je retirai mon soutien-gorge tandis qu'il s'approchait de mes seins. Cette soirée s'annonçait mielleuse.

*

Un air glacial me transporta dans cette douce nuit étrangement calme. J'ouvris les yeux puis me retournai vers la droite en espérant me blottir dans les bras de Jason, mais il n'était pas là. Je découvris le lit vide une nouvelle fois. Où était-il passé ? Je fronçai les sourcils, toujours dans les vapes. J'étais encore à moitié endormie, entre la réalité et le monde des rêves.

Je me recoiffai hâtivement pour ensuite me redresser. Une lumière provenait de la cuisine. Elle ne paraissait pas assez puissante pour éclairer une autre pièce ou même le couloir. À pas de loup, je le longeai dans le plus grand calme. Les ténèbres m'empêchaient de voir ce qu'il y avait à plus de deux mètres. Je vérifiai rapidement dans la chambre de Nicolas où mon frère dormait comme un ange. Je ne le dérangeai pas. Un enfant avait besoin d'un certain nombre d'heures de sommeil pour être en forme la journée...

Je marchais les pieds nus, frigorifiée. Je me demandais bien ce que faisait Jason à cette heure-ci. François nous avait donné nos jours de congé. Le Smithoothe était fermé. Il n'y avait plus d'excuses pour son absence. Plus rien ne vivait en ville, et une fois la nuit tombée, elle semblait morte, abandonnée contre son gré. Je ne vis personne dans la cuisine. Tout était à sa place, rangé comme il le fallait. Qu'est-ce qu'il se passait ici ? Mon pouls s'accéléra. Je me sentais nerveuse à l'idée qu'un voleur ait pu s'infiltrer entre les sorties de Jason. Par chance, mon manteau attaché au crochet sur le mur glissa à mon passage. Je le rattrapai de justesse, évitant le moindre bruit et l'enfilai. Il me réchauffa aussitôt.

Alors que je comptais retourner sous les couettes, j'entendis des pas se diriger vers la porte d'entrée. Un silence pesant suivit. Toutes les pièces furent plongées dans le noir à part la cuisine, là où je me trouvais. Il n'y avait plus de solutions. Soit je le traquais, soit j'attendais demain matin pour lui poser la question, au risque d'écouter des mensonges.

Je sautais sur l'occasion pour y aller. Évidemment, en sortant, je n'oubliai pas mon arme blanche, soit un couteau de la cuisine.

Le vent me frappa violemment le visage. Quelques gouttes de pluie s'effondraient sur Chicago. Devais-je faire demi-tour ? L'eau me mouillerait jusqu'aux os et je risquais d'être malade. Non, non je ne pouvais plus m'arrêter. Je désirais savoir ce que mijotait mon petit ami dans mon dos. Je pris alors mon courage à deux mains pour m'aventurer dans les noirceurs de la nuit, peu rassurée. Plusieurs bruits différents se firent de plus en plus distincts. Des hommes saouls sortaient des derniers cafés ouverts, les rats grignotaient les déchets de la journée. La ville vivait sous un autre jour, dans les ténèbres.

Une poubelle tomba en face de moi. Je sursautai, surprise et la contournai. Peut-être un chat avait-il vu de quoi se nourrir ? Cela ne m'étonnerait pas. Nous mourions tous de faim. Mais mon cœur battait à cent à l'heure. J'avais mal, mal à la gorge, à la poitrine où je sentais une pression s'exercer, à croire qu'un fantôme m'étranglait. Je manquais d'air, d'oxygène. Mais que faire ? Je balayai la scène du regard pour choisir une des ruelles. Jason en avait sûrement emprunté une pour partir. Perdue, l'idée de rentrer traversa mon esprit. Je le questionnerais demain sans mettre ma vie en danger. Cependant, lorsque je m'apprêtai à reculer, un hurlement résonna dans la rue principale, là où je me situais. Je ne pouvais plus faire l'impasse. Une victime nécessitait mon aide si elle souhaitait survivre.

Bien que je ne sois pas à l'aise, je suivis ce son et courus aussi vite que je le pus. J'allais au-delà de la librairie, du Smithoothe, de l'ancien café fermé, des vitrines et même au-dessus de chez Ashley où les ténèbres régnaient. Les habitants dormaient paisiblement alors qu'une personne criait, lançait des appels en détresse. Je ralentis alors la cadence, haletante. Ma poitrine se soulevait d'une façon irrégulière et mes vêtements étaient trempés par la pluie. Je grelottai sous le vent glacial qui caressa ma peau. Cette inconnue hurlait des injures et non des cris de souffrance. Je m'étais trompée, pourtant, je savais ce que j'avais entendu. Ces hurlements me semblaient similaires aux derniers écoutés lors de ma sortie avec la Bête.

– Je savais que c'était toi ! Tes yeux bleus sont trop spéciaux… J'aurais dû me méfier de toi, salopard ! J'avais le temps de partir… pesta celle-ci.

Je n'osais pas jeter un regard, par peur qu'on ne me voie. Collée contre le mur, j'attendis que la scène se calme tout en gardant l'oreille ouverte.

– Tu étais avec eux, ce jour-là, Blanche. Tu m'as trahi. Tu as participé à ce massacre, à cette malédiction !

La voix de cet homme fut plus grave que je ne l'aurais espéré. J'eus l'étrange pressentiment que c'était celle de Jason. Comment aurait-il pu m'abandonner pour voir cette femme ? Non, non, je devais forcément me tromper ! Prise d'hésitation, je passai discrètement ma tête quand j'entendis un grognement fort, puissant, sourd qui provenait du fond de la gorge. Je ne quittais plus la scène du regard. Pour la première fois de ma vie, je ne pouvais plus fuir ni même me cacher. Je me mis au centre de cette ruelle sinueuse et aperçus la jeune femme blonde allongée à terre, tâchée de sang sur sa robe. La lueur dans ses yeux exprimait l'affolement. Elle paraissait possédée par l'effroi. Elle me fixa l'histoire de quelques secondes, mais ce fut suffisant pour que l'homme se retourne vers moi à son tour. J'écarquillai les yeux et m'écroulai sur les genoux, la bouche ouverte. Mes larmes coulèrent d'elles seules. Mon corps commença à trembler. J'avais peur. Bordel, l'effroi se vivait au fond de mes tripes sans que je ne puisse réagir. Mon sang sa glaça dans mes veines. Je devins livide. Tout se déroula si vite. Ma vie s'effondrait une seconde fois.

Il se transforma en la Bête et la tua sans scrupule devant moi. Ses membres arrachés baignaient dans ce liquide rougeâtre au goût de fer. Je ne me déplaçais pas, non. J'avais la chair de poule. Mes émotions se bousculaient tellement que j'eus des nausées. Le déchirement de ses membres fut de trop pour mes yeux, mon ouïe, mon âme. Je versai mon amertume sur les pavés et les parois de ma gorge s'enflammèrent. À présent, je le savais, je savais que Jason était la Bête. Ce monstre qui me hantait la nuit comme le jour. Son ombre qui me berçait depuis mon arrivée. Je comprenais la raison de ces sorties nocturnes. Oui, Jason était mon plus grand cauchemar.

Elle est là

Assise au sol, j'étais paralysée. Non, je n'avais pas rêvé. Il était bien là face à moi. Cet effroi, cette peur s'installa au creux de mon ventre. Ces sensations désagréables réapparurent. Des violentes nausées me prirent brutalement. Mon estomac se nouait et ma gorge se serrait. Je devais faire un effort incroyable pour ne pas encore vomir sur le côté du trottoir. Je me sentais possédée par mes angoisses.

Je portai la main sur mes lèvres, abasourdie par cette révélation. Tout s'écroulait autour de moi. Jason, l'homme pour qui je développais des sentiments sincères, l'homme avec qui j'avais fait ma première fois avec amour. Cet Appolon qui s'avérait être la Bête. Mon sang se glaça dans mes veines. Mon souffle se coupa. Je tremblai comme une feuille quand son regard croisa le mien. Il y avait bien une similitude, comme je l'avais toujours pensé. Ses pupilles passèrent d'un bleu métal au rouge vif. Cela me donnait l'irrésistible envie de fuir, prendre mes jambes à mon cou et de me barrer de là. Mon corps se raidissait. J'étais vraiment paniquée, horrifiée par ce que j'observais. Son souffle gras m'effrayait. Je fixai sa gueule, d'énormes dents blanches pointues se distinguaient de son pelage ébène. Rien ne sortit de ma bouche, pas une parole, ni un son, pas un souffle. Pourtant, j'aurais voulu hurler de terreur, crier à en perdre la voix, mais je n'en avais plus la force. Mes poils se hérissèrent et des frissons me parcoururent de la tête aux pieds. L'ambiance devint aussitôt très sombre, inquiétante. Mes dents claquaient et mes mains devenaient moites. Je n'entendais plus que les battements de mon cœur qui s'accéléraient au fur et à mesure que le temps s'écoulait devant ce monstre. J'hésitai alors à courir loin d'ici, de tout ça, ou de rester pour guider ce démon vers la lumière. Je n'arrivais même plus à tenir sur mes deux guiboles. Jason s'approcha de moi de quelques pas.

Soudain, les lampadaires dans les ruelles qui nous éclairaient s'éteignirent. Voilà, j'étais plongée dans le noir le plus complet, seule, isolée de tous et avec l'ennemi le plus redoutable de ce ghetto – la Bête. Mon cœur, qui battait à tout rompre, m'oppressait. Je manquais d'air, je me sentais oppressée dans cette atmosphère comme si une personne pressait ma poitrine. Toutes ces secondes dans les ténèbres me parurent semblables à l'éternité. La peur me gagnait, me dominait. J'avais les jambes en coton.

Avec le peu d'audace et de courage qu'il me restait, je m'éloignai du mur duquel j'étais collée depuis plus d'une dizaine de minutes. Je ne bougeai plus, attentive aux bruits qui m'entouraient. Bien que mon cœur souhaitât qu'il disparaisse, la raison me rappelait le contraire. Jason était à quelques centimètres de moi. Son souffle effleurait mon visage. Son haleine empestait la chair fraîche, le sang, l'humidité. Je devins livide et perdis l'usage de la parole. Comment aurais-je pu lui parler ? Jason était mon pire cauchemar ! Comment avait-il fait pour me le cacher si longtemps ? J'avais toujours nié cette existence en lui, trop apeurée à l'idée que cet Apollon soit véritablement un monstre, à part ce jour dans sa chambre où je découvris le plan. Tant d'indices s'étaient pourtant offerts à moi, avec ses absences et ce liquide. J'avais fermé les yeux pour que l'on s'enflamme toujours dans cette relation qui me brûlait les ailes. Je venais de m'effondrer au sol, réalisant trop tard mon erreur.

L'amour n'était qu'une bataille sans fin enveloppée de mensonges et de douleurs. La voix de Jason s'insinua alors dans mon esprit. Cela devenait presque habituel, normal pour mon cerveau. « Ne sois pas si terrifiée par mon apparence, nous le savions depuis le début. Mon bureau, ce liquide et ces phrases que je prononçais pour te mettre sur la piste. Je n'ai fait que te protéger, ma Belle. »

Cette dernière caressa mes joues de ses grosses griffes. Ça me répugnait. Cet homme avait tué tant de personnes innocentes ! Néanmoins, je me rappelais ses mots. Il n'assassinait que ceux qui le méritaient, mais comment le savait-il ? J'éclatai en sanglots puis le repoussai. Je ne désirais plus le voir. Tout semblait confus dans mon esprit. Tous mes repères, mes sentiments étaient réduits au néant. La colère transporta mon cœur et tous ces bons souvenirs. Jason n'était pas mon petit ami, mais un monstre ni plus ni moins. C'était fini. Ce désir de prendre en main ma vie était trop puissant. Je ne pouvais plus m'abattre, ni même me laisser embobiner par de tels mensonges.

Prise d'une force inconnue, je hurlai à en perdre la voix, les yeux fermés. Je ne désirais plus la regarder dans les yeux… Je hurlai, je criai et je pleurai, encore et encore toute la haine cachée au fond de moi. J'avais la rage, la rage qu'il m'ait menti, à moi, sa petite amie ! J'étais en colère contre cette putain de vie merdique que je menais. J'étais en colère contre cet amour malsain dans lequel il m'avait emprisonnée. J'étais en colère d'avoir perdu tant de personnes que j'aimais pour ce monstre. Jason m'avait aveuglée par son charisme, à croire qu'il m'avait envoûtée. Et dire qu'il avait osé se disputer avec moi au sujet de la

Bête, en me traitant de folle, alors qu'il me testait ! Sur l'instant même, je le détestais au plus profond de mon âme.

Pendant que je faisais entendre mon amertume comme jamais, que le voisinage devait m'observer d'un air ahuri, je rouvris les yeux. Les lampadaires étonnamment rallumés, je jetai un regard furtif sur le cul-de-sac. Plus rien, plus de victime, plus de Bête, juste moi et ce liquide noir, gluant et épais.

Pour la première fois depuis mon aménagement dans ces quartiers, je me sentais vraiment seule. Je n'avais plus cette impression d'être suivie ou observée. Pour la première fois, il faisait vraiment calme, serein dans les rues. L'atmosphère oppressante devint plus apaisante. Je frottai à l'aide de mes manches mon visage. Est-ce que c'était la fin d'une histoire, de mon histoire ?

Abasourdie par cet événement, je rentrai d'un pas lent. L'image de son regard, de son visage, de son corps resterait à jamais gravée dans mon esprit. J'entendais encore sa voix me chuchoter à l'oreille ce qu'il avait fait. Je lui en voulais tellement de m'avoir manipulée. La nervosité me contrôlait toujours. Je serrai les poings le plus fort possible pour faire retomber la pression. Je devais me calmer si je souhaitais me sentir mieux. Pendant que je longeais les épiceries, la vie de nuit reprit son cours, comme si la Bête n'avait jamais existé. Des personnes sortaient des cafés, criaient de joie, s'amusaient sans aucune crainte. Je balayai la scène du regard. Il y avait tant de monde lors de son absence. Je me sentais confuse et perdue dans mes sentiments. Mon cerveau avait des difficultés à réaliser ce qu'il venait de se produire. La tristesse me consumait parce que je l'aimais et je refusais de croire en cette vérité atroce. Cette relation me paraissait beaucoup plus complexe que prévu. Comment aurais-je le courage de lui pardonner ses actes ?

Je descendis du trottoir pour tourner sur la droite. Mon esprit était occupé. Je ressassais chaque scène de cette soirée. Tandis que la lune brillait de toute sa splendeur, je rentrai dans mon appartement et jetai à terre mon manteau. Les pièces étaient baignées dans le silence le plus total. La réalité revint alors au galop. Jason était parti, il m'avait laissée, abandonnée. Jason était la Bête et il avait volé mon cœur meurtri par mon passé. Cet homme m'avait aidée à rafistoler toutes les parties brisées grâce à nos moments ensemble. Mon corps, devenu trop lourd, s'effondra sur le matelas. Je ne ressentais plus l'envie de vivre. Toutefois, je me devais de comprendre pourquoi il mentait depuis le début.

À bout de tout, je fermai les yeux, couverte par les couettes. La fatigue m'amena alors dans un monde cauchemardesque, dans un monde des plus sombres. Pourquoi la vie s'en prenait sans cesse à moi ?

Je suis navré

Nicolas me réveilla en sautant dans mon lit comme un fou. Ses cris étaient si aigus que je me levai avec un mal de crâne. Cette journée s'annonçait très mal. Je hurlai sur mon petit frère d'un air agressif, prise par ma mauvaise humeur. Je ne l'avais jamais fait jusqu'ici. La lumière traversait la pièce à travers les rideaux. Quelle heure était-il ?

Néanmoins, ma réaction ne plut pas à mon frère qui arrêta sur-le-champ ses bêtises et sortit de la chambre, apeuré par ma propre personne. Boom, boom, ma tête faisait si mal… Pourquoi sautait-il comme ça sur mon matelas ? Il ne faisait plus ça depuis des années. Mes pensées se dirigèrent alors vers ma soirée très mouvementée, je sentis les larmes me monter aux yeux. Je ravalai mes sanglots. Non, je ne gâcherai pas plus d'heures à pleurer pour lui. Même si mes sentiments restaient présents, je ne pleurnicherais plus. J'étais une femme, j'étais une adulte et je devais me comporter comme tel. Jason avait merdé, il m'avait menti alors que j'étais honnête dès le départ. C'était un arnaqueur.

Alors que je me redressais, prête à m'habiller, Nicolas dit du salon :

– Olympe, ton mec est là !

Aussitôt, une boule se forma dans ma gorge, la pression descendit dans l'estomac. Je ne voulais pas le voir. Je ne pouvais plus le regarder et faire comme si je ne connaissais pas la vérité. Par chance, il ne se transformait pas sous la lumière du jour. Cela ne m'empêchait pas d'être effrayée par la situation, par le fait que la Bête se trouvait dans mon appartement, seule, avec Nicolas. Pour notre sécurité, j'attrapai l'arme à feu que je cachais dans une boîte bien précise. Je n'avais pas le choix. Je ne faisais pas le poids contre un homme.

L'adrénaline coulant dans mes veines, j'entrai dans la pièce en le visant. Je fus surprise par son apparence. Ses cheveux étaient en bataille et son teint trop pâle. Il avait l'air d'un chien battu. Je regrettais tous ces moments passés à deux, mais il n'y avait plus de « nous deux ».

– Olympe, qu'est-ce tu fais ?! fit Nicolas en se réfugiant derrière moi.

Je ne lâchais pas du regard Jason.

– Cet homme est un mauvais. Va dans ta chambre et n'en sors pas avant mon signal !

Je refusais de dire le mot « meurtrier » pour ne pas l'angoisser. Il n'avait pas à connaître ce que je savais sur Jason, sinon, il n'oserait plus le regarder non plus. Je devais faire seule face à la réalité. Mon frère voulut riposter, mais je criai une seconde fois d'un ton plus ferme. Il ne me répondit plus puis s'empressa de se cacher. Mon comportement l'étonna, mais je me promis de ne plus lui hurler dessus de cette manière après le départ de Jason.

Boom. Boom. Ce fichu mal de tête revenait à la charge tandis que nous étions enfin seuls. La Bête s'assit dans le fauteuil. J'avais beau le menacer, il ne bougeait pas et sanglotait. Je posai mon arme contre sa tempe, contrôlant mes tremblements, tandis que mon autre main composait le numéro des autorités. Je ne voulais plus avoir affaire à lui. Toutefois, je fus prise d'hésitation. Malgré moi, je ressentais encore des sentiments envers Jason, cet amour que nous avions construit ensemble ne s'envolerait pas en une soirée, en une heure. Cela me prendrait plus de temps. J'avais aimé ce monstre des jours, quelques semaines et la vérité se dévoilait au grand jour. Jason me trahit en cachant sa véritable nature. Devais-je le laisser s'expliquer ? Ne voulais-je donc pas ça hier soir, des excuses ?

– Ne les appelle pas maintenant, murmura-t-il.

Il m'observa attentivement. La lueur dans ses yeux me toucha en plein cœur. La tristesse, la souffrance, les regrets s'y reflétaient. Je finis par lâcher prise puis m'assis à ses côtés. Comme il me l'avait si bien dit, s'il désirait me tuer, il n'aurait pas eu de difficultés. J'avais pris confiance en moi et en mes idées grâce à lui. J'appréciais mon corps et ses formes grâce à ses compliments. Tandis que je m'apprêtais à l'écouter, l'odeur de l'alcool me chatouilla les narines. Il avait donc bu toute la nuit pour oublier…

– Je suis navré, chuchota ce dernier, attristé.

Je gardai le silence. Que lui répondre ? Je ne désirais pas lui pardonner d'un claquement de doigts, ni à lui, ni à ses actes aussi horribles les uns que les autres. Jason resterait une Bête pour moi. J'avais le cœur meurtri par toute cette histoire.

– Parle-moi, je t'en supplie…

Subitement, il fondit une seconde fois en larmes et s'agenouilla à mes pieds. Son corps grelottait. Il était faible. Je fus trop sensible pour l'ignorer comme une femme sans cœur. J'étais trop émotive, susceptible pour ça, alors, je me mis à ses côtés puis pleurai avec lui. Il n'y avait plus rien à dire maintenant puisque la vérité avait éclaté.

— Qu'est-ce que tu veux que je te dise, Jason ? dis-je d'une voix brisée.

– Je suis perdu, Olympe. Pardonne-moi, je ne peux pas te perdre, toi.

Nos pleurs se mêlèrent pour ne former qu'une seule et même mélodie. Mes sentiments se voyaient chamboulés. Tout paraissait plus flou. Je ne savais plus quoi dire ni choisir. Mon passé, mon vécu était trop conséquent pour que je sache ressentir encore une tristesse plus profonde qu'auparavant. Mon esprit se protégeait, il refoulait tout ce que je vivais de trop intense.

– Tu es un… la Bête. Depuis le début, tu le nies, mais tu m'as menti, tu m'as trah…

– Et quoi ? Si je t'avais dit honnêtement que j'étais ce monstre qui tuait sans conscience, m'aurais-tu réellement aimé ? Je ne pense pas, répondit-il en montant d'un ton.

Le silence s'interposa entre nous et l'atmosphère devint plus tendue. Jason avait raison sur un point – je n'aurais pas réussi à partager une relation avec lui, ni même lui parler ou l'aimer si je l'avais su. Toutefois, il aurait pu essayer de m'en parler au lieu de le démentir.

– Je t'ai tout confié, Jason. Mon frère, ma vie, mes problèmes et voilà comment tu me remercies. En tuant cette inconnue sous mes yeux, en me poursuivant dans les ténèbres sans oublier tes menaces cette nuit-là.

– Attends, je…

– Laisse-moi finir, le coupai-je. J'ai besoin de savoir une chose. Cette nuit où tu m'as suivie et chassée, si tu m'avais attrapée, est-ce que tu m'aurais tuée ?

Son regard me transperça l'âme. Pourquoi dissimulait-il tant de haine en lui ? Pourquoi cette envie de meurtres était-elle si présente dans son esprit ? Rien ne semblait logique, rien n'allait comme il le fallait. Je me croyais dans un livre fantastique où l'héroïne trop naïve se jetait dans les bras d'un monstre sans même le savoir. Notre relation me prouvait que l'amour n'est jamais acquis, qu'il nous cache une façade de notre âme sœur qui ne se dévoile qu'une fois la bataille déclarée.

– Je cherchais simplement à t'éloigner de moi sous les rayons de la lune. Quand la nuit tombe, la Bête cherche une âme noire capable d'apaiser ses douleurs. Je n'ai jamais voulu te montrer ce voile que je portais sous les ténèbres. Tu comptais trop pour moi. Je t'aime tellement, Olympe. Je ne veux pas qu'on s'en arrête là.

Je hochai la tête, plongée dans mes pensées, puis réfléchis. Oui, je voulais tellement comprendre ce qui se tramait dans sa tête. Je ne connaissais ni son enfance ni sa véritable vie. Peut-être qu'il ressentait les émotions différemment ? Peut-être qu'il aimait d'une autre façon ? Je lui demandai alors de tout m'expliquer, sa vie, son corps, ce qu'il avait vécu, car je ne pouvais plus vivre une relation basée sur le mensonge. Et alors, il avoua tout ce qui lui restait sur le cœur.

Depuis sa naissance, il possédait ce gène qui le transformait en Bête la nuit. Quand sa mère était encore vivante, elle l'apaisait avec de simples musiques. Son amour et sa lumière suffisaient à éteindre la colère qui régnait dans le cœur de ce nouveau-né. Personne ne comprit d'où il tenait ça. Ses parents étaient parfaitement normaux. Personne de sa famille ne détenait cet ADN pour le transmettre à Jason. Ils passèrent donc toute son enfance à cacher au monde entier sa véritable identité. Jason n'allait jamais dormir chez des amis, ou ne partait en vacances avec l'école. Quand il était bébé, ses parents réussissaient à contrôler ses pulsions, mais dès que l'adolescence pointa le bout de son nez, ils durent trouver une solution. Il était destiné à vivre dans une cave dès que la nuit tombait pour empêcher qu'il ne tue qui que ce soit. Il en avait vraiment souffert pendant de longues années, jusqu'au jour où il devint suffisamment puissant pour briser la porte du sous-sol et fuir dans la nuit. Dès que la ville l'apprit, ils demandèrent que Jason soit contrôlé par les autorités, mais sa mère refusa catégoriquement. Le pire ne tarda pas... Ses parents furent assassinés par des inconnus. La colère commença alors à s'installer dans son cœur, et pour survivre, il s'enfuit vers ce ghetto où il vécut d'abord dans la rue pendant des années, puis reprit sa vie en main. Il ne tuait que les mauvaises personnes qui volaient, violaient ou assassinaient des innocents pour assouvir sa soif de vengeance. Ce dernier m'expliqua qu'avec suffisamment d'amour, de lumière, il pourrait guérir et même contrôler son gène. Cette situation me paraissait louche, trop improbable, voire féérique. Toutefois, n'étais-je pas dans un conte de fées moi-même ?

— Ton récit n'a ni queue ni tête, comment peux-tu avoir ce gène s'il n'existe pas ? demandai-je d'une voix douce. Et puis ce jour au restaurant, pourquoi ce liquide était sur toi ?

Il baissa la tête, inspira, expira puis m'expliqua avec plus de précision.

– Il suffit d'une étincelle, d'une colère trop intense pour que ça finisse par couler de ma bouche. J'ai essayé de cacher mon agacement puisque je ne réussissais pas à régler ce problème au frigo, mais je ne contrôlais plus le flux. Je n'ai pas paniqué puisque personne n'y prête attention ici, à part toi... Quant à ce gène, ma mère croyait en la magie. Elle allait voir une dame qui la pratiquait, mais un jour, mes parents demandèrent trop sans la payer. Ils ont détruit toute sa maison et ont tenté de la tuer pour l'empêcher de les maudire, cependant, le mal était fait. Cette femme leur a promis de se venger. Ma mère ne l'a réalisé que trop tard quand je suis née. Alors oui, je suis née avec ce gène, ou plutôt cette malédiction. Cette personne, Blanche que tu as vue l'autre nuit, a aidé ce monstre à me lancer ce sort. Et puisque personne ne croit en la magie, personne n'a voulu m'aider. J'ai appris à vivre avec cet enfer. Avec l'amour, je pourrais apprendre à me maîtriser, mais c'est en incitant la haine au fond de moi que je perds tout contrôle…

Dès qu'il eut terminé son récit, je lui volai un baiser puis posai mes mains sur son visage. Ses lèvres se collèrent aux miennes. Cela ne servait à rien de me voiler la face, de me le cacher ou de me mentir. Les sentiments se créaient et se détruisaient avec le temps. Ils ne pouvaient pas disparaître en quelques heures. J'avais passé de si beaux moments à ses côtés, dans ses bras, à partager mon intimité. Je me souvenais encore de notre première rencontre qui fut désagréable. Son arrogance qui me rendait folle. Je me souvenais de ce sourire insolent, de ce regard intense. J'étais tombée sous son charme, sa beauté irrésistible. Même si la vie lui avait volé une partie de lui en lui imposant celle de la Bête, elle lui avait offert un charisme, une prestance, une beauté à en couper le souffle.

Je rompis ce baiser et posai mon front contre le sien. Je réfléchis à mes mots avant de répondre. Comment m'exprimer ?

– Je ne sais pas si je réussirais à digérer cette nouvelle. Mais depuis le départ je sais que je veux commencer ma vie avec toi et la terminer à tes côtés. Il me faudra du temps pour l'accepter… Mais qu'est-ce que je vais dire à Nicolas ?

Il se redressa d'un bond, le sourire aux lèvres.

– Laisse-moi te le montrer ! Laisse-moi te prouver que je peux être bon, que je peux vous protéger. Nicolas ne dira rien. Il a besoin d'une présence masculine pour se retrouver. Je suis certain que si tu continues à m'aimer et que tu crois en ma guérison, on déplacera des montagnes.

J'approuvai d'un mouvement de tête. Je me sentais différente, perplexe dans cette histoire. Je ne comprenais pas encore très bien ce qu'il était.

– Est-ce que tu es conscient quand... tu as cette apparence ?

Il me regarda avec intensité avant de répondre.

– Conscient dans un sens oui. Je te l'ai dit, c'est la colère au fond de moi qui produit ce changement la nuit en particulier. Ne me demande pas le pourquoi, seule la dame qui m'a lancé ce sort l'a choisi. Dès que je suis sous cette forme, je suis conscient d'être face à toi ou une autre personne, mais ce que je vois avant tout, c'est sa pureté. Je ressens la noirceur de son âme comme une odeur de puanteur. Il ne m'est pas difficile d'attraper les victimes. Ce n'est qu'une fois parties que mon esprit semble soulagé.

Nous discutâmes plusieurs minutes sur ce sujet. L'effroi de me réveiller un jour à côté de son physique bestial me terrifiait.

– Mais non, ne t'inquiète pas. Ton amour suffit à apaiser mes ténèbres. Mais c'est bien plus compliqué de se contrôler quand je suis déjà dans ce corps.

Tant de questions se bousculaient dans ma tête, cependant, je refusais de le bombarder ce soir de mes lacunes sur son univers. Il me persuada de sa bonté pour toutes les fois où il m'avait épargnée, où il avait essayé de m'éloigner pour que je n'aie pas le cœur brisé. Jason m'expliqua qu'il avait cédé à me résister quand la vie nous mit sur le même chemin. Je finis par admettre difficilement que ça pouvait fonctionner, que nous pourrions surmonter cette épreuve. Main dans la main, nous rejoignîmes mon petit frère pour lui expliquer notre malentendu. Je ne réalisais toujours pas ce que je venais d'accomplir. Je venais d'accepter un pacte avec la Bête. J'étais amoureuse d'elle comme nous tombions amoureux de n'importe qui. Si on m'avait dit ça, il y a des mois de cela, jamais je ne l'aurais cru.

*

– Je ne sais pas, Olympe. Je n'ai jamais essayé... marmonna-t-il entre ses dents.

Je restais optimiste quoiqu'il puisse se passer. J'avais convaincu Jason de s'entraîner pour qu'il maîtrise ses émotions. Je ne désirais plus qu'il tue ou assassine des inconnus, qu'ils soient mauvais, violeurs ou alcooliques. Nous ne pouvions pas sauver le monde de cette manière, et puis, qui étions-nous pour décider la date de mort de quelqu'un ?

Pendant que Nicolas s'occupait à l'appartement, je me promenais aux côtés de mon amant. Il semblait nerveux, tourmenté par ce que nous allions essayer.

– Je crois en toi. Ne l'oublie pas.

La nuit tombait à petit feu. Je digérais assez mal la vérité, tout simplement, car sa forme bestiale me terrifiait. Toutefois, je me rassurais, car il valait mieux un homme monstrueux sur l'aspect physique que sur l'aspect mental.

Dans le silence le plus complet, nous tournâmes sur la gauche dans une petite ruelle sombre. Personne ne la fréquentait à cette heure-ci puisqu'elle menait à un cul-de-sac. C'était l'occasion de tester Jason et de voir s'il contrôlait cette malédiction. Incertain, il me jeta un regard rempli d'inquiétude. Je posai mes mains sur son doux visage, plongeant ensuite mes yeux dans les siens. Je le réconfortai du mieux que je pouvais. Jason inspira, expira. Sa respiration était lourde. Je sentais sa nervosité à travers l'expression qu'il affichait. Il grimaçait, mélangé entre la colère qui commençait à naître au fond de lui et l'anxiété.

– Olympe, il fait nuit. Les gens sortent, je sens déjà leurs odeurs. Et si je n'y arrive pas ?

Je baissai la tête, puis croisai mes bras. Il faisait frisquet, les bourrasques glaciales me firent frissonner. Je me rapprochai d'une benne à ordures puis me mis à l'avant pour éviter que le vent ne vienne me frigorifier une seconde fois.

– Cesse de douter. Tu en as les capacités. Si tu ne m'as pas… prise, ces nuits passées, c'est que tu détiens un contrôle sur ta transformation. Il suffit juste de saisir comment.

Je refusais de dire ce mot, tuer. Jason était un assassin selon les normes de la société, pourtant, je le niais au fond de mon cœur. Je ne réussissais pas à le voir tel quel, avec du sang sur les mains, bien que je l'aie vu à maintes reprises à l'œuvre. Était-ce mes sentiments qui m'influençaient ou simplement l'atrocité de ce monde qui ne méritait pas la justice qu'apportait Jason ? Mettre à terre des meurtriers, des violeurs ou psychopathes sauvait tout de même plusieurs vies.

Je pris du recul, car Jason se mit en position. Il recula de plusieurs pas pour se plonger dans les ténèbres de la rue. Les lampadaires manquaient de de côté-ci. L'adrénaline monta d'un cran, coula dans mes veines. Ma respiration se fit plus rapide. Mon cœur battait la chamade. Subitement, un homme pénétra dans la rue, tirant derrière lui une femme qui criait à l'aide. Mes yeux s'écarquillèrent. Ce n'était pas prévu dans le plan. Cependant, c'était trop tard. J'entendis un cri bestial des plus aigus, ses vêtements se déchirer, son souffle gras. La scène s'arrêta puisque cet inconnu lâcha sa victime pour observer autour de lui ce qu'il se tramait. Je ne sortis pas de ma cachette et l'écoutai pester des jurons.

– Putain, je vais te rattraper et tu auras ce que tu mérites. Tu me dois cet argent !

Je fus prise par le doute quand ses mots se distinguèrent de l'écho produit par l'espace entre ces murs. Le bruit de ses pas disparut au loin pendant que la Bête, présente, dissimulée par la noirceur de la nuit ne bougeait pas. Je vérifiai en un coup d'œil que nous étions seuls. Je sentais l'atmosphère pesante entre nous.

– Contrôle-toi, Jason. Ne le rejoins pas. Le but n'est pas de tuer tous les hommes de ce quartier.

Je distinguai, grâce aux rayons de la lune, sa silhouette gigantesque. Ses oreilles et ses cornes, sa longue queue traînait dans son dos. Son pelage noir se fondait dans les ténèbres. Je retirai toutes ces images terrifiantes aperçues dans le passé, celle à la fenêtre, devant chez Ashley, pendant cette course. S'il travaillait sur lui, je devais à mon tour faire un effort.

– Si tu savais à quel point ce type empestait. Il est mauvais, il…

Jason grogna, coupant ainsi la fin de sa phrase. Il respirait fort, trop fort pour une personne calme. Je me plaçai au centre de la ruelle, l'empêchant de passer de cette manière. S'il dépassait la limite, il ne tenait plus sa promesse.

– Olympe, ça urge ! Je l'entends, il la rattrape, mon instinct me le chuchote !

Sa voix, agressive, n'était pas la sienne, pas celle qu'il détient sous sa forme humaine. Le vent vint me bousculer, puissant. Mes mèches de cheveux m'aveuglèrent. Je me recoiffai à la hâte, craignant de le perdre de vue. Il fallait que j'intervienne. Aucun bruit n'échappait à son ouïe fine. Ce dernier décidait juste de ce qu'il acceptait d'entendre, de concentrer son attention sur lui.

— Regarde-moi ! criai-je sans réfléchir.

Il eut un instant de doute, d'hésitation. Jason savait à quel point son physique m'horrifiait, cependant, il suivit ma demande puis se pencha vers moi. Ses deux énormes yeux bleus me fixèrent, transperçant mon âme. Quant à ses cornes, je les voyais bien mieux à cette distance. J'avançai ma main pour la poser avec délicatesse sur sa tête. Son pelage était si doux. Il appuya avec instance, apaisée par mon geste.

– Maîtrise-toi. Je sais que tu peux le faire.

Je ne sus décrire ce qui se passa à cet instant, mais une alchimie se créa entre nous, nous liant d'un lien puissant et indestructible. Il colla son front contre le mien. Ses narines lâchaient un souffle brûlant. Je fermai les yeux sans retirer ma main de son visage. Soudain, il se détacha de moi. Je perdis l'équilibre et tombai au sol. Prenant appui sur mes avant-bras, je remarquai que la Bête n'était plus là. Inquiète, je balayai la scène du regard. Où était-il parti ?! Je me relevai, troublée, quand sa voix m'appela.

– Olympe.

Je me retournai. Il était caché au même endroit qu'au départ, sous les ténèbres de la nuit, dans ce cul-de-sac. Jason se jeta dans mes bras. Je n'eus pas le temps de réaliser ce qu'il venait de se produire. Je resserrai notre étreinte, les larmes chaudes. Il avait réussi.

– Comment as-tu fait ? J'ai cru te perdre quand cet inconnu est arrivé...

Nos deux corps se séparèrent. Il m'observait avec attention. La douceur sur son visage me rassurait. À croire que la colère l'avait quitté.

– J'ai pensé à toi. À ton rire, ton sourire, tes petites manies, ta manière de me regarder ou de me réconforter. J'ai pensé à ton amour, Olympe.

Sa voix douce me berça. Sur ces mots, je l'embrassai à pleine bouche. Ses lèvres contre les miennes, je me réfugiai contre lui. Ses bras m'enveloppaient. Je me sentais enfin en sécurité. Il avait réussi ce qu'il n'avait jamais fait auparavant. Lorsque notre baiser prit fin, nous pleurions tous les deux de joie quand nous comprîmes comment apaiser la Bête.

– Je suis certain que ça ira maintenant que tu es là, murmura Jason.

Il me sourit à pleines dents, enfin serein. À présent, je pouvais enfin être sa Belle.

Le temps passe

Les rayons du soleil traversaient les rideaux trop fins. Ils éclairaient la pièce. Je me réveillai alors en douceur dans les bras de Jason, enveloppée de son parfum. Cela faisait bientôt plus de cinq mois qu'il m'avait avoué la vérité sur ce qu'il était. J'eus énormément de mal à l'accepter, mais l'amour, notre amour, celui que j'éprouvais pour lui, sa personne, était trop intense pour le quitter. Je n'arrivais pas à me séparer de lui, et comme il me l'avait si bien dit, jamais je n'aurais su l'aimer si j'avais su dès le départ qui il était. Je me sentais fière aujourd'hui d'être à son côté. Je l'entendis grogner quand j'ouvris les tentures. De bonne humeur, je partis me doucher tandis que Jason se cachait sous son oreiller.

Une fois sous l'eau, je faisais le point sur ma vie, ma nouvelle vie. Grâce à mon petit ami, nous avions pu déménager pour le rejoindre dans un grand studio un peu plus loin que le centre du ghetto. Il était bien plus beau, plus luxueux et plus confortable. La cuisine me semblait toujours aussi spacieuse et le salon gardait une partie plus intime à mes yeux. J'avais eu la chance de choisir les couleurs des murs, des meubles. Nicolas s'était amusé à peindre à mes côtés pendant que Jason travaillait. La couleur rouge flamboyant des sofas fut couverte par le noir des murs. Tous les cadres représentaient notre nouvelle famille, des moments de joie, des souvenirs à ne pas oublier. Je me sentais bien ici, plus en sécurité comme répétait mon frère.

Tandis que je me savonnais, la porte de la salle de bain s'ouvrit. Jason se trouvait dans mon dos, j'en étais certaine. Il me rejoignit sous la douche et m'enlaça dans ses bras. Je me blottis contre lui. J'avais chaud, très chaud, et mon petit ami aimait prendre son temps à mes côtés dès les premières heures du réveil. Parfois, il me retenait au lit ou sous la douche, mais il y avait des jours où je ne l'attendais plus sous peine d'arriver en retard au boulot.

— Tu as bien dormi, petit oiseau ? susurra-t-il au creux de mon cou.

J'esquissai un sourire puis plongeai mon regard dans le sien en mordillant mes lèvres. Qu'est-ce qu'il était beau, séduisant, sexy ! Il paraissait sortir d'un livre de romance tant il me semblait parfait.

– Évidemment ! Mais si tu continues, tu vas être à la bourre. François ne va pas te laisser la vie sauve, cette fois-ci…

Je réussis à lui voler un sourire en coin. Il me chatouilla pour se venger. J'explosai de rire alors que l'eau brûlante coulait sur ma peau.

– Tu as raison. Ça va aller avec Nicolas ?

– Qu'est-ce tu crois ? Je m'en suis occupée pendant des années !

Je lui donnai un doux baiser puis me séchai. Après avoir déménagé dans cet appartement, Jason et moi étions d'accord pour que je change de métier, ou du moins, de bâtiment. Nous ne voulions plus travailler dans le même restaurant pour garder une certaine liberté. Maintenant, je travaillais dans une pâtisserie spécialisée dans les cupcakes. Mon petit frère en fut fou de joie quand je lui appris la nouvelle. Il avait des desserts chaque soir, soit les viennoiseries invendues. Les garçons me remerciaient à chaque fois, alors que le patron nous poussait à prendre les restes. Je ne disais jamais non ! Leurs gâteaux étaient les meilleurs de la ville.

Enfin habillée, je brossai mes cheveux. Nous devrions bientôt nous rendre à l'école. Je commençais un peu plus tard, et grâce à mon accord avec le patron, j'étais la dernière à quitter les lieux et à nettoyer le comptoir. C'était ainsi. Je ne me réveillais pas à cinq heures du matin, mais je rentrais vers vingt heures. Il fallait faire des sacrifices si je souhaitais voir ma famille et profiter de leur présence. La vie m'avait appris que les choses les plus importantes resteraient à jamais les personnes que l'on aime.

Soudain, Nicolas m'appela du salon. Plusieurs objets tombèrent au sol, émettant un bruit aigu. Je fronçai les sourcils et me pressai de le rejoindre, perplexe. Je m'esclaffai lors que je le vis sur sa chaise, la bouche pleine de chocolat. Les autres boîtes et conserves enveloppaient le sol de la pièce. Ce filou avait piqué les biscuits cachés dans l'armoire. Il en avait mis partout ! J'allais devoir trouver une meilleure astuce pour qu'il n'y touche plus en dehors des repas.

— Je suppose que je vais en racheter, non ? dis-je les bras croisés.

Il sourit à pleine dent.

– Chuste un chti peu.

Je lui volai le paquet des mains et vérifiai s'il en restait. Non, plus une miette. Comment avais-je pu espérer en manger un ? C'était toujours pareil avec lui. J'achetais et il vidait les meubles. Toutefois, mon portefeuille finissait par être vide à son tour. Je lui fis la leçon, mécontente. Se nourrir de biscuits n'était pas bon pour la santé. Et dire que je faisais le plein de fruits pour qu'il grignote sainement pendant qu'il cherchait sans arrêt mes cachettes à gâteau. Je pensais sérieusement à poser un cadenas la prochaine fois.

Jason arriva dans la pièce, prêt. Il se prépara un chocolat chaud pour tremper son pain. Je proposais à mon petit frère la même chose, mais il refusa. Monsieur n'avait plus d'appétit. Sans blague… Je m'assis aux côtés de mon petit ami le temps de poser un chaste baiser sur ses lèvres. Je devais encore m'occuper de Nicolas.

Il avait besoin de tant d'affaires pour ses cours. J'en étais surprise ! Le dîner, les collations, les fardes et jouets, sans oublier tout ce que l'école imposait. La scolarité me volait toutes mes économies. Je ne réussissais toujours pas à en faire.

Tandis que je remplissais son sac de nourriture, je pensais à ma famille. Nous étions beaux tous les trois. Cela faisait des mois que les meurtres avaient cessé. J'étais fier de mon petit ami. Nous avions passé un pacte pour arrêter ces horreurs. Soit il arrêtait de se transformer sous ce physique terrifiant, soit je partais vivre ailleurs avec le peu d'argent que je détenais. Il décida sur l'instant sans aucune hésitation. Notre amour le sauvait de ses cauchemars. Nous nous complétions et avant tout, nous essayions de nous comprendre l'un l'autre sans exception, peu importe la situation. Grâce à notre affection, à ma foi, Jason contrôlait enfin son gène. Il ne ressentait plus le besoin de refouler sa haine envers des inconnus et dans le cas contraire, il se défoulait sur un sac de boxe pendant des heures. Rares étaient les nuits où il se réveillait en hurlant. Les cauchemars ne le quittaient plus. J'avais souvent peur pour lui, mais ce dernier me répétait que tout allait bien, que c'était normal puisqu'il ne laissait plus les ténèbres le posséder. Alors, je le rassurais et le consolais pour qu'il retrouve son sommeil.

— Mon amour, est-ce que tu as quelque chose de prévu ce soir ? demandai-je, curieuse.

Il m'observa d'un air ahuri.

– Non, je ne pense pas. Pourquoi ?

– Oui, pourquoi Olympe ? rajouta Nicolas depuis la cuisine.

Je l'invitai à rincer son visage, car le chocolat bavait toujours sur ses lèvres. J'en profitai pour enfin expliquer mon idée. Ma copine me manquait tellement.

– Nous pourrions passer voir Ashley, cela fait un moment que je ne l'ai pas vue ! Et elle ne me donne aucune nouvelle...

Jason hocha la tête.

– Tant que ça te fait plaisir.

Je souris, contente, puis lui fis une bise sur la joue. Il m'embrassa tendrement puis alla travailler. La porte d'entrée claqua. J'étais presque certaine que François le piquerait pour l'heure tardive à laquelle il se présentait. C'était toujours la même chose. Mon petit ami pouvait se lever à n'importe quelle heure, il arrivait toujours à sortir trop juste.

Quand mon frère fut fin prêt, je l'amenai en cours. Nous marchions dans la rue en discutant de tout et de rien. Beaucoup de femmes ne comprenaient pas le lien que j'entretenais avec mon petit frère. C'était inexplicable. Notre passé difficile fut trop intense pour grandir sans séquelles. Heureusement, Nicolas ne connaissait pas notre père, qui d'ailleurs se trouvait toujours derrière les barreaux. Cela aurait pu être une bataille plus compliquée s'il avait su que Dylan était venu dans ce ghetto. Pendant notre balade, il me raconta toutes ses aventures avec ses amis. Ils rêvaient de voyager dans des jungles comme Indiana Jones afin d'y déceler des trésors cachés.

Nous arrivâmes très vite face aux grilles de l'établissement. Les copains de Nicolas lui jetèrent des regards insistants. Ils l'attendaient pour jouer et repartir dans leur quête imaginaire. Je leur fis signe de la main, prête à m'éclipser. Je n'allais pas le retenir plus longtemps. Dès que je voulus prendre la route, mon frère me posa juste une question.

– Olympe, attends ! La maîtresse m'a demandé de parler de papa pour écrire sur lui. Tu sais comment il est ?

Je devins livide. Mes mains devinrent moites et mes lèvres se crispèrent. Papa. Dylan. Ce pervers qui avait tenté de me violer. Je n'avais jamais pensé à cette situation. Vite, trouve quelque chose à dire. J'essayai de sourire, mais mon visage ne forma qu'une grimace désastreuse.

– Notre papa est un héros, tu sais. Il risque sa vie à chaque mission ! C'est un pompier, mais il travaille dans une ville trop loin d'ici. Je ne me souviens plus du nom exact puisqu'il a déménagé tant de fois, mais dès que j'ai l'adresse, je te la donnerai. D'accord ?

Les yeux de mon frère pétillaient d'espoir. Je n'aimais pas mentir. L'émerveillement qu'il exprimait me donna un coup de poignard dans le cœur.

– Pompier ? Wôw ! Mon papa est un héros. Tu penses que je pourrais porter son casque si on va lui rendre visite ?

Je n'aurais pas dû lui mentir ainsi… Malheureusement, quelle aurait été sa réaction si je lui avais dit que Dylan aurait essayé de le violer, lui aussi ? Nicolas ne l'aurait pas digéré. Je le connaissais trop bien pour le savoir. À son âge, on ne peut pas entendre ce genre d'horreurs.

– Bien sûr, mon chéri. Va jouer avec tes amis, je dois y aller, lui répondis-je en l'embrassant sur le front.

Seule, je l'observai s'amuser. Son sourire me rendait heureuse. Je m'occupais de lui comme de mon propre enfant. Comment pouvait-il avoir autant d'innocence ? J'en avais les larmes aux yeux. Pour éviter qu'il ne le voie, je repris mon chemin en direction de la pâtisserie. C'était la vie. Chacun avait ses propres batailles, ses épreuves pour évoluer et grandir. J'étais fière de celle que j'étais devenue aujourd'hui. Même si je n'avais ni diplôme ni job incroyable, je me débrouillais. Je nous sortais de la galère et nourrissais la famille.

Je pensais à Ashley qui ne me parlait plus trop depuis que je lui avais annoncé la nouvelle, celle que je partais vivre dans un bâtiment plus classe, plus propre. Cela faisait deux semaines qu'elle ne m'appelait pas, n'envoyait plus de messages. Ce n'était pas normal venant de sa part. Elle me laissait toujours un mot pour que je ne m'inquiète pas. À moins qu'elle ait trouvé un homme milliardaire qui l'ait sorti de ce trou à rats, je ne voyais pas pourquoi elle m'ignorait. Comme je n'étais sûre de rien, je préférais oublier toutes mes appréhensions et attendre ce soir pour régler nos comptes. Je lui prendrais une tarte à la pomme comme elle les aime tant. D'ailleurs, je ne me souvenais même plus de la dernière fois où elle était venue à la pâtisserie me dire bonjour. Plusieurs pensées se bousculèrent dans mon esprit tout au long de la route. Et si elle était partie, elle aussi ? Et si elle sortait avec un homme violent qui l'empêchait de reprendre contact avec moi ? Non, je ne devais plus m'angoisser de cette façon. Eyden devait être loin à l'heure qu'il est, il abandonnait ses envies de vengeance pour leur rupture. D'ailleurs, Ashley n'en avait plus touché un mot… Laisser la nervosité me ronger ne ferait qu'aggraver ma santé. Il fallait que je me calme, que j'arrête d'anticiper toutes les situations possibles.

Arrivée à la pâtisserie, je décidai de faire le vide puis d'entrer souriante. Ma vie privée ne pouvait plus se mêler avec celle du boulot. Cette fois-ci, j'étais une femme différente dès que je me trouvais derrière le comptoir. Plus jamais je ne laisserais mes craintes envahir tous les domaines dans lesquels j'excellais.

Où es-tu ?

Quand l'heure sonna enfin, je me rendis à la hâte chez mon amie. Le temps nous changeait, nous faisait progresser et j'espérais la voir sous un nouveau jour. Les nuages gris dans le ciel ne me rassuraient pas, cependant, nous ne vivions pas très loin de chez elle. Monsieur météo prévoyait un orage violent dans les jours à venir. Je détestais ce temps maussade.

Pendant que je marchais en direction de son appartement, Jason se chargeait de récupérer Nicolas en voiture. Au moins, ils ne se prendront pas la pluie. Dans la rue commerciale, j'aperçus un troupeau de touristes chinois. Je me demandais bien ce qui les intéressait dans un endroit comme le nôtre, si sombre, si sale, si étrange. Les graffitis sur les murs ? Les bancs cassés ? Ou peut-être, visiter les tunnels qui empestaient l'urine ? Rien de tout ça ne représentait des vacances de rêves ! Peut-être que l'État décrivait ce ghetto comme le plus moche au monde ? J'aurais tellement aimé m'évader vers des îles Caraïbes ou en Europe où l'histoire était bien plus passionnante et plus belle à admirer.

Néanmoins, je ne perdais pas mon sourire ni ma bonne humeur. J'allais enfin voir Ashley et pouvoir lui raconter tous les potins avec un bon thé chaud et la tarte aux pommes que je tenais fermement entre les mains. Je refermai un peu plus mon manteau avant de tourner sur la droite, dans une ruelle peu fréquentable, qui malheureusement, était celle de mon amie. Le chiffre seize s'afficha sous mes yeux. Je sortis alors mon trousseau de clefs de mon sac à main afin d'ouvrir la porte. Ashley me les avait données pour que je puisse lui venir en aide en cas d'urgence. Elle ne savait pas que je passais lui rendre une petite visite. Mon amie adorait les surprises ! Et dès qu'elle verrait la tarte, elle sauterait de joie. J'avais tellement hâte d'apprendre un peu ce qui se tramait dans sa vie. Elle ne bossait pas non plus au Smithoothe, je me demandais donc où elle trouvait encore l'argent pour payer son loyer et ses factures.

Lorsque la porte fut close, je posai mes affaires au sol et avançai à pas de loup. Les pièces étaient plongées dans le noir, et ses rideaux trop épais empêchaient le soleil de s'inviter. Ses rayons illuminaient juste quelques coins de la pièce. Je remarquai, en effleurant un meuble des doigts, qu'Ashley n'avait plus fait le ménage depuis un bail. Je frottai ma main poussiéreuse, puis toussai. Bon sang, pourquoi est-ce que l'odeur du renfermé embaumait toute la pièce ?

Dès que je fus dans le salon, je plaçai la pâtisserie sur la table. Ce silence de mort dans cet appartement ne me rassurait guère. J'espérais qu'elle ne dormait pas, sinon, je subirais sa mauvaise humeur pendant les premières minutes. Une fois dans sa chambre, je criai de joie, toutefois, la pièce était vide. Complètement vide. Toutes les autres aussi. Je m'inquiétais de plus en plus. Le soft était sale, poussiéreux, le frigo ne contenait plus rien de frais. Tous les aliments étaient périmés. Le dernier journal sur le plan de la cuisine datait de deux semaines. Ashley ne s'absentait pas de cette façon, pas aussi longtemps et surtout pas un lundi soir. C'était impossible. Elle préférait dormir ce jour-là, et puis sa série Reign était diffusée à vingt et une heures. Je n'imaginais pas ma copine dehors à cette heure-là. Je me sentais troublée par son absence, trop pour ne pas être contrariée. J'appelai alors Jason.

– Olympe, qu'est-ce qu'il y a ?

– C'est Ashley, elle n'est pas là. J'ai un mauvais pressentiment, Jason… Elle est toujours chez elle, au moins le début de semaine.

Il eut un instant de silence.

– Ne bouge pas, j'arrive. Je dépose Nicolas chez Giulia le temps qu'on arrange ça.

– Fais vite.

Je rompis la ligne téléphone et me mis à chercher partout des indices pour découvrir où elle était. Je renversai toutes ses affaires dans sa chambre, les vêtements, les papiers, tout y passait. Tant pis si mon intuition se trompait. Je rangerais tout et je payerais les dégâts. Les tiroirs ouverts, je fouillai à l'intérieur et découvris un flingue. Que faisait-elle avec ça ? Elle ne m'en avait pas touché un mot. Où était-ce celui d'Eyden qu'il aurait oublié de récupérer ? Je ne m'y attardai pas puis continuai dans ses boîtes sous le lit. J'aperçus de photos de notre rencontre, en particulier de mon déménagement. Les larmes me montèrent aux yeux. Des photos de nous dès mon arrivée. Comme j'avais l'air heureuse, libre de fuir mon père pour recommencer à zéro. Si j'avais su ce qu'il se passerait par la suite, toutes les épreuves que j'aurais à traverser…

Je quittai la chambre pour éviter que mes émotions ne prennent le dessus. J'entendis subitement la porte d'entrée claquer. Je courus en sa direction, mais ce n'était que Jason. Bon sang, Ashley, où est-ce que tu es ? Néanmoins, je me sentis soulagée de l'avoir à mes côtés, de me réfugier dans ses bras. Étais-je toujours aussi excessive dans mes réactions ? Je devais vraiment apprendre à contrôler mes émotions. Elles me possédaient encore trop souvent. Et mes mauvaises habitudes de paniquer comme ça ne m'amenaient rien de bon non plus.

– Je suis là, ne t'inquiète pas.

– Je n'en sais rien. J'ai regardé partout et je n'ai rien vu à part son arme à feu. Je te promets, Jason, je ne le sens pas du tout. Ashley a des problèmes.

J'avais de très mauvais pressentiments sur son sort. Ma copine avait des problèmes, j'en étais presque certaine. Jason m'observa d'un air grave avant de poser un baiser sur mes lèvres.

– Je vais t'aider, d'accord ? Nicolas est en sécurité chez notre amie. On a le temps. Laisse-moi faire le tour de la maison et assieds-toi.

Je me tus sans riposter. Jason s'y connaissait mieux que moi. Il détenait une intuition plus puissante que la mienne et pourrait peut-être nous aider. Ses instincts animaux, qui appartenaient à la Bête, nous aidaient bien plus que je ne l'aurais cru. L'odeur de l'appartement n'avait pas changé – le jasmin régnait dans chacune des pièces. Tout semblait à sa place, comme avant. Je dus attendre seulement cinq minutes pour revoir Jason. Il paraissait aussi perplexe que moi. Je vis alors le téléphone de mon amie dans ses mains. L'expression de son visage reflétait l'inquiétude, l'angoisse la plus totale. Où l'avait-il déniché ?

– Je pense savoir où elle se trouve.

Le silence s'installa entre nous. J'avais peur pour elle. Jason avait toutefois les idées claires. En très peu de temps, il réussissait à comprendre ce qu'il s'était passé, tandis que mes sentiments excessifs m'embrouillaient. J'oubliais souvent que dans le passé, Jason traquait ses proies.

– Dis-moi, répondis-je d'une voix brisée.

Il ne prononça pas un mot et me donna l'appareil. L'écran allumé, il affichait une conversation avec Eyden.

20h56, Eyden « *Tu regretteras ce que tu m'as fait, salope. Je te le promets. Toi et ta pote dépressive, vous êtes fichues* »

20h57, « *Laisse-moi tranquille où je préviens la police. Tes messages me pourrissent la vie. Je pourrais porter plainte pour harcèlement !* »

20h57, Eyden « *As-tu oublié ? JE suis la police, Ashley. Tu ne vas pas t'en sortir aussi facilement* ».

21h, « *Et qu'est-ce que tu veux pour me foutre la paix ?* »

21h03, Eyden « *Rejoins-moi dans les bois seule, près du rocher gris où on pique-niquait auparavant, lundi dans quatre jours. Ne préviens personne.* »

21h04, « *Et si je ne t'écoute pas ? Si je suis accompagnée ?* »

21h05, Eyden « *Alors, je viendrais te chercher et tu t'en repentiras.* »

Ashley n'avait plus répondu après ce message. Tout datait d'une petite semaine et je ne comprenais pas ce qu'ils avaient pu faire. Mes mains, mon corps entier tremblaient. Elle était avec lui, avec ce monstre qui ne me semblait pas inconnu. La raison me rappelait tout le temps que je le connaissais, mais d'où son visage pouvait-il m'être familier ?

Pourquoi ne m'avait-elle rien dit ? Pourquoi ne m'avait-elle pas prévenu de ce problème ? Je n'avais rien vu venir ! Je n'avais pas été présente pour cette femme avec qui j'avais partagé mon lieu de travail. Nous n'étions pas des meilleures amies, cependant, assez proches pour se côtoyer et s'entraider. Depuis toujours, je me débrouillais seule, mais il fallait l'avouer. Sa présence m'aidait à tenir le coup. Je ne pus réfléchir plus longtemps et éclatai en sanglots. J'avais abandonné Ashley l'histoire d'une semaine et voilà le résultat. Elle était en danger et nous ne pouvions rien faire. Je craignais pour sa vie. J'avais besoin d'elle.

Jason me consola, enlacée dans ses bras. Nous avions tous les deux compris ce qu'il nous restait à faire, même si j'étais effrayée à l'idée d'y aller. Nous devions nous rendre dans les bois. Le plus dur restait à venir, mais la vie d'Ashley en dépendait. Nous devions à tout prix la libérer de cette emprise malsaine qu'avait Eyden sur elle. Je m'armais de tout mon courage et de mes dernières forces. J'embrassai tendrement Jason avant que nous nous décidions. Il était l'heure de faire son choix ; aider Ashley et risque notre propre vie ou appeler les autorités en risquant la sienne.

Papa est là

Jason sa gara au bord de l'entrée d'une forêt. Peu de personnes se promenaient de ce côté-ci, à cause des rumeurs sur ses fréquentations. Plusieurs dealers se donnaient rendez-vous, des prostitués vendaient leur corps sur ces routes. De plus, la forêt dégageait une ambiance angoissante. Elle me faisait penser à celle de Blanche-Neige où nous avions l'impression d'être suivis, attaqués par les forces de la nature, ou plutôt, où notre peur prenait suffisamment le dessus pour nous illusionner.

Je détachai ma ceinture puis descendis du véhicule, pressée. Jason me suivit. L'odeur de l'humidité me chatouilla les narines. Ashley ne devait plus être très loin. Je ne réalisais pas encore ce qu'il se passait. Je partais à la recherche de mon amie sans avertir les autorités. Nous mettions tous notre vie en danger. J'espérais que tout se déroulerait comme prévu. Je désirais à tout prix revoir Nicolas ce soir.

Comment ma copine avait-elle pu être si naïve ? Nous aurions pu tous la protéger contre Eyden, ce fou ! Malgré mon inquiétude, je ressentais de la colère. Son silence m'énervait. Nous étions présents depuis le début, mais elle ne m'avait rien dit. Je m'étais sentie importante à ses yeux, peut-être n'était-ce pas le cas ? Croyait-elle vraiment nous protéger à travers son geste ? Eyden était fou… Ashley n'aurait pas dû jouer les héroïnes, car seule contre lui, elle perdrait la bataille.

Devant l'entrée, Jason prit ma main dans la sienne et la serra.

— On y va ? demanda-t-il sur un ton hésitant.

Sa question sema le doute dans mon esprit. Jamais je ne l'avais vu si inquiet, à part la fois où je voulais m'enfuir. Que se passait-il ? Qu'est-ce qu'il ressentait au fond de lui ? J'anticipais toutes les situations possibles dès que nous serions face à face. Ce policier était rusé, malin. Je commençais à me dire qu'il ne travaillait pas seul. Souvent, les kidnappeurs agissaient en équipe, rare étaient ceux qui se débrouillaient dans leur coin.

– Tout va bien, n'est-ce pas ?

Je répondis d'un air apeuré. Le regard de Jason semblait vide. Il pinça ses lèvres avant de me répondre.

– Et si je ne tiens pas ma promesse ? Si je perds le contrôle ?

Je l'observai intensément. Son visage reflétait la crainte. Je le soutiendrais, peu importe ce qu'il se produirait dans cette forêt.

– Je te fais confiance, Jason. Et si dans le pire des cas, tu n'as plus le contrôle, je ne t'en voudrais pas.

Je l'embrassai tendrement, le rassurai. Il me sourit puis nous prîmes un chemin tracé dans les bois. Il était sinueux et s'enfonçait si loin que je n'en voyais plus la fin. Je déglutis et pris mon courage à deux mains. Nous irions la sauver, coûte que coûte. Elle aurait fait la même chose pour moi. Alors que j'étais préoccupée, je m'aventurai au travers des arbres qui s'érigeaient haut dans le ciel et se déployaient, affichant fièrement leur taille, leur force. Il y avait toute sorte d'arbres – tilleul, érable, frêne. Leurs racines paraissaient profondes. Certaines d'entre elles sortaient à la surface et prenaient de la place. La terre était boueuse, me faisant ainsi redoubler d'efforts. Elle m'empêchait d'avancer rapidement tandis que Jason, rapide, se trouvait déjà à plus de cinq mètres devant moi. Je m'accrochai aux grosses branches pour garder mon équilibre, tout en m'appuyant dessus afin d'accélérer le pas. Ma petite voix ne cessait de me rappeler le problème, la source du problème : Eyden. Comment réagirais-je devant lui ? Qu'allais-je dire si je m'étais trompée ? Pourtant, il n'y avait plus de doute à avoir, trop de preuves existaient. Les messages, les menaces, l'absence d'Ashley, l'appartement à l'abandon.

— À quoi penses-tu ? me demanda Jason qui m'attendait, appuyé contre un chêne.

– J'ai peur qu'on ait foncé tête baissée.

Il émit un rire tranchant, s'approcha de moi et me tendit la main. Je n'étais pas à l'aise dans cet environnement. Mes chaussures s'enfonçaient dans le sol et collaient à la terre. J'avais des difficultés à soulever chacun de mes pas. Ma force physique me perdait petit à petit. Je saisis la main de mon petit ami, le sourire timide et il m'aida à m'extirper de la boue. Sans prononcer un mot, nous continuâmes. Il ne fallait pas attirer l'attention autour de nous. Si nous parlions trop fort, nous effrayerions les oiseaux, les animaux et Eyden comprendrait que des inconnus se baladaient pas loin de sa planque.

Les feuilles se froissèrent. Leurs bruits formèrent une mélodie agréable, celle de la nature. Les oiseaux chantaient dès que nous étions proches d'eux. Ils communiquaient entre eux. J'aimais entendre le son de la forêt, la manière dont elle discutait m'apaisait. Mes doigts effleurèrent les feuillages d'un simple toucher. Ils étaient doux ou rugueux selon l'espèce d'arbustes. Des gouttes d'eau perlaient à la surface. La forêt se réveillait à notre passage. Des brindilles craquaient sous nos pas et le soleil ne semblait toujours pas décidé à se dévoiler. Les nuages gris se rassemblaient dans le ciel, s'assombrissant au fur et à mesure des minutes qui défilaient. Il ferait vite nuit ce soir. Il fallait que nous accélérions le pas pour rentrer à temps. Dès que nous serions plongés dans les ténèbres, nous deviendrions une proie facile pour Eyden. Le vent se leva et me fit frissonner. Ses bourrasques étaient glaciales. Je refermai alors mon pull et mis ma capuche.

Je sentais à chacun de mes pas la terre me retenir sur place. Je redoublai d'efforts, cependant, je m'épuisai plus rapidement que je ne l'avais prévu. J'avais l'impression que nous tournions en rond depuis plusieurs minutes, toutefois, ce n'était qu'une impression puisque nous allions toujours tout droit. Tous ces arbres se ressemblaient. Le désespoir me dévorait de l'intérieur tandis que nous nous aventurions de plus en plus profondément dans la forêt. Plus nous allions de l'avant, plus l'ambiance s'oppressait. Il faisait ténébreux sous les nombreux feuillages. Les arbres épais nous cachaient le ciel. Le froid me piquait le visage, il me brûlait les joues. Je ne comprenais pas comment Jason tenait aussi bien le coup. Après une vingtaine de minutes, il nous fut impossible d'écouter les animaux. Ils étaient partis au loin, là où la lumière régnait. Plus personne ne nous accompagnait dans notre promenade. C'était comme si cet endroit des bois était maudit.

Brusquement, nous entendîmes un bruit dans notre dos, un bruit de pas. Il se répéta à plusieurs reprises. J'avertis Jason qui paraissait perdu dans ses pensées. Ce dernier m'expliquait que je n'avais pas à m'en faire. Toutefois, je préférais jeter un coup d'œil derrière nous. J'ouvris la bouche, surprise. Bordel de merde. Nous étions cuits, nous étions piégés à notre propre piège. Mon petit ami s'arrêta puisque je ne le suivais plus. Dès qu'il vit la même chose que moi, il me poussa derrière lui pour me protéger. Jason resserra l'emprise qu'il avait sur moi en croisant son regard, celui de ce monstre, de cet homme répugnant assoiffé par le sexe, le pouvoir et l'argent.

— Alors Olympe, comment vas-tu depuis notre dernière rencontre ? dit-il d'un air moqueur.

Mon corps se raidit et la peur me gagna plus vite que prévu. J'avais la chair de poule, la gorge nouée et l'estomac retourné. Tout cela en si peu de temps. Qu'allait-il nous faire ? Est-ce qu'il détenait une arme ? Je ne savais rien sur son état ni sur sa défense. Mon esprit répétait en boucle de fuir et d'abandonner, d'appeler la police pour qu'elle s'en occupe. Je paniquais, encore et encore et ne sus placer un seul mot. J'avais perdu l'usage de la parole. Aucun son ne sortait de ma bouche, à part un souffle saccadé. Jason se dépêcha néanmoins à répondre. Il me protégeait. Je ne m'attendais pas à être prise si vite de crises d'angoisses.

– Et toi, Eyden ? Des nouvelles enquêtes en cours ?

Son apparence laissait à désirer. La saleté sur son corps et ses vêtements me dégoûtait. Depuis quand ne se rasait-il pas ? Cependant, la remarque de Jason ne lui plut pas du tout. Il sortit son revolver. Ma gorge se serra. Je frissonnai d'effroi. Depuis toujours, je refusais de ressembler à cette héroïne de romance qui pensait pouvoir tout accomplir, excepté face à l'ennemi. Et malheureusement, j'en étais le portrait craché. La confiance me possédait au début, mais elle s'envola dès que je l'aperçus. Je n'arrivais pas à tenir sur mes pieds. J'avais juste envie de fuir et de nous sauver. Moi, Jason et Ashley. Nicolas n'avait plus son père, et je ne souhaitais pas qu'il perde sa sœur. Je ne le laisserai pas toute sa vie dans les bras de Giulia. Je me devais de rentrer saine et sauve. Mon cœur battait à tout rompre. Nous étions là, dans ce face-à-face, yeux dans les yeux. C'était l'affrontement.

– J'ai appris que ton père te rendait une petite visite en ville, Olympe. Est-ce qu'il est toujours derrière les barreaux ?

Il se moquait de moi, de ma vie, de mon passé, de mes traumatismes. Espèce d'ordure. Son sourire arrogant me répugnait. Mon estomac subissait des nausées violentes. Je tentai de me calmer, même si au fond de moi, ma voix hurlait, hurlait à la douleur éprouvée, à la tristesse ressentie, aux horreurs vécues. J'avais du cran, j'avais la colère nécessaire dans cette histoire, mais avais-je suffisamment de courage ? Mes dents claquaient les unes contre les autres tandis que les hommes se disputaient. Je cherchais une solution du regard, une échappatoire autour de nous, dans l'espace où nous nous trouvions. Aucune chance ne s'ouvrait à nous. Il fallait le battre pour partir.

– Son père est mort, mentit Jason.

– Ouh, j'en doute. Je me suis renseigné sur son cas. Un homme charmant, n'est-ce pas ? Tu ne m'as donc pas reconnu ? Olympe ?

Eyden essaya de se rapprocher. Il m'observait avec intensité, dans l'attente d'une réponse. Est-ce que je le reconnaissais ? Non, cependant, ma tête me répétait qu'il n'était pas aussi inconnu que je le croyais.

– Je suis un vieil ami de ton père. Il m'a demandé de te rattraper en échange d'une belle somme, et quand j'ai eu la chance de te retrouver, je l'ai prévenu. Il faut dire qu'il paye bien pour revoir ses enfants, non ? Et puis, j'ai eu un bonus, ta chère et tendre collègue.

Je reculai de quelques pas, tourmentée, et réfléchis rapidement. Mon pouls s'accélérait. Mes pupilles se dilatèrent sous l'effet de la pression. Voilà pourquoi j'avais cette sensation de la connaître, de l'avoir déjà vu quelque part. Il traînait avec Dylan quand j'étais petite. Une dizaine d'années nous séparait seulement, mais cela ne l'avait pas empêché de sympathiser avec lui. J'avais donc bien reconnu sa voix, sans en trouver l'origine. Je m'en voulais de ne pas l'avoir compris plus tôt. Tout cela m'était sorti de la tête. La culpabilité me rongeait, cependant, je n'avais pas le temps pour ça. Je n'avais aucune idée, rien pour nous sauver. Son revolver m'effrayait trop pour qu'on essaye de s'enfuir. Eyden avait été policier, il ratait donc peu sa cible. Je comprenais mieux pourquoi mon père l'avait gardé auprès de lui comme un bon vieil ami.

– Olympe, je suis sûr que tu aurais fait pareil, non ? J'aimerais entendre le son de ta voix, dit ce dernier en jouant avec son arme sur ses lèvres.

Quand il le pointa sur moi, cela me fit l'effet d'un choc. Nous prîmes du recul et Jason ne le lâcha pas des yeux. J'avais la boule au ventre tant l'effroi possédait mon corps. Je devins livide. J'avais des jambes comme du coton et ma confiance si solide au départ se brisait comme de la glace.

– Qu'est-ce que tu veux ? Ashley ne t'a rien fait.

Je réussis à prononcer ces quelques mots d'une voix tremblante. Maintenant, il savait, il connaissait l'effet qu'il avait sur moi avec son flingue.

— C'est là que tu te trompes ! hurla-t-il en me fusillant du regard. Elle s'est jouée de moi ! Elle ne voulait que mon argent, pas de mon amour !

La haine et la folie dansaient dans la lueur de ses yeux si sombres. Il cria de rage, de colère. J'aurais pu parier qu'il lui manquait une case. J'étais terrifiée à l'idée qu'il puisse nous tuer, nous faire du mal. J'avais peur pour Jason, Ashley et Nicolas. Même s'il était loin, Eyden n'aurait aucune difficulté à le retrouver. Nous avions tant à perdre dans cette histoire. Comment avais-je pu être aussi naïve pour attirer un homme tel que lui dans ma vie ?

Soudain, il nous rejoignit et posa la pointe de son arme sur le front de Jason. Il souriait d'un air arrogant. Je versai plusieurs larmes, perdant le contrôle de mes émotions, cependant, tout était loin d'être terminé.

– Dylan, viens chercher ta fille chérie. Elle est toute à toi, pesta-t-il. J'en ai terminé maintenant. Quant à toi, tu vas rester là comme un chien sans bouger, sinon je te bute. Compris ? Je ne me suis pas donné tant d'efforts pour crever aujourd'hui. Je vais utiliser la somme qu'il m'offre pour profiter un peu de la vie.

Mon père sortit de l'ombre. Son état intensifia mes craintes. Bordel, il était là, présent, toujours aussi infect, ignoble et repoussant. Son t-shirt puait la transpiration et était taché de nourriture. L'odeur qui émanait de son corps me répugnait, un mélange d'alcool, de tabac et d'urine. Le monde s'écroula autour de moi. Il n'avait pas pu faire ça… Mon père était censé être en prison le temps que la justice tranche, pas ici, pas dans cette forêt.

La peur me consumait et Jason ne pouvait plus bouger, coincé par ce revolver. Qu'est-ce que j'avais fait au Bon Dieu pour mériter ce sort ? Mon petit ami observa la scène avec attention. Mon père tenait une corde qui traînait derrière elle mon amie battue, salie, traumatisée. Son maquillage avait coulé sur son doux visage, ses cheveux et sa peau étaient couverts de boue. Il était trop tard. Dylan l'avait fait. Ashley vivait l'enfer de mon enfance, celui de mon passé.

Mon père l'enroula autour d'un tronc d'arbre et fit un nœud bien solide. Impossible pour ma copine de fuir.

Alors qu'Eyden retenait mon petit ami avec son arme, Dylan vint à ma rencontre. Je balayai la scène du regard, mais ne vis aucune échappatoire. Si je tentais de partir, j'abandonnais les personnes que j'aimais. Je devais faire face au monstre de mon enfance. Je ne pouvais plus fuir mon passé. Je pleurai de plus belle et m'attachai aux bras de Jason. Non, non, je refusais qu'il me touche de nouveau.

Cependant, cela s'avérait inutile. Mon père me poussa violemment au sol et se rua sur moi. Il se frotta contre mon intimité, m'embrassa le cou, ses mains parcoururent mon corps. Je criai, je hurlai, je pleurai et me débattis avec toutes les forces que j'avais. Je voulus vomir, retirer ses sales mains de mon corps, le punir de toutes ces atrocités. À cet instant précis, je désirais tellement mourir et ne plus ressentir son corps couché sur le mien. J'étais dégoûté par ces gestes, son attitude. Le mot écœurer n'était même pas assez puissant pour exprimer l'horreur que je vivais.

Subitement, un cri strident retentit, un ombre s'afficha sous mes yeux et mon père vola à travers le décor, des mètres plus loin. J'entendis plusieurs coups de feu alors que je sanglotai, me cachai et me repliai en boule. Je me sentais si sale, si honteuse de mes faiblesses. Des souvenirs du passé me hantaient à nouveau – sa voix, ses attouchements, mon lit, ma mère qui nous filmait et nous observait en riant. La douleur du passé qui m'arrachait des cris la nuit. Stop. Refoule ces images et relève-toi. Je ne pouvais plus me laisser faire, me laisser abattre ni me lamenter une fois de plus. J'ouvris les yeux et me redressai. Et alors, je compris ce qu'il venait de se produire. La Bête était de retour.

Ça ira mon amour

Je criai d'horreur en découvrant le cadavre de mon père à quelques mètres plus loin. Sa tête avait explosé sous la violence de sa chute contre un rocher et son corps baignait dans une mare de sang. Je ne voyais plus que son sang, si rouge, si vif, couler à flots et être avalé par la terre. L'herbe, les plantes absorbaient ce liquide. Mon cauchemar venait de prendre fin, et bien qu'il soit mort, je ne me sentais toujours pas en sécurité. Eyden était toujours là, plus vivant que jamais tandis qu'Ashley reprenait connaissance petit à petit. Mes yeux ne quittaient plus son corps vide d'âme, cependant, le policier me pesta :

– Alors, c'est lui la Bête ? La putain du quartier et le monstre, ensemble ? Qui l'aurait cru ? Ça donne quoi au lit, espèce de bâtard ?

Sa bouche saignait. Il cracha au sol tout en se tenant contre un arbre. Ma respiration était haletante. J'observai attentivement les moindres faits et gestes de Jason. Il contrôlait enfin son gène, sa transformation. Son physique semblait moins effrayant sous la lumière du jour. Son pelage noir, si doux le recouvrait, ses cornes blanches sur sa tête ne me paraissaient plus si diaboliques, et surtout, ses yeux rouges n'existaient plus. Ils étaient bleus depuis que nous étions tous les deux. Il avait l'air si doux. Ses oreilles et sa queue étaient dignes d'un loup, ainsi que son énorme mâchoire. Pourtant, il se tenait sur ses deux pattes arrière, prêt à s'élancer vers sa proie. Celles à l'avant ressemblaient plus à de gros bras poilus. Sa haine avait été si intense que sa mutation se déroula en plein jour, ou alors avait-il suffisamment maîtrisé ses sentiments ?

Tout à coup, Ashley se précipita sur Eyden en hurlant. Comment avait-elle défait le nœud ? Comment s'était-elle libérée ? Est-ce que Jason était passé par là ? Ou mon amie était-elle bien plus rusée que moi ? Ashley cachait souvent un rasoir ou une lame dans son soutien-gorge en cas d'urgence. J'étais surprise par son énergie, néanmoins, elle ne possédait pas assez de force. Ce fou n'eut aucun mal à la repousser comme un déchet. Quand elle tomba au sol, elle gémit si fort que son cri résonna dans la forêt. Ashley devait être blessée. Il fallait tout de suite s'occuper de ses blessures avant qu'elles ne s'infectent ou s'aggravent.

Jason passa à l'action pendant que je courais au secours de ma copine. Une grosse écharde s'était enfoncée dans son genou. Je la retirai avec soin. Du sang perlait sur sa peau. Elle grimaçait tant la douleur enveloppait son âme, entre cette chute et les coups de ces hommes. Avec difficulté, je déchirai mon pull puis l'enroulai autour de sa blessure. Il fallait éviter à tout prix qu'elle ne perde trop de sang.

– Olympe, fais attention à Eyden. Il a un couteau caché dans ses bottes, chuchota-t-elle d'une voix cassée.

J'écarquillai les yeux et me tournai vers la scène. Jason sauta gueule ouverte sur le policier qui sortit son arme blanche. Tout se passa en une seconde. Il la toucha et la Bête geignit de douleur. Il était blessé au bas de l'abdomen. Mon cœur battait la chamade. Je devais agir au plus vite. Par chance, Eyden, fier de son coup, s'approcha de mon petit ami, laissant derrière lui son revolver. Je l'attrapai, souhaitant protéger Jason. Il m'avait sauvé des griffes de mon père, et maintenant, c'était à mon tour de l'aider à battre cet imbécile. Ce connard prenait trop facilement la confiance et en oubliait tout le reste. C'était à croire qu'Ashley et moi n'étions plus là.

Je me hâtai puis le vis brandir son arme. Sans réfléchir, je tirai sur lui, les mains un peu tremblantes. L'avais-je touché ? Est-ce que Jason s'en sortait ?

La balle perça sa gorge et son corps s'effondra au sol comme une loque. Il vomit encore et encore jusqu'au moment où il cessa de bouger. Je vis la vie le quitter. Cela avait été une question de survie, d'instinct. Je n'avais pas eu le choix si je voulais sauver Jason. La forêt s'était transformée en un champ de bataille désastreux. Tout le sang qui jaillit de leurs corps parsemait l'herbe verte sur plusieurs mètres. Les cadavres moisiraient là sans que personne ne le sache puisqu'aucun visiteur ni même gendarme ne s'aventurait par ici. Eyden avait usé de son pouvoir pour libérer mon père, et la mort les avait libérés de leur folie.

Le calme revint au cœur des arbres. Un silence apaisant. La pluie se renversa d'un coup sec sur nous, comme je l'avais prévu. Je levai le regard vers le ciel puis ris d'un air nerveux. C'était fini. Dylan était mort, il s'en était allé. En une soirée, tous mes démons étaient vaincus. En une soirée, nous les avions mis sous terre, là où était leur place.

– Olympe, excuse-moi de t'ennuyer, mais j'ai besoin de toi pour me relever, dit Jason avec un ton amusé.

Comment pouvait-il encore sourire alors qu'il était blessé ? Pendant que je respirais pour reprendre mes forces, il avait eu le temps de reprendre sa forme humaine. Et étonnée, je découvris qu'il n'y avait plus aucune blessure sur son corps. Elle avait disparu comme par magie. Je touchai son ventre puis le fixai du regard, incrédule. Il saisit à l'expression de mon visage que je n'y comprenais rien.

– Tu as oublié ? La Bête est... éternelle. Je ne peux être blessé que l'histoire d'une dizaine de minutes. Ma peau régénère les tissus abîmés très rapidement. Je ne peux mourir que de vieillesse.

Je me sentais à la fois confuse et contente pour lui, cependant, était-il vraiment sérieux quand il parlait d'éternité ?

– On va l'amener à l'appartement avant que la nuit tombe. Après une bonne douche, on soignera sa plaie.

J'acceptai sans répliquer, bien que mon esprit soit tourmenté par ses paroles. L'éternité ? Comment l'avait-il appris ? Jason souleva Ashley le long du chemin jusqu'à la voiture. Les animaux se réveillèrent et sortirent de leur cachette. Je supposais que la présence d'Eyden et de Dylan les avait effrayés. Certains nous suivirent jusqu'à l'entrée de la forêt, curieux.

Pendant qu'Ashley s'endormait, Jason m'expliqua qu'ils ressentaient son côté animal dominant. Je lui posai ensuite mes questions sur ses dires. Je n'en revenais toujours pas que mon père était décédé... Et voilà que mon petit ami me sortait qu'il vivrait pour l'éternité. Toutefois, ce dernier m'avoua qu'il n'en savait rien. Il s'était juste rendu compte que ses blessures guérissaient en quelques minutes, et jusqu'à maintenant, il n'avait jamais eu de cheveux blancs ni de rides. Son visage restait le même depuis ses vingt ans. Une dizaine de minutes s'écoula pendant que je m'appuyais contre le coffre de la voiture. Je réfléchissais à tout ça. Je trouvais terrifiant l'idée de vivre pour toujours, de vivre la mort de ses proches, des personnes que l'on aime et de devoir recommencer une vie à chaque fois. Plongée dans mes pensées, Jason me vola un baiser. Il savait très bien que je m'embrouillais l'esprit et que seulement après je réussissais à me calmer. Mais pour l'instant, nous devions nous rendre chez nous pour aider Ashley.

Avant de nous en aller, je jetai un dernier coup d'œil dans mon dos et chuchotai adieu. Plus jamais je ne les reverrais, plus jamais je ne ferais face à mon père. D'ailleurs, cela ne m'étonnerait pas si ma mère était passée à la trappe aussi.

De retour sur la route, je pris soin d'hydrater mon amie et je l'empêchai de s'endormir profondément. Nous allions nettoyer cette blessure à son genou avant toute chose. Je la blottissais dans mes bras tout en repensant à ce qu'il s'était produit. Nous venions d'abandonner deux corps d'hommes morts sur place. Nous avions laissé aucune preuve puisque j'avais repris avec moi le revolver. Cependant, je savais que nous étions les coupables de ce massacre. Je priais pour que la police ne soupçonne rien le jour où elle découvrirait cette affaire. J'espérais surtout qu'ils ne chercheraient pas après Eyden et que les animaux sauvages profiteraient de cette occasion pour se nourrir. Oui, mes pensées étaient monstrueuses, en particulier après avoir tué cet homme. Toutefois, je l'avais fait pour notre survie. J'étais consciente de la gravité de la situation, mais en vérité, je vivais dans la peur depuis mon enfance et maintenant, Dylan ne saurait plus me suivre, me menacer ou me toucher. Je pouvais vivre en paix.

– Je vais chercher Nicolas chez Giulia, il est tard. Nous sommes partis plus de temps que prévu, dit Jason en me regardant dans le rétroviseur intérieur.

Je hochai la tête.

– Qu'est-ce qu'on lui dira ?

– La vérité.

Je déglutis. La vérité ? Comment allais-je expliquer à mon frère que nous venions d'assassiner son père biologique ? Comment allais-je lui dire que j'avais menti à propos de son identité depuis le départ ? Dylan n'était pas un sauveur, mais un tyran. Il violait les femmes, abusait des adolescentes et se saoulait tous les soirs.

– Pas sur Dylan, il en souffrirait Jason. Attendons qu'il grandisse pour ça.

Il se tut puis répliqua :

– Très bien. Dis-moi ce qu'il faut lui raconter.

Je n'avais pas envie de tout lui avouer. Il vivait comme un enfant de son âge, heureux et insouciant aux problèmes de la vie. Nicolas rentrait dans l'adolescence et commençait une crise identitaire et je ne désirais pas tout foutre en l'air. Il détenait un bon équilibre sur l'aspect physique et mental. Je me voyais mal imposer un trouble.

– Rien. On a trouvé Ashley endormie au bord d'une autoroute. Elle était ivre et s'est couchée au bord des bois. On lui expliquera qu'elle cherchait à vivre ailleurs qu'ici.

Jason approuva d'un signe de tête et s'arrêta sur le côté, le temps d'aller le chercher. Je vérifiai qu'Ashley n'avait rien de trop suspicieux, puis repris une respiration posée. Mon amie esquissa un sourire en me remerciant. Avec le mensonge que nous donnerions à Nicolas, je sauvais aussi sa dignité. Un enfant n'avait pas à entendre toutes ces atrocités – une femme kidnappée, violée, un père pervers qui méritait d'être derrière les barreaux et la Bête qui vivait parmi nous. Cela le choquerait et le coup serait trop difficile à encaisser.

Je conseillai à Ashley de ne plus bouger, car elle épuisait ses dernières ressources d'énergies. Mon frère entra content à l'avant de la voiture. Je lui interdisais souvent de se mettre à cette place par peur qu'il y ait un accident. Oui, je le surprotégeais des dangers extérieurs comme si j'étais sa véritable mère. Alors qu'il semblait être en pleine forme, son sourire s'effaça quand il vit l'état d'Ashley.

– Qu'est-ce qu'elle a ?!

– Elle s'est endormie au bord de la route un peu trop ivre. On va la ramener à la maison et prendre soin d'elle le temps qu'elle aille mieux, d'accord ?

Je sentis la main d'Ashley presser la mienne. Oui, je connaissais sa douleur, celle de se sentir sale, abusée, cependant, contrairement à moi, elle aurait une personne pour l'aider à guérir et aller de l'avant. Nous formions tous une famille et dans une famille, on se serre les coudes.

– D'accord, tant que je garde mon lit et mes jeux, je suis okay !

Un rire m'échappa. Il mangeait les bonbons que Giulia lui avait donnés. Nous allions enfin rentrer chez nous en laissant le passé à sa place.

*

Ashley venait d'être lavée. J'avais purifié sa blessure puis l'avais mise au lit. Elle avait besoin de sommeil avant de tomber d'épuisement. Je dus la forcer à se reposer puisqu'elle refusait de m'expliquer comment elle en était arrivée là. De toute façon, cela pouvait attendre. Nous en connaissions tous assez sur l'histoire et nous avions tous été brisés d'une certaine manière.

Tandis qu'elle dormait dans la chambre d'amis, je m'occupai de Jason. Nicolas jouait dans sa chambre. Il m'avait promis de ne faire que quelques parties de jeu avant d'aller au lit. Même s'il essayait de me convaincre qu'il ne se sentait pas fatigué, je remarquais bien les énormes cernes sous ses petits yeux. Je lui autorisais de s'amuser l'histoire d'une petite heure.

Seule dans le salon avec Jason, nous regardions un film sous un plaid, enlacés. Finalement, il avait eu une bonne idée d'installer une chambre d'amis. J'avais toujours cru qu'elle ne nous servirait jamais.

— Eh bien, quelle journée ! souffla mon petit ami. Pardonne-moi, je n'ai pas tenu ma promesse… Ton père m'a rendu hors de moi…

Je ris nerveusement. Oh que oui, quelle journée mouvementée et forte en émotions. Il m'embrassa avec douceur et je répondis à son baiser. Je ne comprenais pas comment il gardait cette énergie si joyeuse, si puissante. À croire qu'il ne pouvait pas être touché, cependant, j'étais trop exténuée et émue par les événements pour en découvrir encore plus sur sa personne. Il me faudrait du temps pour digérer cette nouvelle. Je me sentais soulagée de le savoir mort, mais je n'étais nullement triste. Cet homme avait brisé toute mon enfance et mon adolescence. Il méritait ce sort.

– Tu l'as dit.

– Dis, mon amour.

Je me rappelai alors ce jour où chez lui, j'avais vu toutes ces fiches sur son bureau. Il fallait que je sache.

– Oui ?

– Est-ce que tu peux juste m'éclairer sur ce qu'il y avait dans ta chambre, la première fois où je suis venue dormir chez toi ?

Il émit un rictus.

– Rien de spécial. J'essayais de comprendre comment mon corps fonctionnait, où il se lançait une fois sous l'emprise de la Bête. Au début, je ne me contrôlais pas du tout. Le plan représentait là où j'avais attaqué et les fiches, les personnes touchées ou susceptibles d'être poursuivies.

Il haussa les épaules d'un air innocent. Pour lui, tout était logique et quand j'y repensais, ça l'était aussi pour moi. Jason cherchait depuis toujours à se contrôler et grâce à notre couple, nous avions réussi à nous guérir l'un l'autre. Nous nous complétions parfaitement. Fière de lui, de tout ce qu'il avait accompli, vécu, je lui donnai un baiser fougueux.

– Si j'avais su que tu m'embrasserais avec autant de passion, je t'aurais tout expliqué plus tôt !

Je lui donnai une frappe amicale avec humour. Qu'est-ce qu'il pouvait sortir de ces bêtises parfois ! Jason n'était pas un humain à mes yeux, bien qu'il en eût tout l'air, non, il était mon prince charmant, celui que me protégeait de tous les dangers et qui m'aimait de tout son amour.

Pour me venger de sa remarque, je le chatouillai, mais le jeu prit une autre tournure. Jason me stoppa et m'embrassa avec passion. Je passai mes bras autour de sa taille et me blottis contre lui. Ses lèvres si douces me faisaient rêver. Il était la Bête, ma Bête. Il était tout ce que je désirais depuis le début, un homme tendre, drôle, séduisant.

Nous basculâmes en arrière et il s'allongea sur moi. Je le dévorai du regard tandis qu'il se penchait pour parsemer mon cou de baisers. La nuit n'allait peut-être pas paraître si longue avec lui.

Épilogue

Un an venait de s'écouler depuis mon aménagement avec Jason. Nous étions heureux et épanouis. Notre secret restait enterré et nous n'en parlions plus. Personne n'avait cherché Dylan ni Eyden, qui d'après nos recherches, ne faisait plus partie du service depuis des années. Quant à mon père, il fut déclaré disparu et après quatre jours de recherches intenses dans le ghetto, les autorités abandonnèrent. J'appris cette même année que ma mère était décédée sous les coups violents de Dylan ce qui ne m'étonnait pas, et à cause de tout ce qu'elle m'avait fait subir, je n'avais ressenti aucune tristesse. Je tirais donc un bon avantage à vivre dans cet endroit. La justice n'éclatait pas la vérité, c'était à nous de le faire.

Quant à Nicolas, il réussissait à merveille ses études. C'était un adolescent brillant qui croquait la vie à pleine dent. Il continuait à croire que son père était un héros et c'était mieux comme ça. J'attendrais sa majorité pour lui avouer toute la vérité et notre parcours jusqu'ici. Il envisageait d'étudier la psychologie plus tard et je souhaitais qu'il y arrive.

Mon amie avait trouvé l'amour, et cette fois-ci, un véritable amour ! Un bel homme d'une trentaine d'années, livreur de pizza, avait sonné un soir à sa porte, mais s'était trompé d'adresse. J'avais pris le temps de l'inspecter pour qu'elle ne se fasse plus attraper. Et le hasard avait bien fait les choses, puisque maintenant, elle vivait à Milwaukee avec lui. Quel changement ! Surtout pour mon amie. Elle m'appelait tous les soirs pour me raconter les potins de la ville. Je la retrouvais enfin, Ashley, ma petite poupée sûre d'elle.

Le ghetto reprenait petit à petit vie et perdait sa mauvaise réputation. De plus en plus de personnes déménageaient dans nos quartiers. J'étais contente de voir que tout s'arrangeait. Mon couple filait le parfait amour, même si parfois, Jason semblait attristé par son sort. Il n'acceptait toujours pas qui il était, soit un homme et une Bête à la fois.

Quand la décoration du salon fut refaite, mon petit ami désira absolument tout changer dans notre chambre. Il désirait tout renouveler pour aller de l'avant. J'avais évidemment accepté et en un an, nous avions tout remis à zéro. Je ne connaissais pas d'où provenait son épargne, mais j'évitais de lui poser la question. Chacun de nous avait son passé et il valait mieux parfois le garder pour soi. Toutefois, il m'expliqua un jour que la Bête avait fait trop de dégâts pour ne rien emporter sur son passage. Il ne fallut pas m'en dire plus pour que je comprenne. J'étais si fière de nous, de ce que nous avions accompli tous les deux.

D'ailleurs, Jason rentrerait bientôt du boulot. Je décidai de lui faire une petite surprise donc de le rejoindre sur place. J'abandonnai Nicolas dans l'appartement, qui trop occupé, jouait aux jeux vidéo. Qu'est-ce que j'adorais surprendre Jason, lui faire de petites attentions ! Nous n'étions pas très difficiles, une simple visite ou boîte de chocolat nous rendait heureux. Je pris alors la voiture, que nous possédions depuis un bon mois, et démarrai. Quelques minutes plus tard, je garai le véhicule dans le parking et aperçus Jason assis dans le parc d'en face. Qu'est-ce qu'il faisait là ? Il devrait être encore derrière le bar… Je fronçai les sourcils puis sortis rapidement pour courir à sa rencontre. Il tenait une seule rose rouge dans ses mains, qui en passant, était juste magnifique.

Nos regards se croisèrent et aussitôt, il se leva souriant. Il ne s'attendait pas à me voir ici. L'étonnement se lisait dans ses yeux.

– Ma belle, qu'est-ce que tu fais là ? Je pensais que tu préparais le dîner, dit-il en me volant un baiser.

– Je devrais plutôt te reposer la question.

Je caressai sa joue puis Jason posa son front sur le mien, les yeux fermés. Son comportement n'était pas habituel et je commençais à craindre le pire. Il prit une grande inspiration puis m'amena sur ce banc où il réfléchissait. Pourquoi semblait-il si préoccupé ? Qu'est-ce qui le tourmentait à ce point ? Je m'assis à ses côtés, inquiète et pris ses mains dans les miennes. Le ciel était dégagé et les rayons du soleil nous illuminaient.

– Qu'y a-t-il mon amour ? Je ne comprends pas pourquoi tu es si calme.

Il joua avec cette rose un petit moment. Il faisait silencieux, trop silencieux dans les alentours. Et dès qu'il se sentit prêt, il s'agenouilla devant moi et plongea son regard dans le mien. Surprise, j'attendis impatiemment ce qu'il avait à me dire. Était-ce ce à quoi je pensais ? Je l'espérais tant, car ma réponse serait oui.

– Olympe, j'aimerais t'offrir cette rose. Ce n'est pas qu'une simple fleur. Il y a longtemps, je l'ai cueillie dans l'espoir de l'offrir à la femme qui m'accepterait tel que je suis, la Bête. Elle est comme… magique. Si tu la prends, elle nous réunira à jamais pour l'éternité. Cette rose représente une alliance éternelle d'un amour sincère. C'est mon seul héritage et tout ce que j'ai à t'offrir…

Jason s'arrêta un instant, nerveux. Je l'embrassai tendrement puis l'encourageai à finir son discours. J'étais touché par ses mots.

– Je n'ai pas de bague avec trente-six diamants ni un palace à te construire. Je n'ai que ceci et tu ne peux pas imaginer à quel point elle est précieuse pour moi. Elle a une grande valeur. Accepte cette rose comme une demande de mariage, car dès que tu l'auras acceptée, plus rien ne pourra nous séparer.

Les larmes me montèrent aux yeux. Je sautai dans ses bras, en pleurs, et parsemai son corps de baisers, puis murmurai à plusieurs reprises – oui. Il cachait si bien ses émotions et pourtant, son amour était sans limites. Sans le quitter des yeux, je pris en douceur la rose. Soudain, les épines sur la tige disparurent. Une fumée rosâtre en forme de nuage venant du cœur de la fleur nous entoura d'un vent doux qui effleura ma peau. Des étoiles vinrent s'ajouter à cette enveloppe de fumée rose ainsi que des souvenirs passés avec Jason. Je me blottis dans ses bras, ébahie par ce que je voyais. Je ne ressentais ni peur ni contrainte, juste de l'amour, le véritable amour. Un filet blanc s'enlaça autour de nos mains, je ressentis des frissons parcourir mon corps de la tête aux pieds. Une lumière créa ainsi une alliance sur notre annulaire. Une alliance argentée avec un diamant rouge au centre et sur celles-ci étaient gravés nos prénoms. Je fus émerveillée par ce qu'il se passait autour de moi. D'un air ahuri, je souris et observai ma bague puis Jason avec admiration. Était-ce lui qui enclenchait ces merveilles ou la magie ? Je sus aussitôt qu'il avait encore beaucoup de choses à m'apprendre sur son monde, son univers, celui de la Bête.

Alors que mes cheveux virevoltaient au grès du vent, Jason posa ses lèvres sur les miennes tendrement. Je me collai à lui, plus amoureuse que jamais et folle de lui. Des larmes perlaient sur mes joues tant la joie m'envahissait.

À présent, nous étions liés à tout jamais, liés à l'éternité pour nous aimer. Et ce fut à cet instant précis que l'histoire éternelle toucha de son aile la Belle et la Bête.

Fin

Remerciements

Cette romance a été revue tant de fois... Je ne remercierai jamais assez les auteures de So romance éditions qui m'ont poussé à la terminer, mais surtout à ne pas abandonner mes rêves. Merci à toi, Émilie, d'avoir relu l'histoire. Merci à tous mes lecteurs, qu'ils viennent de Wattpad ou d'ailleurs, qui m'encouragent à dépasser mes limites. Merci à vous tous de me suivre et de lire mes livres.

Vous avez aimé votre lecture ?
Découvrez les autres romans des éditions So Romance
disponibles en format papier et numérique.

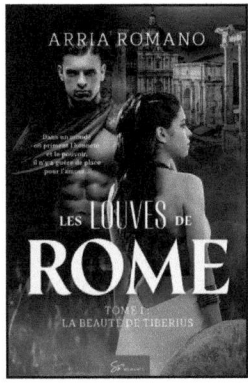

Les Louves de Rome
Tome 1 : La beauté de Tiberius
34 après J.-C. Fille d'un puissant sénateur romain, Laelia voit son destin étroitement lié à celui de sa famille. Elle devra suivre les directives de ses aînés dans une Rome peuplée par l'ambition, où la trahison et les complots sont monnaie courante. Toutes ses actions seront guidées par l'honneur familial. Mais son monde s'écroule lors de sa rencontre avec Kaeso Tellus Aquila, guerrier romain assurant la sécurité de l'empereur. Dès leur premier regard, un amour sans précédent se déclare. Une passion tragique, puisqu'ils ne pourront la vivre au grand jour, sous peine de mort...

Passion d'été
Tome 1 : Les prémices de l'amour
Plus que deux mois avant de commencer ses études d'infirmière ! Laurène est plus motivée que jamais pour profiter de son été tout en gagnant de l'argent. Une occasion inespérée se présente à elle : la foire près de chez elle recrute ! Dès son premier jour, elle y fera la rencontre de Mathias, jeune forain qui semble bizarrement la prendre en grippe... Pourtant, elle se sent irrémédiablement attirée par lui. Mais ses traditions sont différentes des siennes, Laurène s'en rendra vite compte....

You... and me
Tome 1 : Un été explosif
Les passions de Zoé se comptent sur les doigts d'une main : la danse, la musique, son chat et ses soirées Netflix sur son canapé. Pas question de se faire draguer tous les soirs par des mecs qui ne pensent qu'à la mettre dans leur lit !
Pour surmonter son échec amoureux, Adrian décide de ne plus s'attacher aux femmes qu'il rencontre en soirée. Des aventures déjantées sans lendemain, il ne veut plus que ça !
Leur rencontre provoquera des étincelles... Mais leur attirance est indéniable. Réussiront-ils à s'apprivoiser l'un l'autre ?

Touche pas à mon cœur !
Chloé veut être une femme libre et autonome. Pas question de se retrouver flanquée d'un mec qui lui dicte ce qu'elle peut faire ou pas ! Mais son passé tumultueux n'est jamais très loin. Dépassée par la situation, Chloé n'arrive pas à surmonter les événements. Mathieu, un mec croisé par hasard quelques jours auparavant, lui offre son aide, mais la jeune femme se met à douter. Elle ne veut pas dépendre d'un riche comme lui, qui en plus rêve d'une histoire à l'eau de rose... Mais quelle autre possibilité lui reste-t-il ?

Pour en savoir plus
www.soromance.com

© Éditions So Romance, 2020 pour la présente édition

Éditions So Romance
159 avenue de la Couronne
1050, Bruxelles
www.soromance.com

D/2020/14.771/25
ISBN : 9782390451440

Maquette de couverture : Philippe Dieu
Photo : © Zegers06 / iStock